SHAANXI SANWEN
NIANXUAN

陕西散文年选

陕西省散文学会　编

陕西新华出版　陕西人民出版社

图书在版编目（CIP）数据

陕西散文年选／陕西省散文学会编. --西安：陕西人民出版社，2024. -- ISBN 978-7-224-15569-3

Ⅰ. Ⅰ267

中国国家版本馆 CIP 数据核字第 2024TP0247 号

出 品 人：赵小峰
总 策 划：关 宁
出版统筹：韩 琳
策划编辑：王 倩
责任编辑：武晓雨
整体设计：白 剑

微信扫一扫，关注饕书客

陕西散文年选
SHAANXI SANWEN NIANXUAN

编　　者	陕西省散文学会
出版发行	陕西人民出版社
	（西安市北大街 147 号　邮编：710003）
印　　刷	中煤地西安地图制印有限公司
开　　本	920 毫米×1092 毫米　1/16
印　　张	26
字　　数	260 千字
版　　次	2024 年 12 月第 1 版
印　　次	2024 年 12 月第 1 次印刷
书　　号	ISBN 978-7-224-15569-3
定　　价	99.80 元

序

○ 陈长吟

公元前七百年，春秋时期，李耳在秦岭南坡的周至县修筑说经台，开始演讲他的大著《道德经》。此作乃道教名典，也是哲学著作，铿铿五千言，启人心智到如今。从体裁样式和文笔特点上来看，这是一部典型的散文作品。

公元前九十年，西汉时期，司马子长在长安的狱中著成《史记》。全书包括十二本纪、三十世家、七十列传等，共一百三十篇，五十二万六千五百余字，乃影响深远的史学著作，写人、记事生动传神，文采斐然。

公元八百年，大唐时期，韩愈和柳宗元在长安倡导古文运动，主张学习先秦两汉的语言特色，破骈为散，扩大文言文的表达描写功能。他们分别著有《韩昌黎集》与《柳河东集》，皆成为散文经典，韩愈被尊为"唐宋八大家"之首。

时光易逝，文脉久传，到了明清时期，中国古典散文的写景、抒情、描人、叙事艺术达到了顶峰，直到五四新文化运动之后，白话文取代了文言文。

散文的演变似乎从未停过。

公元一千九百六十一年，一位北京的在校大学生于《人民日报》上发表了文章《形散神不散》，引起全国的广泛讨论，迄今仍有余音。这位学生名叫肖云儒，毕业后来陕西工作，目前年逾八旬，笔耕不辍，文坛上常能听到他的声音。

公元一千九百九十二年，《美文》在西安创刊，主编贾平凹在发刊词中提出了"大散文"的观念，又是一石激起千层浪，把关于散文文体的争论推向新的高潮。

长安文坛，波起浪涌，艺术之势从未衰退。

公元二千零一十一年，陕西省散文学会成立，这是一次新的集结和出发，千余名散文家奋力写作，每年有大量的佳作面世。

编一册年选，将优秀作品汇集出版，卓然留存，立于柜中，这是一件顺应文心，于社会、于读者都有益的功德之事。

江河以长为远，队伍以众为壮，庄稼以茂为丰。

当然，季节有丰收歉收之分，写作者也有丰年歉年之运，所入编者，不一定都是各人的代表作，也有因各种原因未入选者，幸好还有来年可期。

泱泱散文，迢迢长路。前有古人，后有来者。我们是中间的一环节、一分子，亮出自己的光彩，足可慰也。

2024 年 5 月 28 日于朝山庐

目录

第
一
辑

屋外一棵大树，从窗子里望出去，就是一堆绿。这绿浑厚，有疏有密，或浓或淡，每股枝条的伸出，枝条上每片叶子的生成，都组织得那么合理，风怀其中。

从 2022 年春季到 2023 年的夏天，我就在这窗子里进行着《河山传》的写作。

写作着，我是尊贵的，蓬勃的，可以祈祷天赐，真的得以神授，那文思如草在疯长，莺在闲飞。不写作，我就是卑微、胆怯、慌乱，烦恼多多，无所适从。我曾经学习躲闪，学习回避，学习以茶障世，但终未学会，到头来还是去写作。这就是我写作和一部作品能接着一部作品地写作的秘密。

《河山传》依然是现时的故事，我写不了过去和未来。故事里写到了西安，那只是一个标签，我的老家有个叫"孝义"的镇子柿饼有名，十里八乡的柿饼都以"孝义"贴牌。我出门背着一个篓，捡柴禾，采花摘果，归来，不知了花果是哪棵树上的，柴禾又来自哪个山头。藏污纳垢的土地上，鸡往后刨，猪往前拱，一切生命，经过后，都是垃圾，文学使现实进入了历史，它更真实而有了意义。

因出生于乡下，就关心着从乡下到城市的农民工，这种关心竟然几十年了，才明白自己还不是城市人，最起码不纯粹。

理性和感性如何结合，决定了人的命运。《河山传》中的角色如此，我也如此。写作中纵然有庞大的材料，详尽的提纲，常常这一切都作废了，角色倔强，顺着它的命运进行，我只有叹息。深陷于泥淤中难以拔脚，时代的洪流无法把握，使我疑惑：我选题材的时候，是题材选我？我写《河山传》，是《河山传》写我？

这样写行吗？这是我早晨醒来最多的自问。如果五十年，甚至百余年后还有人读，他们会怎么读，读得懂还是读不懂，能理解能会心还是看作笑话，视为废物呢？这使我警惕着，越发惊恐。

写作的乐趣在于自在，更在于折磨。这如同按摩，拍打疼痛后的舒服。《河山传》的进度并不快，每日写几千字或几百字，或写了几百字几千字后，又在第二日否决了，拿去烧毁，眼看着灰飞烟灭。除却焦虑是坐在马桶上的时候，要么，去睡吧，闭上眼，看到更多更清晰的山川人物，鱼虫花鸟。

《河山传》写完了，我给我的孩子说："作品署了我的名字，那是假象。人民币是流通的，钱在我手里，是钱经过了我。"

就在立夏的这个早晨，窗外大树上众叶摇曳，极尽温柔，传来鸟鸣，而我却想象了那个苏轼，为了心绪，为了生计，在东坡上开垦的一块地里的身影。

（原载《收获》2023 年第 5 期）

长安城头的月亮，在历代诗文中都带一点悲凉，一点沧桑，那是糅进了太多历史烟云和人世哀伤吧。

古人以"墙下草如烟，城头月似弦"的意境，将冷调子的长安城头月沉淀进中华千百年的记忆里，于是结晶出现代诗人余光中的名句：

○ 肖云儒

长安城头月

> 冷冷，长安城头一轮月
>
> 有只蟋蟀在低语
>
> 是一面迷镜
>
> 古仙人迷失在这里

他看到的是千古人物在冷月下无声地走过，只留下蟋蟀的踽踽低语……

我在南城墙外住过八九年，每天几趟穿城墙而过，隔三岔五还喜欢上去走走，老邻居了，不见便想得慌。

如若从历史记忆拉进现实生活，便会有不同

的感觉。那感觉不是静的，是不知不觉间一点一点变化着的；不是冷的，是似有若无中一点一点温馨着你的。

先是看到儿子上开通巷小学时经常攀爬的那些残垣和缺口，不知什么时候被精心地"整旧如旧"，竟一一修好了。

再是看到城墙公园的林子密了，水清了，花盛了，蜿蜒其中的路规整了，晨练的、跳舞的、谈情说爱的、自娱自乐的，无论晨昏，游人如织。

后来又看到城外的马路越拓越宽，洋楼越抻越高，南二环、高新区更是再造了一座现代新城。

我曾有一段文字，说城外站起一大群金碧辉煌的花花公子，肆无忌惮窥探着躲在古城里的千年闺秀，但看到的常常是衰老。

我多么希望新城对老城这种悲剧性的叩问，能够很快演化成喜剧性的引领！果然现在不一样了，对贴墙而走的顺城巷的全面改建，使古城墙里慢慢出脱了一个美妙绝伦的古典佳人。

一个月圆如镜的秋夜，我与友人在南城楼上喝茶，有一句没一句说着话。看着城楼的华顶飞檐、兽脊风铃，看着城外的车水马龙、曳光流彩，有一种突然心动的感觉流星般划过。

月是圆月，启动你归家团圆的心绪；城是方城，以拒斥、抵御为初衷，而终于落在凝聚、包容上，成为我们家园的象征。

月光的确有点冷，她只是不动声色、遥远而又遥远地看着你；城市却是热的，城墙下的生活是贴着你、热络着你的。星移斗转，月亮一直在运动着，而营构出来的却是静谧无比的气氛，造就一种敛神遐思和情寄高远的空间：城墙是岿然不动的，却以千百年的不变，印证着恒变的时间，印证着无比鲜活的、汩汩流动的光阴。

月轮一味清虚缥缈，虽像镜子，但照出的只是人内心的景致；城墙是实实在在的，要你去打扮她，每一点都要切实地动手。停滞从来是智慧的黑夜，不舍昼夜前进着的历史和生活才是承载智慧和创造的河流。一连串的对比涌现出来，激发着天人哲理、情愫心绪的碰撞。突然心动的感觉真好，真像是流星匆匆划过，许久许久闪烁在脑海之中，好令人迷醉。

这时候，环城公园吼出了一声秦腔，在夜空的云絮中飞高遏低。我知道，护城河有鱼儿正在唼喋，林子里有恋人正在热吻，城墙根望月的老人正在给怀里的孩子喂月饼……

长安城头月，虽是面"迷镜"，照出的其实是生活迷幻般的变化。遗憾的是，曾经的西安人谈论过往辉煌的多，考虑将来发展思路的少。很多时候，人们只是沉浸在历史遗梦之中，而对现实的窘境及未来复兴思虑较少也不够深刻。

不过，西安已经开始变了。

不仅城市越发现代化了，更重要的是西安的城市舆论也变了，人们不仅回忆过去的辉煌，也开始适应当下现代化的各种需求，更着眼未来，开始谋求更长远的发展。

如今的西安，不仅有秦腔、羊肉泡馍和肉夹馍，它还有西安音乐厅、西安美术馆等现代艺术；它不只有书院门，也有德福巷这样的现代景观。

从这些现象的对比中，人们可以感受到古老西安的厚重，也可以感受到西安正在快速成长、发展。

西安越来越现代化、越来越国际化，这正是新西安未来发展的目标。

（原载《秦川》2023 年第 3 期）

太平观瀑

○ 陈长吟

溪流是大山的血管，它的奔腾为山体增加了活力；瀑布是溪水的跳跃，它的跌宕为水流变幻出姿态。有了瀑布，就有了清响，有了灵动，有了彩虹，也有了诗篇。

巍峨秦岭的怀抱中，有很多幽深的沟壑及纵横的河流，更有数不清的大小飞瀑。它们有些藏在老林密处让人无法靠近，有些则就在身边不远的地方可以去亲近。

太平峪是秦岭北坡 72 峪之一，距西安城区只有 40 多公里路程，开车一个多小时就到了。

太平峪最负盛名的是紫荆花海，但那是初夏的盛宴。我们来的季节是初秋，树林沉寂，正在准备转换颜色；溪水收敛，少了咆哮多了静谧。

走在青石铺就的山道上，突然一扭头，就透过树林看见一条细小白亮的瀑布，它缓缓地在草坡上流淌着，仿佛在悄悄地诉说着自己的故事，你看见了听见了便是知音，你漠视了错过了便是路客。不响不吵，不惊不乍，它们遵循着太平峪安宁处世的本色，又描绘出绿色秦岭的多姿多彩。

太平峪的河道上，这种低声细气的小瀑布很多。它们不喧闹夺人，只是安静地陪伴着你前行。你停顿时，可以欣赏一下它们的秀姿；你奔走时，它们不会强行冲上来干扰。

爬到半山腰，坡度大了，山体陡峭了，瀑布的落差也就高了。在山路拐弯处，我看到一个绿滢的积水潭，潭上岩壁是一道飞瀑。水流拍打过的岩体，呈现出一片褐红的色彩。不知是岩石本体的原因，还是飞瀑抚摸的作用，抑或是空气长期的氧化效果。

一般来说，清水是无色无味的，但它流淌过的地方，却会呈现出各种色彩的反应。我拍摄了很多太平峪河道中的景色，有些石头青苔厚密，有些石头黄澄清亮，有些石头则杂色纷呈，它们大大小小、胖胖瘦瘦、圆圆扁扁地分布在弯弯曲曲的溪流中，显出油画的色斑和质感。

越往山顶爬，坡度越陡峭，很多人敲响退堂鼓，坐在凉亭里不走了。当然，登山嘛，是一种休闲活动，各人自忖体力，自安神经，自选途径。

我在两位年轻朋友的陪同下激励下，一鼓作气爬到了山梯的尽头，也就是太平峪的最高处。

喘口粗气，站稳脚跟，抬头望去，只见高高的山脊上有个 V 形

的豁口，一道清流从凹口喷出，垂直而下，形成长长的瀑练，有100多米高。山体厚实壁立，飞瀑细长悬空，两侧的岩面则墨痕相间，俨然是一帧国画山水。

这应该是太平峪最激动人心的彩虹瀑布景观了，但转眼瞧瞧周围，攀到山顶的人其实不多。

我在山顶领到了一块登顶奖牌，上边刻着姓名、时间、地方、海拔高度等信息。

挂着奖牌下山来，引起众多游人的羡慕，他们后悔没有坚持到底，没有爬上最后一面坡，没有看到最美丽的风景，当然，最重要的还是，没有得到这块可资骄傲的奖牌。

朱雀听云

云是大自然的使者。它来，风就来，雨就来。当然，它的形态和使命不同，人们喜欢彩云和祥云，讨厌乌云及恶云。

平时抬头看天，感觉云像棉絮粘在蓝天上，很少移动。可登朱雀时，看到云是飞行的，并且速度极快。云其实是人类的伙伴，为我们的行动起到某种警示的作用。

朱雀国家森林公园，在秦岭的涝峪中，距西安城区70多公里。园内的冰晶顶，海拔超过3000米，为秦岭东部的最高峰。

车到园区大门口，此处海拔1500米，往峰顶去还要上升1500米，所以登朱雀考验体力。

幸好有缆车能够助力。

朱雀的索道很长，在空中要运行20多分钟，但车厢却有点小，一般只装两个人。如果是朋友可以聊天，是情侣当然更好了，体验一下独特环境中的二人世界。但若是陌生的两个路人，促膝相对则有点尴尬了。

我上朱雀时落了单，一个人钻进车厢，吱咛吱咛地被吊上半空。幸好身下景色极美，放眼望去，碧涛万顷，青山如黛，让人心旷神怡。

就在这时，一堆白云卷来，在我的车厢外轻轻擦过，它们仿佛在打招呼：今日晴好，欢迎你来朱雀。

我向白云挥挥手，谢谢了，白衣天使。

搭乘索道至半山腰，下来后，还要步行两个小时，才能到山顶。这段山道有点难行，并且阳光暴晒，使人汗流浃背。奇怪的是，我的头顶一直有个云团随行着，好像撑起一把天然的伞，让我得到阴凉。

我冲天空挥挥手，谢谢了，白衣天使。

爬到冰缘地貌景区，实在累了，我就坐下来休息。当然，眼前的景物也的确值得停驻观赏。只见满坡是挨挨挤挤的怪石头，大小形状不一，好像是老天爷从别处端来，自空中随意抛在此处。石面上呈现着风化的锈斑和红渍，显得年代久远。其实这是山崩运动后，留下来的地质风貌。

一堆云从远处飞来，倏忽而过，将一股凉意带给我。我知道这是云在提醒：山间莫久坐，小心风寒感冒。

继续爬山，终于登上高山草甸。这儿地势平缓，矮草如毯，可以躺下来休息。一排细直的杉树，在不远处站成黑色的队列。云影在它们之间扫来扫去，做某种自然的演阵。乳白色的虚空的底幕，枪杆样的凸起的树枝，让人惊奇不已。

听说这儿是秦岭的最高处，可以瞭望山下的古长安。但我跷起脚看，眼前全是迷雾乱云在纷扰。

于是我对云说：你们能不能停会儿，让我看看远方？

云说：好的，稍候。

但见前方的云雾慢慢淡去，最后大幕拉开，晴空出现，山岭层层叠叠，清晰地延展向远方。目极之处，能看到苍茫的地平线和模糊的楼群。大家欢呼起来，相机咔咔作响。

时间很短，刚拍完照，幕布又弥合起来。

我向云作揖致谢，然后心满意足地下山。

寨沟看鹮

秦岭有四宝，大熊猫憨态可掬，步履沉缓；金丝猴毛发黄亮，跳跃自如；羚牛奇形怪状，凶猛无比；只有朱鹮可以在天空飞翔，姿势优雅美丽。

正因为朱鹮能展翅飞翔，所以要近距离地观察它，还真不容易。

幸好有个"朱鹮野化放飞基地管理站",让我们可以近睹美颜。

在宁陕县城东北方向9公里处,有块安静的山谷叫寨沟。小村庄四山环抱,岭上郁郁葱葱,森林茂盛;谷底一道缓坡梯田,湿地连片。风景秀丽,气候温润,适宜野生动物成长。走上村道,远远地,就看到几只朱鹮在田野间觅食,它们体态苗条,长腿细颈,红冠灰喙,被称为鸟中的"东方宝石"。朱鹮在日本几乎灭绝,在秦岭山中却成群出现。它们喜食稻田中的黄鳝、泥鳅和昆虫,溪流中的小鱼、小虾和螃蟹。为了给这些国宝提供食物,确保其安全健康,在种植水稻作物时,绝不能用农药和化肥。这寨沟村的海拔、气候、植被、水源和食物等,构成了适合朱鹮生存的憩息之地。

管理站位于梯田上方的山脚处,房前屋后搭着两个庞大的网笼。透过网眼,可以看到十几只朱鹮,有的在绿地上悠然散步,有的在木架上傲然挺立。这些都是受伤者及生病者,被群众发现了送到管理站来治疗休养,痊愈后会放飞。

管理站的站长叫李夏,是个精瘦高挑的中年知识分子。他2004年大学毕业,学的经济专业,当时分配到宁陕县林业局工作,三年后到寨沟来建站。通过十几年的学习和实践,如今他成为国内有名的朱鹮保护专家。李夏风趣幽默地介绍了朱鹮的习性:它们是动物中的美女和帅哥,性格喜静,很讲礼貌。单身求偶时,雄性会夹着干草送给雌性,并且一点一点靠近。雌性躲避,雄性则向前移动,穷追不舍,直到对方认可。结合后,夫妻俩在一起互梳羽毛,对话聊天,其乐融融，十分恩爱。朱鹮的世界是天然的一夫一妻制，若一方遇难，另一方则会终身独守，坚贞不渝。

全世界的朱鹮，最初被发现时只有7只，经过多年的养护发展，现在的数量已达到7000只。仅宁陕县周边，就有300多只生存，可以见出秦岭的优良的生态环境质量。

在站房里，我们看到一只伤势较重的小朱鹮，在工作人员的治疗护理下，正倔强地站立起来，发出欢快的叫声。

李夏与鸟为伴，把青春献给了秦岭大山。十几年来，他的行程共计20多万公里，科普宣传3万多人次，见证了150多个朱鹮家庭的悲欢离合和310只朱鹮宝宝的诞生。

说起朱鹮的故事，这位潇洒精干、有着艺术家气质的中年汉子激情洋溢，话语滔滔不绝。

这是我在秦岭山中看到的，一个最可爱的国宝守护人。

渔湾赏月

出宁陕县城，沿345国道西行10公里，拐入乡村路，一会儿便看到子午河中央那块突起的大石头，当地人称其"龙脖子"，是过去开山引水留下的痕迹。

继续沿河岸前行百米，出现一栋三层简易建筑，这便是渔湾村的门户，也就是生态社区中心服务站了。这房子原来是一座被废弃的小

型水电站，经过改造而脱胎换骨。现在呢，河边一层为天空下自然书店，除了房中的书架、黑胶唱片、老式中药柜子、钟表、马灯、蝴蝶标本外，沿墙还摆放着当地的土特产、矿石样品等。二层是鹿柴咖啡馆，人们可坐在玻璃幕墙前的露台上品茗观山。三层是放电美术馆，墙壁上挂着村民群像摄影作品，还有民俗风情古道介绍等。

经过社区，便来到渔湾村的核心地带。此处地势呈 S 状，高坡处是村民的住房和改造的民宿，白墙青瓦，徽派建筑，清亮醒目。低凹处则是稻田及荷塘，青苗在望，荷叶片片。而那帐篷营地就搭在稻田之上，需要踩过木桥前往。

这个渔湾村，过去是秦岭腹地的一个贫穷落后的河边小村，有十几平方公里的山林，80 多户农家，400 多口人，村民有一半在外打工，只剩下老人和孩子看门守家。几年前，省城的一个文化旅游产业公司，落实振兴乡村计划，来此地投资开发，要把渔湾村打造成天空下的农场、有特色的田园综合体及生态逸谷，如今这儿经过改造，竟成了网红打卡地。

首先是一个艺术团队，在山湾里开展什么"中国秦岭乡村戏剧计划"。一帮红男绿女，把楉出山路做自然舞台，进行综合跨界环境戏剧演出，融合肢体表演、音响声腔、环境装置、材料媒介等多种艺术形式，把乡村搞得神秘美曼而又莫名其妙。那真实与梦境，远方与近景，在开放的露天田野剧场上徐徐展示，丰富多彩。演员们很认真很敬业，努力地完成着自己的艺术实验。乡民们也观看得很投入，虽然不甚了解但大开眼界。

后来，一批更高层次的远方客人，也造访了渔湾村。这就是深潜 DeepDive 运动健康创始人兼首席体验官王石，他携深潜 DeepDive 重要成员一行人，来这儿实地考察。他们住了两天一夜，开展了秦岭越野跑、山地骑行、徒步攀缘等活动，把运动与自然结合在一起，呈现出一种鹿柴山集的生活范式。渔湾村起伏盘旋的地势、草木葱茏的山野，沿途上的人文景致、民俗风情，不期然偶遇的朱鹮野兔，还有粗茶蒸饭，乡间美食，都让人体会到身体与自然的和谐愉悦。

英国人托尼，一直在西安市做"黄河慈善厨房"，把志愿者组织起来，免费为无家可归者和讨饭人发放衣物食品，提供洗浴理发等服务。有一个周日，托尼带妻子来到渔湾村，不由得喜欢上这儿的田园牧歌，便租下一院闲置的农房，改造装修成他们节假日的休闲之地。

夜晚，稻田上的格兰篷轻奢营地吸引来一群城里游客，他们坐在月光下喝酒弹琴唱歌，闹到深夜，然后以稻田为毯，天空为盖，睡在风景里。

宁静寂寞且单调空荒的山乡，如今变得有点丰富多彩、热闹异常了。村民们开始不太适应，但随着经济收入的提高，生活条件的改善，他们就接受了现实。反正日子在发展，生活在变化，只要越变越好，这就是正道，就是希望。

（原载《黄河》2023 年第 2 期）

新冠疫情的肆虐，让我对时间也模糊起来，倏忽间，舒乙同志去世已两年了。

八年前的一场脑出血，让舒乙一直躺在病床上，直到去世。这对身体一向很好、一直充满朝气的舒乙来说，无疑是他人生中最大的悲哀。我曾多次去医院看望，每次都感到难受。他躺在那里，眼睛盯着天花板，浑身插着管子，不认人，也不会讲话。夫人于滨同志和家属一直非常辛苦地照顾着他。他的离世令人悲痛，也是文化界的一大损失。然而我想，这对于舒乙同志，未尝不是一种解脱。

我和舒乙同志共事中国现代文学馆直到他退休。20个世纪90年代初的一次作协全委会开会期间，舒乙同志突然找到我，动员我去中国现代文学馆工作，说他和李準馆长商量好了，理由是"你在《人民文学》工作了几十年，对当代文学和作家比较熟悉，而文学馆正缺熟悉这一块的人"。我忘记当时是答应了他还是说要听从作协党组决定，然而不久，新上任的中国作协党组书记翟泰丰同志找我谈话，决定了我的新的工作去向——中国现代文学馆。从此，我便开启了人生的最后一段职业生涯，并和舒乙同志建立了深厚的友谊，也因之熟悉了他的母亲、老舍先生的太太胡絜青老人。胡絜青曾承受了老舍先生过早不幸辞世的巨大创痛，历经坎坷，而能够坚强地生活，健康长寿，并在书画艺术事业上取得了非凡的成绩，这是值得庆贺的。在以后的每年春节，我们都会去给老人家拜年，连续几个春节，我都有幸贴上老人家书赠的大红"福"字。记得在她96岁那年春节，我和吴福辉照例去拜年，我不敢奢望再得到她的赐"福"。当我们恭恭敬敬地作揖、叩首之后，她开怀大笑，高兴地说："也祝福你们，祝福你们！"说着让舒乙取出两幅已写好的大红"福"字赠予我们，真是喜出望外啊。

舒乙同志不但与父亲一样热爱文学事业，也承继了母亲的才华，在工作之余创作出大量的随笔和书画作品，出版过10多部著作，办过大型书画展。我记得他的一部著作《大爱无边》，就是集随笔和书画作品于一体，很受读者欢迎。

怀念舒乙同志，我最想说的是两个方面。其一是他继承了老舍先生对北京的熟悉、对北京的宣传和对北京的热爱。特别是他对北京古建筑非常熟悉，每到一地，都能讲出这些古建筑的来龙去脉，如何保护、如何修复，头头是道，提出的都是具体意见，彰显出他的智慧。

20世纪末，为了改变北京市民的居住条件和城市面貌，危房改造和安居工程以及房地产开发在整个城市火热起来，这的确改善了居民的居住环境，城市面貌也得到了很大的提升。但是，随着进一步的发展，问题也显露出来：伴随着商业街区和高楼大厦的崛起，那些古老的、民族特色浓厚的胡同和四合院开始大规模地被推倒，一个区域一个区域、成片成片地消失在城市改造的浪潮之中。如此一来，作为世界文明重要的组成部分，北京古城风貌将不复存在了。这种现状急坏了舒乙，他不但联络政协委员在北京市政协会上递交提案，而且还在报刊上撰文呼吁。《小院的悲哀》《拯救和保卫北京胡同、四合院》《保护北京历史文化名城的紧急建议》《把美留在人间》《有个公园名字叫老舍》《老舍的丹柿小院》等10多篇文章先后发表在《北京政协》《长江建设》《中国政协》《北京日报》《文汇报》《北京地方志》等报刊上。这些文章的关键点都集中在保护北京胡同、四合院上。其中，他和全国政协委员梁从诫、弥松颐、李燕等同志联合撰写的《保护北京历史文化名城的紧急建议》里提的10条建议，在市政府责成首规委、市文物局和市规划院限期制定保护古都风貌的规划中，几乎全部被汲取。激动万分的舒乙当着市长们的面喊道："我要给你们叩头了！"这里还特别要写的是冰心先生的故居。位于北京平安大街北侧的中剪子巷33号院，曾被冰心先生称为"我灵魂深处永久的家"，从1913年初秋她迁居北京后就一直住在这里，直到1923年夏天赴美留学。冰心许多重要的作品如家庭问题小说、组诗《繁星》以及最初的《寄小读者》，都是在这座小院里创作完成的。大家共有一个心愿——将其列入保护范围并在条件成熟时办一个冰心纪念馆。此事得到舒乙同志的响应,他和文化界别的政协委员一起递交了保护这一院落的提案,得到有关方面的高度重视。虽然后来未能如愿,但舒乙一直没有放弃,在各种场合向有关领导呼吁。

写到这里,再说说舒乙同志对中国现代文学馆,特别是新馆建设倾注的很多心血,做出的重要贡献。

筹建新馆期间,舒乙已经是花甲之年,但工作起来完全不知疲倦。他精力充沛,脑子里始终装的都是新鲜的想法和思路。在他的策划下,中国现代文学馆曾专门引进影视人才,对老一辈作家进行追踪采访,留下了珍贵的影像资料。他还主持策划巴金、茅盾、老舍、冰心等一系列展览,非常出彩,有声有色。

中国现代文学馆的建立,离不开巴金老人的奔走呼吁。早在1979 年,巴老就已开始萌生建立文学馆的念头,1985 年 1 月,他提出建立文学馆。1993 年和 1995 年,鲐背之年的巴老又先后两次写信给江泽民同志,请求他的帮助,解决新馆建设问题。同时,他还先后为中国现代文学馆捐款 25 万元、捐赠藏书和资料近万册。在中国现代文学馆建设过程中,我和舒乙等同志几次赴上海、杭州,当面给巴老汇报建设中国现代文学馆进展情况,每次老人家都特别认真地听,还不时道声"谢谢你们",并表示新馆建成后,将和冰心、萧乾相约,前去剪彩开馆。现在回想,如果没有巴老,中国现代文学馆就不会建成开馆,也不会成为中国文学艺术界的一张名片。自然,将巴老与中国现代文学馆融为一体就成了我们的心愿。应该说在新馆的建设中,许多设计的创意，都与舒乙同志的努力分不开。我们几个天天在外面跑，看古建筑，看新设计，就是想在中国现代文学馆建筑中尽量吸收中国传统古建筑的优长，吸收一些新的设计理念。所以，现在新馆里所呈现出的亮点，大多蕴含了舒乙的智慧，特别是中国现代文学馆门把手用的巴金老人的手模，正是他的创意——从与巴老握手开始，走进中国现代文学馆，走进一座新颖别致的现代化、园林化，极具浓郁民族风格的艺术圣殿。中国现代文学馆馆徽红底白字的逗号设计，一是表达中国现代文学始于标点符号的诞生，二是表达对作家与作品的收藏和研究永远不会终结。石头上的逗号是天然形成的，然而赋予它以新的含义，这仍是舒乙的贡献。还有一尊尊矗立在中国现代文学馆园林里的雕塑，大都是舒乙请来我国顶尖雕塑家完成的。鲁迅、郭沫若、茅盾、巴金、冰心等文坛大家，每一位先生都神采奕奕，各自的特质都被表现得淋漓尽致。这些雕塑作品的完成，自然是雕塑家艺术创作的结晶，但舒乙也付出了不少心血，从设计构思到选材用料，到选取位置、如何摆放，每一步他都给出了合理的建议及安排。

如今的中国现代文学馆，毫不谦虚地讲，是一座珍藏历史、珍藏文坛记忆，展示中国现当代文学辉煌成果的文学殿堂，其馆藏之丰富、珍品之多，堪称中国现当代文学艺术的"聚宝楼"。馆内收藏的作家手稿、签名书、照片、书简、字画、录音录像资料等珍贵的历史印记，已超过了 90 万件。其中，老舍出题、齐白石创作的世人广知的《蛙声十里出山泉》等四条屏，还有傅抱石、林风眠的画作等 16 件重磅作品，是舒乙与姐姐舒济和妹妹舒雨、舒立毫无保留地捐赠给中国现代文学馆的，成为镇馆之宝。最近，闻悉于滨同志又在筹划将舒乙创作的部分书画作品捐赠给中国现代文学馆，我想这也能了却舒乙同志的心愿，这里能使他追求的事业延续下去。

怀念舒乙同志，想写的事还有许多，可叹我也年迈，笔力不逮，只好打住。记得中国现代文学馆的巨石影壁的背面，刻有巴老的一段话："我们的新文学是表现我国人民心灵美的丰富矿藏，是塑造青年灵魂的工厂，是培养革命战士的学校。我们的新文学是散播火种的文学，我从它得到温暖，也把火传给别人。"多么精彩的表述啊！这是老一辈作家留给世人的动情表述，也表达了舒乙和我等这一辈人共同的心声。

（原载《中国文化报》2023 年 4 月 21 日）

我们三个战友的人生经历神奇得简直像一个人的，世间少有。我们的家乡就在佛都法门寺所在地陕西扶风县。18岁那年，我们穿上第一套军装，乘坐绿皮火车到青藏高原当上汽车兵，眼下退休在京城，60多年间从未分离过。我说的三个战友就是窦孝鹏、白宗林，还有我。

我在海淀区翠微军休所，窦孝鹏在丰台区军休20所，白宗林在海淀区田村军休所。每个人都有自己的一方天空，也有自己的一寸土地。如果说我们三个战友共有一方天空和一寸土地，也许不算夸张。

我们三人工作的第一个单位是汽车76团，先是在汽车教导营学习汽车驾驶和修理，毕业后分配到汽车连队当驾驶员，执行从甘肃峡东至拉萨的长途运输任务，途中要经过祁连山、昆仑山、风火山和唐古拉山。不久我们就调到团政治处当见习干事，我在组织股，窦孝鹏在宣传股，白宗林在青年股。其间，我们都开始了业余创作，在兰州军区和西藏军区的报纸上时不时能看到我们写的报道和小故事。至今给我留下抹不去的印象的是窦孝鹏写的散文《西出阳关有亲人》，发表在《解放军报》上。这篇散文是取王维的边塞诗"劝君更尽一杯酒，西出阳关无故人"的意境反其意而创作的，反映的是阳关道上的养路工人和军车司机难以割舍的鱼水深情。我读后眼前一下子感到那么豁亮，心头顿涌丝丝暖意。我也多次驾车从阳关走过，也知道这首唐诗，怎么就没有想到以它为意蕴写作呢？生活中一些容易得到的事物反而也容易失去，关键是多读书多联想，才会生发新天地。直至数十年后，我每每给文学爱好者说起写作，还要深情地提到孝鹏这篇散文对我创作的警示。那篇散文的剪样我一直保存着，后来由于经常翻阅掉了一个角，我从别处剪来几个同样的字补上所缺的字。

　　那个年代，高原部队的文化娱乐生活单调得像戈壁滩枯萎的红柳苞一样燥缩，看一回电影也要"跑片"轮流看。什么意思？一个电影放映队要在五六个部队驻地来回跑，汽车部队、兵站、转运站、医院……轮到我们头上差不多就有一周时间了！我们团的王政委多次对初中文化程度的我们三个说："你们是咱们团里的秀才，要发挥特长，给指战员们的业余生活添点亮色！"团首长有令，我们照办，在政治处高主任的具体领导下，我们的文化娱乐生活开始迈步了。

　　团里的业余文艺演出队应势成立，编导、演员都由我们三个人包揽。编剧自然是窦孝鹏，这之前他在兰州军区《连队文艺》上发表过小话剧《问路》，还得了创作奖。长得白白净净的白宗林在入伍前就常演戏，且扮演的是女角。我干什么呢？虽然当时在《解放军报》发表过散文且获得了"四好连队五好战士"征文证书，但是对于唱呀跳呀的实在是外行。窦孝鹏便给我虚设了一个职务：导演助理兼后备演员。我们的具体任务是配合部队的中心任务编排节目。我现在可以回忆起来的节目有《抢拖斗》《梅花欢喜满天雪》《未婚妻来信》《问路》《东郭先生》等。所有的演出都是天做帐子地当台，锣鼓家伙一敲就开场。如果只有一个连队从线上执勤回营，我们就在连队的院里撑一块幕布演，如果是两个以上的连队回营，就在大操场演出。难忘这样一个搞笑的事情，那是演活报剧《东郭先生》的时候，只有两个演员：东郭先生和一只狼。孝鹏指名道姓让白宗林饰演东郭先生，谁扮演狼呢？这时他的目光投向了我："该你露一手了！"这家伙真坏，原来他说让我当后备演员，在这儿等着我呢！演就演吧，以大局为重，反正把一件皮大衣翻过来往身上一披，露不着脸，谁晓得狼是谁扮演的呢！漏洞出在狼扑向东郭先生那个动作。也许是我太紧张，该扑向东郭先生时没有及时扑，急得白宗林直喊："快扑，往我身上扑！"看演出的指战员都听见了、看到了！台下哄堂大笑。多少年过去了，每每提起这件事，我们三个人都会笑得前仰后合，露牙歪嘴！高原军营的生活多有情趣，苦中含乐！

我们团里的文化娱乐活动搞得有声有色，有一个人的作用不能不提及——团俱乐部主任郑福存。他在解放战争时期是华北军区文工团分队长，曾和田华同台演过歌剧《白毛女》，田华扮演喜儿，他扮演喜儿的父亲杨白劳。可想而知，有这样一位资深的俱乐部主任，团队的文化娱乐还能落在别的团队后面吗？我们演出的节目曾参加过兰州军区业余文艺会演，窦孝鹏创作的小话剧《问路》还获得了创作和表演双奖。

天空飘着被风吹散的雪片，指不定哪一天会聚在一起凝成落雨的云。1964年春天，我在参加了总政治部宣传部举办的第九期新闻干部学习班后，一纸调令被调到了总后勤部宣传部。次年，窦孝鹏在出席了全国青年创作积极分子代表大会后，也被调到了总后勤部宣传部。开始我俩都在创作室从事文学创作，后来又一同调到《后勤》杂志社当编辑和记者。不久，总后勤部召开学习毛主席著作积极分子大会，挑选了一批有写作能力的年轻人进总后机关，白宗林被选中到了《后勤》杂志社。我们三人在一栋楼上的三个房间办公，但是出操同站一个队列，吃饭同进一个食堂，住的屋里是三张同样的单人床。

"文革"中，我们仨各自带着在八百里秦川吃着苞谷糁子成长起来的乡土妻子办理了随军手续，在京城安了家，同住在总后勤部大院的一栋筒子楼里。

这之后，白宗林蹚了一段仕途之路，在汽车团、格尔木兵站部和解放军三〇四医院政治部担任领导职务。我和窦孝鹏初心不改地继续挥笔爬格子，激情一年胜似一年地创作小说、散文和报告文学。

三人用生命影响着生命。我们闯荡高原的脚印被埋在冰雪里，当然也埋在长安街的柏油马路上，春风一次次把这些脚印叫醒，溅出火花来。

1987年8月，解放军文艺出版社出版了窦孝鹏创作的长篇小说《崩溃的雪山》。1990年，解放军总政治部将该书作为在全国遴选的"百部优秀图书"向全军部队进行了推介。我的书柜里至今仍然珍藏着孝鹏签名的这本书，并认真通读过。其实我也早就有写这类题材的报告文学的打算，且已动笔。把别人作品的优长融会贯通在自己的写作中，这不是低级的模仿。在这类题材的散文、报告文学写作中，《崩溃的雪山》多次给予我启示。不过长篇到了也没写成，最后只写了3万字的散文《情断无人区》，发表在《解放军文艺》上。高山横在眼前越不过去呀！

我和孝鹏的第一本散文集《春满青藏线》，为两人合集，于1975年3月由天津人民出版社出版。这不是我和孝鹏的本意，也许是天意吧！事情是这样的，"文革"前，天津的百花文艺出版社出版了一批在全国很有影响的散文作品，百花文艺出版社因此名冠神州。作为文学青年，大家将百花文艺出版社看成了散文的殿堂。初生牛犊不怕虎，我俩没有商量，连任何暗示也没有，就各自将自己的散文集寄给百花文艺出版社。我的散文集名叫《青藏线上》，孝鹏的散文集取名《长长的青藏线》。出版社收到两本同样是反映高原军营生活题材的书稿，便将两本书捏合为一本书，以《春满青藏线》为书名出版了。不能不佩服编辑的良苦用心，这还真有点高山流水、剑胆琴心的意味呢！当时"文革"刚结束，百花文艺出版社这个牌子大概太柔情吧，这本书最终是以天津人民出版社的社牌出的呢！

我的散文集《藏地兵书》获得第五届鲁迅文学奖后，窦孝鹏写下了《七旬老兵叩开鲁迅文学奖的大门》，文中写道：王宗仁"在职时，一趟趟上高原，或许是职责所系，退休后，他不听家人劝阻，仍不安分地一次次闯高原，与雪山、戈壁滩亲近，触摸昆仑山、通天河，写出了一个个感人至深的高原汽车兵、兵站兵、管线兵、卫生兵、通信兵、仓库兵（包括一些家属），所以，他给自己的书起名为《藏地兵书》，是名副其实的，这也是他的作品具有生命力的根源所在。大家都说，他退休后焕发出了自己生命的第二个青春"。孝鹏这篇文章，于2016年获全国第三届"书写人生第二春有奖征文大赛"一等奖。

我们三个战友在青藏高原所经历的苦也罢甜也好，所有都会随风而去，后来者也许不会重复。但是，如何面对苦难，如何享受生活的甘甜，后来者可能会得到一些启示。我们只是三颗星星而已，没有月亮那么亮，更没有太阳那么热烈。我们在茫茫人海里，互相依靠，各得其所，有路只知朝前走，共闪微光，共享其乐！

（原载《军休之友》2023年第3期）

一脉大山，自西浩茫东来。到了与大河接近的地方，铺展成一片皱褶，形成了豫西山地。山虽不算高耸，绵延伸展的范围却十分广大。

在这绵延的山谷间，有一条土路蜿蜒地匍匐伸展。在崤山西与潼关之间的细小狭窄处，有一关口，是为古函谷关（在今天的河南省灵宝市西北）。此关西据高原，东临绝涧，南接山岭，北塞黄河，因其地处"两京古道"，为东西交通要塞，又陷于山谷之中，深险如函，故称函谷关。

春秋末年，一个秋天的早晨，函谷关的关领尹喜早早地起床，到关墙上活动筋骨。他放眼四顾，山依旧是此前的山，山色丰富秀丽，天空也十分清澈透明，又是一个令人神清气爽的好天气啊！

东方正在由暗变明，由暗渐红。这时，尹喜突然发现，在天空色彩变化的瞬间，有一抹由蓝红混合而成的紫色出现在东方。这一发现，着实让尹喜感到震惊。紫气东来，天象有寄，难道有什么大事要发生吗？尹喜目不转睛地盯着那一片移动着的紫色光影，生怕自己有一点点的疏忽而错过了大事。

这是一个平常的早晨！但必定不会是平常的一天！

紫色的光影越来越近。周围一片宁静。尹喜在将目光投向山间光影的同时，也密切地注视着山间蜿蜒的土路。过了一阵，突然听到扑哧扑哧的声响由东而来，愈来愈强烈，愈来愈清晰。

这时，有几个关上的马弁也来到关墙上，看见尹喜惊讶的样子，都好奇地会合到探知的行列。大家都瞪大了眼睛注视着山间弯曲的道路。突然，在远处道路的拐弯处，出现了一团移动的尘雾，慢慢地向关口移动。尘雾像一朵团花，不断地变换着形状和色彩。太阳的红光照在这移动的尘雾上，好似由土红和蓝色交融成的紫色行帐，又像漂浮在水面的黄褐色船帆。在这清晨的山间和晨光薄雾中，非常神奇和美妙！雾团忽忽悠悠、摇摇晃晃地由远而近，渐渐地清晰了起来！

不大工夫，这个雾团终于被尹喜他们看得较为清楚了。这是一个须发灰白，穿着一身黄白色道袍的老者，骑着一头大青牛在行走，所行之处搅起尘土。奇怪的是，这位老者竟然侧坐在大青牛的宽大脊背上，一副似睡非睡、悠然自得的样子。待接近了关口，他这才仰头看了看关门上方的三个大字：函谷关。但他仍然骑在大青牛背上没有下来，只是看了看周围山间的地势。这时，关门上有马弁的声音传来。

"干什么的，这么早来，还不到开关的时辰！"

大青牛背上的老者并不答话，依旧四处张望，好像在寻觅着什么似的！

"赶快打开关门！快、快……"这是关领尹喜的急促的声音。只见他和两个马弁急急地从关楼上跑了下去。

一阵吱呀呀的响动声之后，沉重的关门被打开了。尹喜急急地跑到大青牛身边，对着牛背上的老者紧行拱手大礼，他的口中念念有词："学生失礼了、失礼了！"

老者看看身边的来人，感到面熟，只是记不起是何人了，就"啊、啊……"地应对。

尹喜见此情景，立即说："老馆长，我是尹喜。此前到守藏室查《税收精义》时拜访过您。时间长，您可能记不得了！"稍顿，又接着说："我现在在这里当关领，不知道先生您来，有失远迎啊！"

只听老者"啊哎"一声，就抬腿从大青牛背上下到地上，对着尹喜拱了拱手！

老者正是周朝藏室史李聃（即老子），人们都习惯于叫他馆长。

商朝末期，纣王当权，其因荒淫无度、凶残暴戾，恶名远昭。周文王九年，周武王用车子载着文王的木主（牌位），率师东进，观兵于孟津（今河南省洛阳市孟津区东），有八百多个诸侯和部落首领加入，他们愿意接受武王指挥，一致要求渡河北上，讨伐商纣王。孟津之会后两年间，商纣王不仅没有收敛，反而更加暴虐。他杀死了王子比干，据说还狠毒地掏了比干的心，囚禁了箕子。连他的太师疵、少师彊都抱着祭器和乐器逃奔于周。这时，武王认为伐纣的时机成熟了，便下令出师，并遍告诸侯："殷有重罪，不可以不毕伐。"他亲率戎车三百乘、虎贲三千人、甲士四万五千人，挥师北进，大举伐商。武王十一年（前1046）正月甲子这天，伐商大军来到商郊牧野，这里距离商都朝歌只有七十里。经占卜，认为当天即可克服商纣。果然，誓师之后，大战即起。因为纣王昏庸残暴，已经丧失人心，拼凑起来的十七万军队中，很多将士在双方刚一交手时就掉转矛头，和周军联合反攻纣王。商军顿时全线溃败。商纣王逃回殷都，自焚而死。武王的大军迅速进占朝歌，百姓夹道欢迎。来到纣王自焚处，武王引弓连射三发，叫人用铜钺砍下纣王的头，悬挂在大白旗旗杆上示众。商王朝经牧野一战，寿终正寝。《诗经·大雅·大明》对牧野之战有很精彩的描绘，诗曰：

> 牧野洋洋，
>
> 檀车煌煌，
>
> 驷𫘫彭彭。
>
> 维师尚父，
>
> 时维鹰扬，
>
> 凉彼武王，
>
> 肆伐大商，
>
> 会朝清明。

1976年，在陕西临潼县发现了一个西周初年的青铜器——"利簋"。上面的铭文记载，当时有个贵族有司利参加了这次牧野之战，并在战争中立功，武王赏赐他青铜，他便用这些青铜铸了铜簋以示纪念。"利簋"上的铭文明确地说牧野之战是在"甲子朝"进行的，与文献的记载完全一致。

周灭商之后，东部地区仍有一些叛周作乱的力量。武王病逝后成王继之。为了加强对东部的控制，成王七年（前1036）二月，派太保召公奭先到洛阳视察地形，最后确定在洛水和伊水的弯曲处——这个平原地带，曾是夏朝都邑所在，南临伊洛，北依黄河，可南望三涂山，北望太行山——新建都城。同年三月，周公旦亲往营建。后经多年兴建，在瀍水东西两岸建成一座新的都城，人们将其称为东都，总称为"雒邑"。

周朝大定天下之后，由于地域辽阔，决定东西分治。现有陕州（今河南省三门峡市陕州区）分陕石为证。分陕石说明：公元前1046年，武王克商而拥天下，是为周。成王幼时，周公与召公辅政，竖石丈余于陕州城外。二公约定，立柱为界分陕而治。自陕而东者周公主之，自陕而西者召公主之。后唐武后曾铭周召分陕石。这也是如今陕西之名的来源。

周东都雒邑在周公的精心营建和治理之下，不断发展扩大，成为西都镐京之后又一个政务中心。这里机构众多，门类齐全，守藏室也是其中之一。

不知多少年之后，李聃辗转来到了东都，在这个大天地里，开始谋求自己的发展。再过了几年，他走进了周朝的守藏室，进而成为藏室史。在这个收藏有大量历史文献典籍的地方，李聃如鱼得水。这里为他提供了非常丰富的阅读对象，让他驰骋自己的想象，丰富自己的学识。因为他的思想深邃奇特，学识广博丰富，故而，人们也称他为老子。

相传孔子曾两次上门拜访老子。初见老子，他只见一个好似木头的老者坐在那里。孔子感到好奇，问老子：我研究诗书礼乐春秋，自以为时间很长了。可次次拜访，次次碰壁，谁也不愿任用我啊！是人难以说得明白，还是"道"难以说得明白？

老子听后，稍稍沉思了一下，看着孔子说：你已经很幸运了，如今还在求知！六经的这些内容，都是先王的行为说教，都是以往的陈迹，正如鞋子可以踏出痕迹，但那痕迹就是鞋子吗？雄虫在上风叫，雌虫在下风叫，因而雌虫有孕；类这种兽是一身兼有雌雄两性的，所以自然有孕。性是不能改的，命是不能换的，时是不能留的，道是不能塞的。只要得了道，什么都行，可是，如果失掉了道，那就什么都不行。一切都在道中啊！说完，他眼睛微微向上，从孔子的面部移开。

听了老子的话，孔子头上有细细的汗水洇出。他有点蒙，自己也好像成了一根木头，于是起身告辞了。

过了三个多月，孔子又来问道。落座之后，孔子说：上次听了您的话以后，触动很大，我想了很久。现在明白了：我自己久不处在变化里，这样怎么能够使别人发生变化呢！

老子微微地笑了，说："你想通了！"

两人再未多语。孔子拱手倒退几步，向老子告别，表现出极恭敬的样子。孔子走后，老子对身边的童子说：看来我需要离开这里了！童子不解，问他为什么。老子说："我们还是道不同。虽都穿着鞋子，但我的是走流沙的，他的是上朝廷的。"

孔子在拜见老子之后，他的学生问："老子是怎样个人？"孔子说："鸟，吾知其能飞；鱼，吾知其能游；兽，吾知其能走。走者可以为罔，游者可以为纶，飞者可以为矰。至于龙吾不能知，其乘风云而上天。吾今日见老子，其犹龙邪！"

老子说自己要"走流沙"，可没有想到行动得这么快！或许是老子看到周朝延续了近八百年，如今也是朝纲松弛，诸侯离心，到处反叛，下情难以上达，虚有个架子的局面日甚，感到天下又要大乱，还不如趁大乱未到，早些离开。于是，就骑着大青牛奔西方流沙而来。今天来到了这东西间的要关——函谷关。

再经细看，老子好像记起了尹喜，笑着说想起他来了。

尹喜赶紧招呼两个马弁牵牛，自己也陪着老师，慢慢地向关门走去。

进了关门，尹喜忙着给老师安排住处和饮水饭食。他兴奋地告诉老子，自己一大早就看见紫气东来，不知是何祥兆，真没有想到是老师来了！能这样和老师重逢，真是太出乎意料了。他还请老子一定在这里多住几天，再开导开导自己。

老子看着尹喜高兴的样子，脸上露出微微的笑容。没有想到，在这令很多人畏惧的关口，自己能遇到旧识。他回应尹喜说：真是有缘！我也没有固定的行程，从雒邑出来几天，青牛也该稍加歇息。那我就住几天，和你聊聊。

第二天上午，老子拂晓就起来，信步游览，发现这里虽为要津，可人员并不很多。庭院干净，管理有序，并无闹嚷的情景。他心想，这尹喜也是个能成事的人啊！

尹喜也早早地起了床，没有想到，还是落在了老师后边。在服侍老师吃过早饭后，尹喜把老子请到关舍一个大点的厅堂内，准备听老师讲学。为了不显冷清，尹喜还将十余个好学的人叫来一起听。

老子也不讲究，在大家静坐之后，就开言了：

"上德不德，是以有德。下德不失德，是以无德。"

"昔之得一者：天得一以清，地得一以宁，神得一以灵，浴得一以盈，侯王得一以为天下正。"

"上士闻道，勤而行之；中士闻道，若存若亡；下士闻道，大笑之，不笑不足以为道。"

老子在用心地讲着，如同天外的行者，思如泉涌。可听讲的人除过尹喜等少数几个人似懂非懂外，大部分人根本就不知老子所云，渐渐地也就显露出茫然的表情了。老子见此情形，便停下来说，今天就到此吧！但他并不生气。尹喜自然明白老师讲的内容都非常重要，虽然感到深邃难懂，却依然兴趣浓厚。

又一个上午，老子再次开讲。来的人自然是少了一些，但有兴趣者也还不少。老子并不在意听者人数有多少，言道：

"道生一，一生二，二生三，三生万物。"

"天下之至柔，驰骋天下之至坚。"

"罪莫大于可欲，祸莫大于不知足。咎莫憯于欲得，故知足之足，恒足矣。"

"为学者日益，闻道者日损。损之又损，以至于无为，无为而无以为。"

"治大国，如烹小鲜。"

"合抱之木，生于毫末；九层之台，起于垒土；千里之行，始于足下。"

"上善若水，水善利万物而不争。"

"道可道，非常道。名可名，非常名。"

"天地不仁，以万物为刍狗。"

"夫唯不争，故天下莫能与之争。"

"人法地，地法天，天法道，道法自然。"

"知人者知也，自知者明也。"

尹喜等人似乎被老子的讲述降伏了似的，一个劲地点头，不管懂了还是没懂。这场讲座直至中午方才停歇。尹喜非常心疼老师，就对老子说："老师，您讲得太深刻精彩了，劳累您了！您讲的，我们也不能够全理解，可知道内容神奇美妙。但像这样讲您太累，听的人也有限。您干脆在这里多住些日子，把要讲的都写下来，供更多的人学习理解。"

老子听罢，先是一愣，少顷，回答说："这倒是个办法。我此前忙，没有写书的时间。如今西去流沙也不急于一时，况且还不知道何时方能回还。既然在此开讲了，你们也乐意听，趁着这机会把我多年的所思所想写出来，留给后人也好。"

听了老师的话，尹喜非常高兴，激动地说："这是天大的好事啊！我赶紧给您准备房间和书写工具。"

既然要多住些日子写书，老子便特意叮嘱尹喜帮他照看好大青牛，然后就将全部精力投入写书。老子是一个敏锐多思的人，开始写书之后非常忘情，总见他在关舍的房间内念念有词，述而有声，随手书写。有时，则索性由他口述，尹喜来记录。两个人都非常地用心，废寝忘食。山绵绵，水滔滔，风声在耳，雨丝如帘，万物在生长轮回，时间就这样一天天过去。

秋天，是个多么透亮清爽的季节啊！函谷关周边的山上，除过大片的绿色外，还可以看见散布在各处的柿子树，红黄的颜色像是给大山披上了花毯，格外迷人。那柿子树上的叶子犹如万千红掌，在山风的吹动下哗啦哗啦作响。那挂满枝头的柿子个个像红灯笼一样，给人带来甜蜜，也似乎能给人带来光明！啊！这个美妙的秋天，这个色彩斑斓的秋天，这个果实丰硕的秋天，多么令人陶醉啊！

经过口述、书写，老子和他的学生尹喜一起，把老子思考的内容整理完成。这些内容，计五千言，涉及自然天地、社会人生每一个方面和领域，认识精妙深刻，为前人未曾道及。

这个记录，后来经人整理，以《老子》或《道德经》之名面世，至今仍在影响着世人。有人统计，老子的《道德经》如今被翻译成97种语言，共2051种译本。西方的权威哲学家认为，如果人类只能保留一本书的话，应保留老子的《道德经》。

老子大功告成，又要踏上西去流沙的道路。

尹喜哪里舍得让老师离开，可老师的行程已定，不好改变。无奈，尹喜干脆向上司打了份辞职报告，跟着老师西行了。

又一个晴朗的早晨，马弁们牵来大青牛，装上老子的行李，扶老子骑上去。奇怪的是，老子这次不再是侧骑，而是稳稳地跨坐在大青牛的背上。尹喜则牵着牛缰绳，出函谷关西门，扑哧扑哧地向西远去了。人们看见，老子和尹喜与大青牛一起，在路上搅起一团尘雾。早上太阳的霞光，照射在这移动的雾团上，一闪一闪的，像滚动的光环。雾团愈来愈小，终于消失，不知所终！

（原载《中华英才》2023年第16期）

上善若水。我意：水即上善。自古以来，人类都是逐水而居，对水有着一种天然的喜爱之情。而我住的小区里，就有一汪碧湛湛的湖水。

这是首都北京的湖和水。

这片湖水满足了人们对它的期待：春有春的明媚，夏有夏的清凉，秋有秋的旖旎，即使到了冬天，也会给我们捧来一湖冰的晶莹。

由于工人师傅的辛劳付出，湖里有了荷花的清幽，水草的蓊郁，金鱼摆尾巴和吐泡泡的灵动。过了一段时间，不知从哪里来了些青蛙，又是打鼓，又是唱着"呱呱呱"的歌谣，这使我激动不已。听见它们的声响，我的童年便重现于眼前，只有几步之遥，我每天都要去童年里走上一遭。后来，又飞来了两只野鸭子，使湖面多了些浪漫的气息。野鸭子和家鸭子很不一样。家鸭子无论雌雄，都长得痴肥臃肿，走起路来摇摇摆摆，早已丧失了飞行的能力；而野鸭子苗条秀气，它们想飞就飞，轻捷自如，让人发自内心地喜欢。据说，那两只

○ 刘成章

湖畔风景

野鸭子是一对恩爱夫妻，是从朝阳公园飞来的。朝阳公园里有一片60多万平方米的水域。或许是某一天，它们在四周飞翔闲逛时，经过我们小区上空，低头一看，这里竟然也有一个湖呀，真是一个躲开喧嚣的好地方，就决定落下来游玩。此后，它们便隔三岔五地总要来。

今年初春冰雪消融之后，物业抽干了湖水，彻底清理湖底，并且进行了改建。原先的单头小喷泉，现在变为环形立体大喷泉，枝枝丫丫都喷射出冲天的灿烂水柱，当好风吹来时，细雨到处飘洒，让人好不舒心。原先湖里的荷花都是栽在小花盆里的，现在把小花盆都撤了下来，代之以水泥砌的大池子，土壤肥厚，天地广阔。每个池子都像一个偌大的花圃，好像能装得下十来个月亮。原先的荷叶最大不过两个巴掌，现在则硕大舒展，挤挤挨挨，竟可以和黄永玉的万荷堂比美。一朵朵大荷花，花香四溢，吸引来了好多蝴蝶。整个大湖，面目一新，似乎是要招待远方来的贵客高朋。

一个清晨，正当旭日照着蓝玻璃似的湖面，忽然，九只小精灵出现在人们的视野里——那是九只小野鸭！一个个毛茸茸的，羽毛黑黄相间，宛若童装秀上的小模特。这一窝小精灵！

九只小野鸭啊，一窝会游泳的花骨朵！

这些花骨朵，是大野鸭从空中背过来的吗？显然不可能。我又想，这些花骨朵应该是在湖畔孵出来的。那么，是在湖畔的哪个位置？有人说，是在草丛里；有人说，是在石头缝里。但是，谁也没真的看见过。

后来经过多方打听才知道，它们的孵化之地是在小区的7号楼后面。出世后，它们极小极弱，但它们也有自己梦想中的天地，于是鸭妈妈领着它们踏上寻水之旅。它们走到小区大门口时，保安惊喜地发现了它们，便把它们吆到了湖水中。这下，它们有了固定的家园。假如给它们建立一个档案，可以这样写上："祖籍：朝阳公园；出生地：7号楼后；目前固定住址：潋滟湖里；健康状况：优；性格状况：开朗活泼；理想：自由飞翔。"

这些小野鸭，这些难逢的小贵客，它们的降临，给我们这个小区平添了无限的生机、情致、喜气、趣味和诗意。这些花骨朵，给小区里的人们，特别是孩子们，带来了无尽的愉悦和欣喜。

湖畔的所有目光，都被小野鸭所吸引；湖畔的所有脚步，都因小野鸭而慢了下来；湖畔的所有议题，都和小野鸭有关。小野鸭是开心果，人们为它们而喜笑颜开；小野鸭是调音器，人们心上的管弦也因它们而愈加和谐动听。我今年已经86岁了，因为这群小精灵的到来，我年轻了10岁。我愿和这些小精灵做个忘年交，每天都想亲近它们几次。

虽然鸭妈妈整天领着它们游弋、觅食，保护着它们，但是它们毕竟还稚嫩。为了让小野鸭生活得更加安全、舒适，物业在湖面的一丛荷花旁，给它们盖了一座瓦房似的绿顶小屋。这小屋像模像样，恰似童话里美丽的小建筑，很耐看，并且每天都有专人送去科学搭配的食物。如果把这座小屋称作野鸭的豪华别墅，也不为过呢。

小屋的出现让孩子们欢呼：这活脱脱是一个童话的世界！孩子们

都说："我们的小野鸭是最可爱的，白天鹅也比不上呢！"

望着小野鸭，我心里默默地说："这小屋，这湖里的一切，包括喷泉、荷花、水草、涟漪、阳光和岸边的高大树木，甚至是落在湖里的蓝天、白云、明月、星辰，都归你们了。湖里有数不清的小鱼、小虾、小虫，你们尽情享用吧。"

孩子们表达对小野鸭的喜爱和羡慕，有他们独特的方式。他们凑近小野鸭，谈论它们，问候它们，也有淘气的孩子随手捡一些树枝，向它们轻轻掷去，逗它们玩。小野鸭虽然年幼稚嫩，却似乎也有孩子的智商，一点也不害怕，依然在孩子们面前自在地游来晃去，还要唱上几声。

就这样，我们小区的这片湖水，以那些小野鸭为焦点，每天都好戏连台。人们路过湖畔时，再也不埋头看手机，而是将目光投向湖面，寻找小野鸭的身影，要是寻找不到，总是十分失落；要是看见了，总要拍张照片，尽管已拍过好多次。倘若几个人遇到一起，便是谈论小野鸭："你看见小野鸭了吗？""快看，人家一家子都出来了！""太可爱了！""真是些花骨朵！"

是的，它们长得真快，不到二十天，已经长成大孩子了，好像已经到了可以上学的年龄。它们在人们的欣赏、疼爱中，在人们的赞美声中，幸福地成长着。

湖面是分了三个台阶的，相邻的两个台阶之间相差了一米。令人惊奇的是，大鸭领着小鸭，居然可以上到更高的那片湖面。它们一会儿在水面上嬉戏，一会儿在石坝上休憩。它们是怎么上去的呢？后来，有人揭开了谜底：大鸭领着小鸭从岸边走上去的！

　　大家心里都明白，总有一天，这一窝花骨朵，会扑噜噜地展翅高飞。人们在心里默默叮嘱："小野鸭啊，小可爱啊，你们将来不管飞到哪里去，都别忘了这里。要是累了倦了，就毫不犹疑地飞回来，回到这一汪蓝莹莹的湖水中，这里永远是你们的故乡。"

（原载《光明日报》2023 年 9 月 19 日）

隋朝初年，从河东蒲州北迁至京兆华原的柳昂，也就是柳公权的先祖，仕北周时历职清显，为朝廷所重，为百姓所敬。北周武帝对于这位器识过人的名士非常重视，任其为大内史，赠爵文城郡公，致位开府，当朝治事，百僚皆出其下，煊赫称最。

北周建德四年（575），武帝宇文邕亲戎东讨，至河阴遇疾甚重，内史柳昂找来梁武帝时领殿医师姚僧垣为其医治。

宣政元年（578），武帝行幸云阳，遂寝疾。乃诏医师姚僧垣赴行在所。内史柳昂私问曰："至尊贬膳日久，脉候如何？"

姚僧垣对曰："天子上应天心，或当非愚所及。若凡庶如此，万无一全。"

不久，武帝宇文邕崩。长子宇文赟在父亲死后，面无哀戚，摸着脚上曾被父亲惩罚的杖痕，大声对着武帝的棺材喊道：死得太晚了！因父亲武帝对其管教极为严格，曾派人监视他的言行举止，他只要犯错就会被施以严厉惩罚。

宇文赟即位，是为北周宣帝，在此期间，柳昂尽管"稍被宣帝疏，然不离本职"，还是宣帝身边的重臣。

事实上，柳昂作为内史，不仅深得宣帝的信赖，而且与北周武帝的大将军杨坚私交甚好。有识之士皆以为杨坚是非凡之才，齐王宇文宪便在武帝面前进言，杀杨坚以免后患。杨坚得知，深自晦匿。多亏了内史柳昂与杨坚互通情报，彼此无话不说，北周宗室诸王多次想谋害杨坚都没有成功。

北周宣帝政治腐败，奢侈浮华，同时拥有五位皇后。宣帝先是迎娶随国公杨坚的长女杨丽华，禅位于长子宇文阐（原名宇文衍）后，自称天元皇帝，杨丽华为天元皇后。宣帝病死，八岁的宇文阐继承皇位，是为北周静帝。作为北周宣帝岳父的杨坚，便以大丞相的身份辅政，乘机将北周重臣外遣，逐渐掌握了朝政。杨坚总领百官，封柳昂为大宗伯。

后来，杨坚受禅代北周称帝，改国号隋，北周亡。杨坚改元开皇，建立隋朝，废除北周六官制度，依照汉魏官制改制，授柳昂为上开府。

柳昂受任之初，即得偏风，不能治事。疾愈，改任潞州刺史。

官任潞州时，隋朝形势已趋安定，柳昂认为正是乱极思治，可以强化风俗教化，推行劝学行礼的好时机。于是，他郑重地向隋文帝呈了一篇奏章，大意是：我听说帝王承受上天的旨命，举办学校定礼仪，所以能够转变过去的陈旧风俗，形成现在的新风俗。

隋文帝看到了柳昂的奏章，颇以为善，即下了一道诏书：建国重道，莫先于学，尊主庇民，莫先于礼。柳昂这道奏章，总算得到了结果，也不枉他为国家基本政教所费的一番苦心。

柳昂死于冀州任上，可谓鞠躬尽瘁。柳昂死后的归宿，应该是他开创的京兆华原。这是他当初北迁时就预料到的。

柳昂之子柳调，历任秘书郎、侍御史。

柳昂在任时，颇多惠政，民感其德，教化风行，隋政府的地方主管长官，没有几个柳昂式的贤能人物。到了他儿子柳调时，朝政不纲，官多贪赃，唯柳调能清素自持，饶有父风，为时人所美。

柳调也是颇有性格的，对专权的杨素就毫不客气。

有一天，高大威武的杨素在朝堂上见到身材消瘦的柳调，有点开玩笑地说："柳条通体弱，独摇不须风。"意思是说：你看你柳调，通体文弱，你不须风吹，独自就这般摇摇晃晃。

柳调感到有伤自尊，敛板正色曰："调信无取，公不当以为侍御；信有可取，不应发此言。公当具瞻之地，枢机何可轻发！"

言行，乃君子之枢机。柳调对这位权倾一时的尚书左仆射是不相附和的。杨素不料，官职比自己低许多的柳调竟然有此抗议。可见柳调是有气节之人，随声附和不可以，至于阿谀奉承更于他不相干。

这个得势不容人的杨素，曾对柳氏从兄弟柳机和柳昂说："二柳俱摧，孤杨独耸。"让二位长辈无奈，只能苦涩一笑置之。无聊的杨素又想在二柳的后辈身上一试其贬损的招数，却惊异于柳调不吃这一套，与其针锋相对，言辞凿凿，使其很没面子。

隋炀帝嗣位，柳调累迁尚书左司郎中。时朝士多赃货，柳调清素守常，然于干用，非其所长。

参阅河东柳氏族谱可知，柳纯的六世孙柳懿之子为柳敏，柳敏之子为柳昂，柳昂之子为柳调。柳调之嫡系后裔失载，也许没有子嗣，或是出了什么事，或因没有功名而未被记入族谱，这一支香火无继或无考。那么，柳公权的祖上是从哪一辈产生分支的呢?

据柳氏族谱世系表记载，第二十三世柳敏有一个从祖弟，叫柳道茂。柳道茂之子为柳孝斌，柳孝斌之子为柳客尼，柳客尼有二子，长子柳明伟，次子柳明亮。柳明伟有二子，长子柳正巳，次子柳正礼。柳正礼正是柳公权的祖父。

所谓从祖弟，指的是拥有同一个曾祖父，也就是堂兄弟的一种。那么，柳道茂与柳敏是同一个曾祖父，即第二十世的柳平。而柳平之后的辈分秩次却残缺不全，难以梳理，只能大概判断出其间的来龙去脉。

由此也可以想见，北迁京兆华原的柳昂，继之柳调，之后的嫡系子孙也许没有什么建树，有沦为庶民百姓的可能。而柳道茂及其嫡系后裔柳孝斌、柳克尼、柳明伟，也没有值得书写的官宦履历，或非官宦之辈。因年代久远，难以甄别，族谱的记载者也只是猎取有史料记载的名人踪迹续写世系之分支了。

三十年河东，三十年河西，谁也保证不了自己这一支脉能一直享有功名利禄，永垂青史。太阳家家门前照，一支人兴旺了，另一支人衰落了，此起彼伏，枝枝叶叶总是在同一棵柳氏士族的大树上枯荣嬗变，绵延不断。枝权的交错勾连，也是常有的事。

从迁居华原的柳昂至柳公权的祖父柳正礼，也就是从隋朝初年到唐朝玄宗开元二十年前后，已经有一百五十年左右的漫长岁月。从隋炀帝朝官至尚书左司郎中的柳调之后，这一支脉无管人丁是否兴旺，仕途却不继，无疑被置于唐朝主流社会之外，朝里已无人做官了。

唐太宗沿袭隋朝国策，对推行打击清流士族的策略十分坚决，华原柳氏家族受其影响，几番起死回生。柳公权的先祖通过家族内部的自行调整，逐渐由家族荫官向科举入仕转化，但官职均不高。不然，族谱中会有只言片语的记述。

唐朝建立后，属于关中郡姓的河东柳氏，虽说与李唐王朝有这样那样的关联，在宫廷动荡中却也难以避免遭遇不测。柳公权先祖的柳氏另一支脉，在进入唐朝之后，有柳宗元的先祖柳奭官至高宗朝宰相，却晚年不幸，以大逆罪被诛。其后虽有朝中重臣，也是几经沉浮。柳氏士族的兴衰，是魏晋南北朝至隋唐士族由盛至衰的缩影。

于是，柳道茂老先生便蛰居华原柳家原乡间，依靠或协同从祖弟一支人继承并拓展的家业，春种秋收，纳粮进贡，繁衍子孙后代，试图通过科举入仕自我挣扎，以期东山再起，重续先祖曾经的荣耀。

一直到一百多年后，柳公权的祖父柳正礼才从华原乡间出道为邠州士曹参军、司户参军，实在是不容易。

柳正礼任职的邠州，古称豳州，周人先祖后稷四世孙公刘在此开疆立国，是被《诗经》所反复吟唱过的古豳之地。因豳、幽二字易混，唐开元年间改豳州为邠州。

位居邠州士曹参军、司户参军的柳正礼，掌津梁、舟车、舍宅、工艺，或掌户籍、道路、过所、杂徭、婚姻、田讼、旌别孝悌，知籍方可按账目捉钱，事无巨细，很是忙碌。

柳正礼任职邠州多年，并无升迁机会回到京都长安做事。早先祖上在长安所置的家业，或年久失修，破落殆尽，或可以当成一处中转的留宿之所，或已几易其主。好在邠州离华原柳家原不算远，假期还可以回到那片山原的村落，享受天伦之乐。

柳正礼的父亲柳明伟、祖父柳客尼，以至曾祖父柳孝斌、高祖父柳道茂，老几辈人已经远离仕途，沦为平民百姓。也许在科举场上屡试不第，回家作务稼穑，或为小吏杂差，不得而知，总之在族谱中似乎不值提说。进入唐朝后的一百年间，历经高祖、太宗、高宗、中宗、睿宗、武周至玄宗，这一支华原柳氏才从社会底层崭露头角，出了一个正七品下的士曹参军。

从柳调之后家族仕途命运的一落千丈，到百年孤独后的复苏，华原柳氏经过了艰难的风雨历程。这一支士族世家由盛转衰，又由衰转盛，始终不曾丢失的是血脉和气节，是家风家学，就像一粒被丢弃的种子，一旦遇到墒情，就会重新发芽，焕发出生命的力量，长成参天大树。

官至邠州司户参军的柳正礼，或卒于任上，或按规定七十致仕，告老还乡，也许还担当过孙子柳公权的书法启蒙老师，这些都无从知晓。老人家总算为华原柳氏一族争了一口气，虽然在朝中官职低微，顶多是一介七品芝麻官，却从此结束了这一支脉入唐以来百年不仕的历史，重续隋朝先祖的荣光。

正是柳公权的祖父柳正礼的初步仕途，最终开辟了华原柳氏后裔通往唐王朝权力核心的坎坷路径。

从大唐京兆华原柳家原出发的柳子温，乃柳正礼之次子，也就是柳公权的父亲，后前往长安做官。

马嵬驿兵变后，唐玄宗西逃，由第三子李亨继位，为唐肃宗。李亨登基之日正是安史叛军攻陷两京之后，他是唐朝第一个在京师以外登基再进入长安的皇帝，在位五年。而当他在宫廷政变中惊忧而死之时，安史之乱仍未荡平。唐肃宗迎回了避乱入蜀的父亲玄宗，父子又在十三天内先后辞世。

大约在唐代宗大历初年（766），柳公权的父亲柳子温离开京都长安，途经华原柳家原，在家中稍加歇息后，告别家人继续北上，出任丹州刺史。丹州，即今陕北宜川。

已经官至正六品的柳子温，在丹州刺史任上政绩如何，史册几无记载。可以想见的是，先祖虽然在隋朝显赫一时，但入唐后皆沉默于世，百年间沦为平民，在仕途上一蹶不振。好在柳正礼步入官场，是华原柳氏重新崛起的好兆头。到了柳子温，必定是珍重历史赐予的好机遇，在官职品位上比父亲高出一筹，没有荫附的优势，也没有依仗权势的社会背景和权力、金钱资源，全凭自己的才智和实干，一个台阶一个台阶地得以擢升，攀登至刺史的位置。

地处北方边地的丹州，曾经是羌胡之地，自然环境相对恶劣，人口混杂，没有相当的执政经验和魄力是镇守不住的。身为此地刺史的柳子温，想必既如履薄冰，又权衡左右，殚精竭虑，恪尽职守，才从刺史这一职位上得以引身而退。

史册中罕有柳子温轶事的记述，也许说明他虽没有煊赫的政声，却也无出入官场的劣迹，只是软着陆地致仕还乡，在华原柳家原偏僻的田园中，度过了平淡无奇的晚年。但他最为上心的恐怕是教育子孙，以期其在功名上青出于蓝，续写他未竟的理想。

柳子温的长兄柳子华，乃柳正礼之长子，也就是柳公权的伯父，在官职品位上要比胞弟高一个档次。永泰初年，柳子华为严武西蜀判官、成都令，迁池州刺史，寻检校金部郎中，官至修葺华清宫使。

柳子华初入仕途，是凭借了西蜀长官严武的提携，也从严武身上体悟到了许多为官的禀赋。

柳子华，正是在这个时候当上了严武的西蜀判官。

之后，柳子华由成都令任上又远赴江南，任池州刺史。不久，他从池州回到唐长安，任检校金部郎中。

柳子华官至修葺华清宫使，这也是他的最后一个职务。修葺华清宫使一职，不仅需要有周密干练的组织实施才能，尚须有文化底蕴和对建筑艺术的审美水准。无疑，做过判官、刺史、检校金部郎中诸职的他是最合适的人选。

"渔阳鼙鼓动地来，惊破霓裳羽衣曲。"天宝十四载（755）发生安史之乱，唐玄宗弃京师急携杨贵妃西逃。至此，大唐王朝从历史的巅峰直落而下，华清宫也由盛转衰。

柳子华作为修葺华清宫使，惨淡经营，不管如何尽职尽责、殚精竭虑，都再也无法恢复华清宫昔日的灿烂辉煌。帝国气数已尽，时过境迁。

当朝宰相元载运气正好，欲用德才兼备的柳子华为京兆尹，未拜而卒。其预料到死日将至，已经提早给自己制作好了墓志，人都称他有自知而知人之明。

就在柳子温长子柳公绰出生第三日，柳子华急切地前往探视，看见大侄儿一双天真而睿智的眼睛，欣慰地笑了。

他转过身给弟弟柳子温说："保惜此儿，福祚吾兄弟不能及。兴吾门者，此儿也。"

柳子华的意思是说：光大我柳家门庭的，是这个孩子。因以起之为字，名公绰。绰，即宽裕、舒缓，宽绰，绰绰有余。起之，即起来，征兆华原柳氏将从百年的沉睡中起来，续写新生活的远大理想。

柳子温会意地点点头，其妻崔氏自然也乐不可支。

时值唐代宗广德元年，即公元763年。

到了唐代宗大历十三年，即公元778年，柳子温次子出生，起名公权。

公，上面是八，表示相背，下面是厶，私的本字，与私相背，即公正无私之意。权，繁体为權，从木，雚声，即权利、权力。

这是一个朝政衰微而文豪辈出的特殊年代。柳公权出生这一年，书法家颜真卿七十岁，文学家韩愈十一岁，白居易、刘禹锡七岁，柳宗元六岁。

（原载《随笔》2023 年第 4 期）

经过长期的观察，我形成一个印象：美是易损的。

不过我仍在纠结，窃以为，美的衰耗非常复杂。美不仅是易损的，也是易逝的，然而这还不足以概括美的削弱和消磨。这是一个难以厘清的问题，我觉得对美的思考，是自己把自己陷进了麻烦之中。

实际上我追究的是女人如何就变老了。然而，老并非问题的全部，老也不能充分表达美是易损的，尤其老不意味着单纯的岁月累加或白发的纷呈。

女人变老应该包含着清少浊多，喜少怨多，魅少计多，善少恶多，情少贪多，当然也包含着年龄之大，齿历之长。不过岁月不会掏空美，白发也不能覆盖美。

纯属偶然，一个陌生女人引发了我的思考。

她应该是送报的，骑着自行车，满面春风地闯进了小区。脸俏，肤白，发秀，色棕，更有冉冉而动的眼睛与和悦的目光。雀斑微显，尤其增加了她的妩媚。她笑得自然、恬淡、平静，没有

○ 朱鸿

美是易损的

057

一丝一毫的谲波。

我在楼下碰到她，悄然叽咕，做这个工作，委屈她了。我还问，是谁的艳福，娶了她做妻子。如此而已，一晃而过。匆匆忙忙，半年未遇，也就忘了。

再碰到她，她已经骑了电动车，除了送报外，还驮了一筐瓶装牛奶。显然，她的业务范围扩大了。她的脸还是她的脸，眼睛也还是她的眼睛，不过神情凝滞，闪烁着一些冷漠和虚空。她并没有老，然而我觉得她变老了。

美是易损的，我想。

仿佛一棵树，虽然它并非我的树，不过此树我也可以欣赏。顷见树叶飘零，虫啮树皮，我当然也会感到遗憾的，因为这个世界上的嘉木毕竟是少了。

实际上送报的女人没有从我的脑海断根净尽，她隐现着，又带出了一位少妇。

二十年前吧，我住出版社家属院，门外有一个夜市。一个初秋的晚上，突然在夜市的一角出现了一位少妇。红毛衣，大眼睛，素面，低眉，唯纤手在炉火上灵巧地翻动着。她的丈夫在旁边切肉，穿肉，默默协助她。从初秋至暮秋，她的生意如炉火一样旺。食客总是里三层、外三层，吃烤肉，喝啤酒，偶尔抬头看一看少妇，再埋头吃喝，颇有节奏。我从来不吃烤肉，也不喝啤酒，不过出了家属院，我还是会在门外投目少妇。风姿绰约，风采超尘，我暗叹她是陋巷之星。

两个月以后，我旅行返回西安，竟察觉她的润泽流失了，温情蒸发了，像一件万历十五年的瓷器受到掺沙的抹布的揉搓，怅惘她蓦地变老了。谁这么蠢，这么狠，竟用含沙的抹布擦拭瓷器呢！

　　美是易损的！

　　少妇又带出了一位姑娘，粲若玉兰，在云一方。

　　三十年前吧，读大学二年级，我耳下出了几颗粉刺，便往医学院去治疗。医学院门口是菜园，这里的白杨树下有一个书摊，由一位姑娘经营着。她短发齐耳，眼睛含情，略显羞涩，对我竟产生了十足的吸引力。我以看书为借口，蹲在书摊旁边瞄。一家杂志刊有一篇黄河浪的散文，情景兼容，合我趣味，我便掏出本子，一字一句抄起来。醉翁之意不在酒，这我知道，姑娘何等聪慧，她也应该知道。不过她一直微笑着，任我装蒜。治疗粉刺，只用了半个小时，为姑娘所吸引，沉溺于她散发的一种气性、气息或气味之中，竟是整整一个下午。直到夕阳拂地，姑娘暗示要回家了，我才收拾本子，依依而去。

　　课业颇重，交往也繁，这个姑娘遂藏之于心，忙我当忙的了。毕业以后，我至医学院探视一位老师，才在白杨树下又见到了这个姑娘。不料她声音生硬，眸子直旋直转，颐颊的娇晕也丢了。她也才二十岁左右吧，但她却跑到时间前面去了。她的书摊已经升成书店，生意发展了，问题是她变老了。匆匆地，她就变老了。

　　是的，美是易损的。

　　我要追寻的是，究竟是什么销蚀和侵害着女人的美？何故使美转瞬即逝呢？

有一天用晚餐，妻子做了蒜苗炒牛肉、芹菜炒豆干和炒菜花，还做了一个西红柿鸡蛋汤。她一个一个端上桌子，并慢慢地调整盘子的位置，说："吃吧！"我静静地注视着她，忽然感伤地觉得妻子有一点陌生。我硬是忍着，没有流出泪水。

我认识她那年，她不足二十岁。她的目光清纯，两腮光洁，额头和鼻子如希腊雕像一样精致，其齿若编贝，手若凝脂，是一位柔顺和善的良家子。然而滴露的玫瑰现在何处去了？蕴香的蕙兰现在何处去了？凌波的芙蓉现在何处去了？不知不觉之中，妻子竟褪落了青春，敛收了喜悦。虽然形影不离，也有恍如隔世的触动，并难过得我心疼。日子之残酷，在于它能蚕食生命，并一点一点地减其美。

天下女人，没有不追求美的。茅庐里的女人和宫室里的女人对美的敏感是相近的，尽管她们所在的环境存在着冰炭之乖、云泥之别。也许正是对美的强烈乃至冒死的追求，女人的进化才呈长足和惊奇的状态。也许女人的进化，遵循的原则就是美。总之，女人越来越美，美的女人越来越多。女人的天性和本质，应该是美。

唐长安的女人颇为幸运，她们在历史特别豁达的一个间隙，尽情地展示了自己的美。摘去帷帽，一再低胸，并任性地画眉涂唇。她们还在春天往曲江池去，一边踏青，一边弄姿。弄姿，当然是展示美。

杜甫看到了这些女人，并为她们所吸引。他尤其赞叹韩国夫人、虢国夫人和秦国夫人的华贵。她们都是杨贵妃的姐姐，也是唐玄宗的姨子，皇家的亲戚。唐玄宗也很欣赏她们，大赐脂粉钱，以使她们翩然似蝶，灼灼其华。她们属于社会的上流，所以引领了唐长安的风尚。

杜甫吟咏道：

三月三日天气新，长安水边多丽人。

态浓意远淑且真，肌理细腻骨肉匀。

绣罗衣裳照暮春，蹙金孔雀银麒麟。

头上何所有？翠微匌叶垂鬓唇。

背后何所见？珠压腰衱稳称身。

虽然杜甫深具儒家思想，不过他仍会喜欢杨贵妃及其姐姐的。他也批判，然而他批判的显然不是女人，更不是女人的美。恰恰相反，男人对女人的喜欢，尤其表现出对美的倾慕和向往，生成了一种鼓励性或促进性的力量，从而能使女人虔诚并大胆地追求美。杜甫为骚客，他以其诗汇入鼓励性和积极性的力量之中。

女人进化着美，蕴蓄着美，提炼着美，终于融姿色、性感、声音、灵气和神韵于一体，也是为了繁衍、生存和发展。没有导师，她们也知道这一点。唯有美，才会招徕对她们的竞逐和争夺，她们也由此择得优秀的男人。

女人的进化，也是男人进化的杠杆。正如歌德所论："永恒之女性，引导我们上升。"

海伦显然有绝世之美，否则不会反复遭抢。她是宙斯与斯巴达王后勒达所生，这也决定了她非凡的品质。

还是姑娘的时候，便有两个青年忒修斯和庇里托俄斯结伴把她抢走了。不知道海伦如何激发了他们的爱，他们竟敢下此硬手。当然，海伦到底归谁，也还要通过抽签决定。忒修斯赢了，只是他得先藏起海伦，因为按照约定，他们须继续结伴再为庇里托俄斯抢一个妻子。当此空隙，海伦的兄长带兵抢回了妹妹。

厉害了，向海伦求婚的王子真是成群结队。经过艰难的挑选，她当了斯巴达国王墨涅拉俄斯的王后。海伦育有一个女儿，已经是母亲了，不过她依然熠熠生辉。特洛伊王子帕里斯羁旅斯巴达，对海伦一见钟情。海伦爱他也爱得神魂颠倒，竟随帕里斯而去。这属于私奔，而且是跨国私奔，闯了大祸。希腊组成联军，进攻特洛伊。一旦交战，便是十年。希腊英雄用毒箭射击，帕里斯死了，特洛伊也沦陷了。墨涅拉俄斯找到海伦，要杀她以雪耻。然而当他举起宝剑之际，忽然注意到海伦看他的目光满是娇媚和诱惑，他便收起宝剑，拥抱了她，接着携其而还。海伦的美征服了希腊士兵，他们并没有因缘起于海伦而远征并做出了巨大牺牲就迁怒她。她的美平息了包括墨涅拉俄斯在内的整个希腊社会对她的怨愤。

为海伦打仗，便是为美打仗，值得！也许女人进化其美，就是要让男人勇于战斗。

可惜美是短暂的，像流水一样无法久居和长驻。为了保留自己的美,延长自己的美,女人往往不惜金钱,甚至不惜忍痛和忍辱。不过美毕竟是有限的,它会无可奈何地泄漏而渐丧。

女人到一定的年龄以后,便开始了美的流失。尽管这个过程很是缓慢,不过只要启动,就难以逆转了。变老之扰,萦绕于心,对女人也可能是难免的吧!

葛丽泰·嘉宝是著名的电影表演艺术家,其颇具策略,36岁便辟隐了。为了纪念她,奥斯卡曾经特设并授予其终身成就奖,她也婉拒露面。也许她想通过这种销声匿迹的方法,把自己的美固定在一个时代吧!除了葛丽泰·嘉宝以外,谁还能这样做呢!

李夫人也具绝世之美,但她却不会遭抢。她是汉武帝的皇后,谁敢闪念抢走她呢?何况后宫的保卫何等森严。即使李夫人另有所爱,并起私奔之意,也是插翅难飞的。

问题是她病了,而且十分严重。汉武帝牵挂李夫人,便去探望她。但她却以衾蒙脸,坚决不让看,这太出乎汉武帝的意料了。

当年她是怎样的美啊!李延年唱道:"北方有佳人,绝世而独立。一顾倾人城,再顾倾人国。宁不知倾城与倾国?佳人难再得!"然而由于疾患之故,她容貌憔悴,自认为是不能以燕惰之态见汉武帝的。虽然坚决不让汉武帝看她,但她却求汉武帝照顾自己的兄长李延年和李广利,并将她和汉武帝所生的儿子深深托付了出去。

牵挂而见之不得,汉武帝就怏怏告辞了。

李夫人的姊妹怕这样会惹恼汉武帝,批评她怎么可以违逆至此。

李夫人说："所以不欲见帝者，乃欲以深托兄弟也。我以容貌之好，得从微贱爱幸于上。夫以色事人者，色衰而爱弛，爱弛则恩绝。上所以挛挛顾念我者，乃以平生容貌也。今见我毁坏，颜色非故，必畏恶吐弃我，意尚肯复追思闵录其兄弟哉！"

再没有比李夫人更聪明的女人了！她洞察了男人包括汉武帝的心理，也透彻领悟了美的价值及这种价值降低的可能。她尤其懂得要抓住良机，让美的价值及时达成。李夫人做了非常正确的决定，宁愿招引汉武帝不悦，也不让他看颜色非故之脸。她更要趁汉武帝其爱未弛之际，用足她的美。

汉武帝对李夫人应该是有情的了，甚至颇为重情。李延年得封协律都尉，以李广利为贰师将军，得封海西侯。李夫人逝世以后，汉武帝常常想她，还曾经命方士在甘泉宫以灯影致其神。汉武帝也作赋抒怀，追思李夫人。如果当时汉武帝看到了李夫人容貌枯槁且不整不洁的样子，从而吐弃李夫人，还能有如此结果吗？

美渐渐退出女人的容貌，属于美是易损的一种表现形式。这是一个让女人叹息，并偶尔会忧扰或折磨女人的过程。

不过变老的过程也是一个更新的过程。只要不断给生命灌注智慧、正义和善，变老的状态便会转化为更新的状态。生命更新，美遂永在。

我见过高迈而美的女人。这样的女人过去有，现在有，未来也有。她们就在我的朋友之中，当然也有远在天边的。

有时候美也会顿然覆灭。戴安娜王妃以车祸而死，36岁。杨贵妃以兵乱而死，也是 36 岁左右吧！

难道美就这样顿然覆灭了吗？美何其羸薄而易逝！不是的。

生命没有了，美会永在。

（原载《北京文学》2023 年第 4 期）

如今社会，矛盾而费解。虽然说普遍喊叫文学衰落了，但文学书却出版得浩浩荡荡。就说我吧，平均三天收到两本赠书，全读是不可能的。有的赠书者还要几次发来短信，请给写个书评，不知如何答复。

要我文章等于要我时间，要我时间等于要我钱。正常人没有谁会平白无故扔钱的。

钱只是实用，却不大好看。这便是红包评论家的文章不好看的原因。许多颁奖词亦如此。

可是读第一流的书就不一样了，作者并无馈赠来，自己却偏要骚情地写个吹捧文章，图啥？图个愉快。愉快无价，没法以金钱评估。

什么是第一流的书呢？挺多的，比如《西游记》，无论读过多少遍，再读依然不腻烦。本文只说第六十四回，"荆棘岭悟能努力，木仙庵三藏谈诗"，值得玩味。

其实这一回并无斗法热闹，在整部小说里实在可有可无。之所以引我兴味，全因了"风雅"二字。

故事发生地一道长岭横阻，植被原生态，"荆棘丫叉，薜萝牵绕"。多亏天蓬元帅挥舞钉耙左搂右劈，见一块空地，中间一座古庙。景象如何？作者以诗描写：

岩前古庙枕寒流，落日荒烟锁废丘。

白鹤丛中深岁月，绿芜台下自春秋。

竹摇青珮疑闻语，鸟弄余音似诉愁。

鸡犬不通人迹少，闲花野蔓绕墙头。

诗写得不错吧？确实令人刮目。忽然又想，吴老师大概读过唐朝诗人刘禹锡的《西塞山怀古》，或步其韵也未可知：

王濬楼船下益州，金陵王气黯然收。

千寻铁锁沉江底，一片降幡出石头。

人世几回伤往事，山形依旧枕寒流。

今逢四海为家日，故垒萧萧芦荻秋。

所写历史发生在三国晚期，司马父子灭了蜀国，司马炎称帝建立西晋，令大将王濬打造战船，由成都出发沿长江而下，一举灭掉东吴，归一天下。

扯远了，继续说西游。书里每到善景恶地，必有一诗，甚或几首诗描写之。诗的质量参差不齐,不过我敢打赌,今之常登《诗刊》的才子们,多半是不易作出的。当然少时读到这些地方,总是跳将过去,急着看悟空、八戒与妖怪斗法,现在倒是一字不落地细看了。当然费时间,每次只能看一两页,却总能开眼界、长知识,知道了吴承恩饱读诗书,知识结构宽广无涯。当一个这样的作家实在不容易,实在太伟大了!

到得庙门,照例是忽见一阵阴风,卷走了唐僧。弄风者是个老头,其言:"圣僧休怕,我等不是歹人,乃荆棘岭十八公是也。因风清月霁之宵,特请你来会友谈诗,消遣情怀故耳。"不绕圈子,端直挑明,掳你来不是要吃你肉,而是搞个雅集、开个笔会。

此老者笔名劲节,早有另三个老者恭迎着,笔名分别是孤直公、凌空子、拂云叟——活活是如今书画家给自个儿整的一堆斋号别署啥的,不由得一乐。见他们个个仙容鹤发,唐僧就问"四翁尊寿几何"。他们分别以诗作答,皆几百上千岁了。"高年得道,丰采清奇",唐僧赞不绝口,也以诗回答对方"妙龄几何"之问:

四十年前出母胎,未产之时命已灾。

逃生落水随波滚,幸遇金山脱本骸。

养性看经无懈怠,诚心拜佛敢俄挨?

今蒙皇上差西去,路遇仙翁下爱来。

此可视作唐僧的个人小传。四翁听罢大仰，当即请教禅法佛理。这是唐僧的专业，随口讲了一通"菩提者，不死不生，无余无欠，空色包罗，圣凡俱遣"，听得他们"一个个稽首皈依"——其实这只是一个礼节，给客人面子而已，未必真的心悦诚服。果然，四翁因是道家，就讲了一通玄而又玄的理论来，并质疑西天取经："道也者，本安中国，反来求证西方，空费了草鞋，不知寻个甚么？"

眼看要成了百家争鸣，若是争辩得难分轩轾，就败了兴致——拂云叟急忙说："我等趁此月明，原不为讲论修持，且自吟哦逍遥，放荡襟怀也。"五人于是进了石屋"木仙庵"，饮茶，吃茯苓膏，喝香汤。

唐僧见此环境玲珑光彩、清虚雅致，不由得冒出一句"禅心似月迥无尘"——好了，接着你一句我一句，凑出一首七言诗来：

禅心似月迥无尘，诗兴如天青更新。

好句漫裁抟锦绣，佳文不点唾奇珍。

六朝一洗繁华尽，四始重删雅颂分。

半枕松风茶未熟，吟怀潇洒满腔春。

开头与结尾两句皆出自唐僧口。比较看来，唐僧的诗才不及那四个老汉。此种凑句或曰联诗游戏，《红楼梦》里就有，只是后者人多些，诗长些。曹雪芹受了吴承恩启发吗？难说。反正曹是晚辈，学习前贤也很自然。

下来玩"顶针"接力游戏，即你句首字必须等同他句尾字。又各自吟诗，都是委婉暗示特殊身份与旨趣，少不了相互吹捧"高雅清淡""吐凤喷珠"之类。唐僧发觉时间久了，怕三个徒儿找不见他着急，便欲告辞。

正当此时，来了一位佳丽，"捻着一枝杏花"，携两个黄衣女童捧来佳茗异果。美人出场，死水起浪。得知大家赛诗会，美人请一一复述，欣赏之后说："妾身不才，不当献丑。但聆此佳句，似不可虚也，勉强将后诗奉和一律如何？"是首七言诗，后半首尤为妙绝：

雨润红姿娇且嫩，烟蒸翠色显还藏。

自知过熟微酸意，落处年年伴麦场。

写杏兼写心态，因为眼前的美男子唐三藏拨乱了她的芳心呵，让她"渐有见爱之情"，于是"挨挨轧轧，渐近坐边"，直往和尚身上蹭呢。"趁此良宵，不耍子待要怎的？人生光景，能有几何？"四翁也现场撮合，保媒的要保媒，主婚的要主婚，竭力成人之美。唐僧自是生气了："当时只以砥行之言，谈玄谈道可也；如今怎么以美人局来骗害贫僧！是何道理！"

四老见三藏发起怒来，不敢多嘴了。赤身鬼使躁了："这和尚好不识抬举！我这姐姐，那些儿不好？他人材俊雅，玉质娇姿，不必说那女工针指，只这一段诗才，也配得过你。你怎么这等推辞！"唐僧心思早已飞向徒儿们，不由得落泪了。"那女子赔着笑，挨至身边，翠袖中取出一个蜜合绫汗巾儿与他揩泪，道：'佳客勿得烦恼，我与你倚玉偎香，耍子去来。'"

一个"耍"字，轻佻浮浪吧，但此处却给人以洒脱浪漫的美感。

暂且旁逸几句。吴承恩笔下的女妖们，除了极个别的外，多半都是快人快语。她们只想跟唐僧恋爱，纯粹为爱而爱，不附加任何条件。只因唐僧不配合，惹恼了她们，她们这才生气发威要吃他的肉，是谓爱之愈深、恨之愈切也。为何如此？因为她们是自由独立的女性，不仅美艳妖娆，关键是本领高强，没谁敢来欺负；且有固定地盘产业，手下一帮员工，经济独立。两相比较，红楼女儿就可哀了，钟鸣鼎食又如何？依然是附属物，标准的第二性，命运任人宰割，所以千红一哭、万艳同悲。

话归正题，唐僧被那些人扯扯拽拽，嚷到天明，三个徒儿找来了，四老、杏仙及女童、鬼使，一晃不见了。

发现一个词：穿荆度棘。《红楼梦》里好像也用了一个词：穿林度水。文学是语言学、词汇学，学习、记忆、化用语言词汇是基本功，更是硬功夫。常用语词就那么多，风格是通过独到的腾挪摆放呈现出来的。

师徒们周围寻找到"木仙庵"。孙悟空发现原来是一株大桧树、一株老柏树、一株老松树、一株老竹子，还有一株老杏、二株蜡梅、二株丹桂——火眼金睛判曰："就是这几株树木在此成精也。"猪八戒"一顿钉钯，三五长嘴，连拱带筑"，把树们"俱挥倒在地"，果然那根下鲜血淋漓。唐僧大为心疼，将八戒斥责一番。

孙悟空既然看出是树妖，何不棒杀之？树妖们是弱者，餐风饮露无碍众生，更没干任何坏事，不同于兽怪。可见孙大英雄显然有着底线，他要除的是真正的害，而且是厉害的害。只有八戒这夯货，呆头呆脑粗人一枚，文化程度低，不识风雅为何物，稀里糊涂毙了性灵。谁说啥干啥，谁不该说啥不该干啥，吴承恩都是严格依照人物性格来的。

有必要回个头，再看看前面四株老树的诗句，此且各选一联：

山空百丈龙蛇影，泉沁千年琥珀香。

——十八公（松树）

长廊夜静吟声细，古殿秋阴淡影藏。

——孤直公（柏树）

壮节凛然千古秀，深根结矣九泉藏。

——凌空子（桧树）

霜叶自来颜不改，烟梢从此色何藏？

——拂云叟（老竹）

三木一竹，各自呈现其性格，而脱俗境界却是一样的。吴承恩对于笔下的不同树木是非常熟悉、分外喜爱的，通过状写树们不同的物理特征，寄寓了自己的高洁旨趣。

我在《嘉树》一文里说"世无丑树","树是天地间唯一的君子"。很荣幸与吴老师的"树木观"一样。

《西游记》里每到风景地、节令处、打斗时，往往横插一首甚或几首诗来渲染氛围。不过客观地讲，十分出色的不多，目的可能只是为了拖延时间。因为当时流行说书，围观者里应该有秀才儒生类，得照顾他们那虽穷酸却好卖弄文采的口味吧！不过，我推测吴老师之所以专写这么一回，根本目的是要过一回他自己的作诗瘾。要知道，小说在当时属于市井大众的新兴艺术，不比诗赋因言志而长期位居庙堂之高。作者要告诉天下：老子也能写诗！老子更能揣摩人物心思。这本事到了后来的曹雪芹手上，小说家的诗就玩得更圆熟了。

另一种可能是为了调节阴阳动静。整部《西游记》大抵属于"武戏"，文武之道，一张一弛，这才合乎自然法则，故专门设计一回雅集，如同给战场上送去几束鲜花，气氛一下子就别样了。

雅集，官员士族癖好也，古风久矣。史上有名的雅集如三国时的邺下雅集、东晋时的兰亭雅集、北宋时的西园雅集，等等，不仅传为美谈，而且留下传世之作。作为一种文采风流，搞笔会早就成了一袭文脉，基因绵延至今，日渐兴盛。朋友圈不时能看见一帮诗人或书画家，飘一面旗帜"到人民中去"（好像他自己不是人民似的），不分都市，无论乡镇。

雅集，有时等同采风，诗人尤好这一口。大概写诗灵感一来，分分钟就能完成，余下的大量时间干啥？采风去！逛风景、会男女、吃大酒，那叫一个爽噢！写小说的很少采风，可能因为写小说工程量大，一如大型猫科动物只能独来独往，饱咥一顿可管许久，需要的只是个闭门反刍，持久酿造。

四大名著皆是奇迹。只这《西游记》吧，叙事宏大、结构严整，创造了一个神人魔混合的非凡的艺术世界。内容虽然庞杂，天文地理、儒释道无所不包，却也可以提炼一个主题，四个字：理想之旅。要会读，不可被表面的游戏瞎闹腾所蒙蔽。其写世俗人情处，特别接地气，各种人物似在我们周围晃来晃去。即使是一个小妖、一朵野花、一条小溪，都一概生动别样，不可重复。

一句话，小说名著只要精读一部，便识人情物理，为人处世就不至于慌张无措，面对荣辱悲喜，也能比较坦然应对了，所以才有"文学是人生教科书"一说。

至于想当诗人作家呢，我看也压根儿不必去读什么文学院、作家班，只需配一本字典，随便选一部名著——比如《西游记》——仔细阅，反复读，大声吟诵尤为好。若能下笨功夫，一句一点地抄录个几十万字，吟诗作文写小说，就不会感觉太难了。

（原载《文学自由谈》2023 年第 1 期）

我拜谒过好多次桥山了，每次面对漫山遍野的千年古柏便会心生敬慕，总要在轩辕庙前请上三炷高香，在油缸前点燃了，恭恭敬敬插进香炉，向人文始祖深深地鞠躬致敬。

这次我登上了汉武仙台，望着那郁郁葱葱的桥山之脊，想起司马迁在《史记》里记载的"黄帝崩，葬桥山"。这六个字的背后是一个感天动地的故事。传说黄帝要升天了，百姓们从四面八方涌来，依依不舍地拽住他的衣服，但黄帝还是化龙而去了，大家便将拽下的衣冠葬于桥山之上。当地县志更是记载，汉武帝征伐归来，队伍汇集在桥山脚下，旌旗在望，铠甲耀闪，二十万将士，一人兜一襟土，无人喧哗，庄严肃穆，步履缓缓地朝着山顶汇聚，堆成了这高达三十多米的祭台。想当初那该是何等壮观的场面啊！

不过，我登临黄帝陵从未关注过龙道两侧的碑刻，心想那都是些想沾点先祖仙气以使自己的文墨流芳后世的书家所为。可这天我谒陵之后步入左侧廊道，只略略看过几尊碑石，心底便生发出无限感慨，一些坊间流传的无稽之谈似乎不攻自破了。

那第一块碑，勒刻的是北宋嘉祐六年的圣旨。碑文清晰记载宋仁宗因此地有轩辕黄帝陵，诏令坊州在桥山栽种松柏。文中明确"及唐大历中，置庙于州北桥山下"。由此可见轩辕庙始建于唐代，大宋皇帝指出这一点，是为强调此庙是三百多年前的古迹，应该多栽松柏以示庄严。当地政府便将贯彻圣旨的情况，顺势记功于碑上，即栽种松柏一千四百余株，并因此免除了三户人家的差役粮税，令其专事看护桥陵，这应是现存最早的保护黄帝陵的官方文件了。而这方碑距离汉武帝的世纪祭拜也就相距四百多年，可见汉武帝之后这里不仅修建了轩辕庙，皇家的祭祀也络绎不绝了。

有趣的是，这尊碑的另一面勒刻着元代泰定皇帝的圣旨，据状告，本县古迹轩辕殿宇，每年春秋，"不畏公法之人，执把弹弓、吹筒，辄入本宫，采打飞禽，掏取雀鸟，将飞檐走兽损坏；又有愚徒之辈，泼皮歹人，赍夯斧具，将桥陵内所长柏树林木斫伐"。为此，圣旨明确"今据见告省府，给榜文长训，张挂禁约，无得似前骚扰"。当时，陪同我们的讲解小姐说，碑文记载，如有盗伐，先斩后奏。我想这该是多大的权力啊，县衙万不敢以此为名滥杀无辜。然而，当时我盯着石碑想析出个一二，却难以辨识完全了。后来我去图书馆找到拓文照片，仔细解读后方知，应为"如有违犯之人，许诸人捉拿到官，痛行断罪施行"，可见古时对黄帝陵的保护依然是很严厉的。

细细品读这两通碑文，我不由得生发诸多感慨。那皇帝日理万机，每天需处理的事务堆积如山，但仁宗皇上和泰定皇上依然将黄帝陵的守护之事奉为要项，依然操心黄帝陵的草木安危，竭力想为黄帝陵营造一个安详的环境。遗憾的是，这通石碑是砂石质的，两面的字迹都已被岁月蚀漶，已有字迹永远消失在岁月的风尘里了，但就碑上所剩文字而言，此碑仍不失为中华国宝也。

然而，越往碑廊的深处走，碑文似越发清晰了，那明清两朝皇帝留下的碑刻也愈发规范了，其中有黄帝庙免除税粮的记述，有重修轩辕庙的碑记，更多的是御制祝文碑，把皇家谒陵之事勒刻详录，浩浩三十几通石碑啊，历代皇帝对人文始祖的敬仰历历在目。尤其洪武四年（1371），明太祖朱元璋还亲撰祭文，并遣使到黄帝陵敬香祭拜，这可是皇帝撰写的最早的一篇祭文，清晰表明国家对黄帝陵的祭祀已经制度化了。我还注意到，清世祖自沈阳迁都北京后，就于顺治八年（1651）专遣特使赴黄帝陵祭祀，而文韬武略的康熙皇帝亲撰的祝颂文更是别具一格，居然是满汉两种字体，字字清晰，句句尊崇，足以显示大清王朝对黄帝的崇敬之意。

拜读完这些排列整齐的石刻，我不由得停住了脚步。显然，从这些碑文中，我们可以强烈地感悟到，历史长河，浩浩荡荡，桥山文脉，源远流长，中华民族的成员都将黄帝奉为始祖，其信仰从未发生过断裂。而且，这些石质碑刻本身就在郑重申明，不论是蒙古族的元朝皇上，还是满族的清代帝王，尽管是少数民族政权，仍以虔诚之心尊崇黄帝为自己的祖先，都将祭祀黄帝陵奉为盛典，一字一句，详加记载，这就更不用说汉族人执政的朝代了。可奇怪的是，这些镌刻在青石上的国家祭祀的历史，怎么会有人视而不见呢？

我慢慢徜徉在密密的碑廊之间，感受着隐隐传来的阵阵林涛，愈发感到这些琳琅满目的碑刻，已成为黄帝陵重要的组成部分了，我们可不能因为各地发现的碑石众多，而忽视其内容和安放地的神圣。尤其令我感慨的是，在抗日战争最艰难的时候，国共两党共祭黄帝陵，毛泽东亲笔撰写的祭文长达三百六十多字，昭告列祖列宗，"民族阵线，救国良方，四万万众，坚决抵抗"，铮铮誓言若黄钟大吕始终萦绕在桥山之上。后来，每当国家一雪前耻收复故土，都会在黄帝陵前竖碑昭告。不过，也许是为了方便游客识读，今日守陵人居然在每通古碑旁，刻了一方新碑并列而立。我站在廊道端详许久，终于忍不住告诉讲解小姐，这种展陈方式让人感到有点莫名其妙，会让人存疑这些都是古碑吗？

当我缓步走到桥山脚下，回望那满山的高松古柏，郁郁葱葱，昂首挺拔，恰如忠诚的卫士身披绿衣簇拥在桥山之巅，也凸显着龙道旁那一方方石碑发散的神采，当使人的脑海愈发地清爽了，浑身的热血也不由得奔腾起来，那些有关祭祀的谬论也就顷刻间被荡涤了。后来，我的心终于平静下来，开始酝酿起如何提升古碑的展示水平来……

（原载《美文》2023 年第 8 期）

一个人的秋天

○ 冯积岐

我闭上眼睛也能看见，童年和少年的秋天，如同一幅味道悠长的画，挂在我的面前。画面上，秋天的光线纯粹、洁净、透明，它是季节的生命力，它照亮了每一幢厦房，以及瓦楞上的青草；它照亮了每一堵土墙，以及土墙上的豁口；它照亮了每一条乡村土路，以及土路上的车辙；它照亮了每一棵树木，以及树上的疤痕。秋天的光，照亮了高粱、谷子、糜子、大豆，以及等待种麦子的黄土地，照亮了街道上调情的公鸡和母鸡，照亮了闲逛的猪、狗们，照亮了随意撒欢的牛犊子。秋天的光线擦亮了每一种事物，使它们的面目，真实、清晰、清醒，透彻得几近泛滥了。即使是街道上的一坨牛粪、几粒羊屎，即使是阴暗的墙角，即使是田间土路上被人踩踏了无数次的野草，也会被秋天的亮光咬住，显得明朗、坦诚。秋天的亮光，醇酒一样，注入我的体内，充满在我的血液和神经中。我触摸着秋天的亮光，享受着亲切的光线，让它们一丝丝地编织我的童年和少年。

我记得，在我的小学课本里，有一篇写秋天的课文：夏天过去了，秋天来了，我们坐在老榆树底下，把脚伸进清清的河水里……记忆里的秋天，是我一个人的秋天，它边缘清楚，秋天就是秋天，它和夏天、冬天毫不粘连。它性格分明，气质独特，是特立独行的季节。初秋温和，但不暴躁；中秋爽快，但不娇媚；晚秋清凉，但不蛮横。随着我送走一个又一个秋天，秋天的那支笔，一次又一次在我的面庞上刻下了岁月的皱纹。我的秋天不再年轻。我觉得，秋天变了，不再是我童年和少年时历经的明朗的秋天。如今的秋天，将前半生割让给强势的夏天，燥热久久不走，使初秋成为夏日的一部分。它的后半生被严酷的冬天提前掳走，使晚秋悄悄地融入初冬。秋天的软弱丝毫不亚于春天，一年四季，不知从哪一年开始，被夏天和冬天两个强势的季节侵吞、霸占，季节成为强者的季节了，秋日的缩短，是无奈，还是无力或无能？我一个人的秋天，留在我的记忆里和我的感觉中。

古往今来，叹秋、悲秋、哀秋、唱秋、颂秋的文章车载马驮，也许，浩瀚如海了。如今的秋天，还是那秦时的月，易水的寒吗？还是那汉时的冷风，阴山下的白草吗？

王维、孟浩然、苏轼笔下的秋色、秋景、秋意，只是堆积在历史中，只能被汉字排列组合，成为印刷品。他们的秋天是那个时代的秋天。秋天是时间的标志，也是空间的缩写。固然，作为时间的秋天是撼不动的；作为空间的秋天，它的内容可以改变和纠正。一个时代有一个时代的秋天，一个人有一个人的秋天。月亮还是那个月亮，星星还是那个星星。这只是歌曲里美妙的歌词，只是人们美好的愿望而已。月亮已经不是那个月亮，星星已经不是那个星星。

我一个人的秋天，既是记忆里清澈、明快、爽朗的秋天，也是今天我必须面对的秋天。既然有人将我这样年龄的人称为晚秋，我也只能直面秋景，直面人生。当然，在我的秋天里，有秋日朗朗、天高云淡的日子，也有秋风秋雨、枯枝败叶满街道翻卷、萧瑟衰败的景象。如果在这个时候，我依旧怀抱着童年少年的秋天，生活在记忆中，而不去适应变化了的季节，必然会被新的季节抛弃。秋凉了，就要加衣。冬天了，就要御寒。人要活得很清醒，不必活得太聪明。天地可以改变你，你不可能换天地。

（原载《今晚报》2023 年 10 月 25 日）

迷迷糊糊中被母亲的呼叫喊醒。一骨碌翻身坐起，揉着惺忪的睡眼，好半天才灵醒过来。猛地想起，今儿个要去食品收购站交猪，赶紧穿好衣服，跳下炕就找鞋。

来到院子，天蒙蒙亮，青蓝的天空挂着几颗残星眨巴着眼睛；地上一片寒霜，踩一脚一个脚印；黎明时分的朔风很是劲猛，刀子一样刮人的皮肉。母亲手提着猪食桶站在猪圈跟前，我走了过去，那头喂了近一年的黑猪正在吃食。我发现今天的猪食格外好，是煮熟的玉米糁子，没掺一点糠，反而加了些煮熟的白菜帮子。我嘟哝说："要出槽了，瞎好喂一顿就行了，您也不嫌费劲。"

半天，母亲说："猪可怜呵，就这一顿了，给吃好点儿。"

不知猪听懂没听懂我们母子的对话，它埋头吃食，呼呼噜噜，不时地抬起头，大耳朵一扇一扇的，显然对今天的伙食十分满意。片刻工夫，食槽就见底了。

○ 贺绪林

那年烟火

我打开圈门，想用绳拴住猪的后腿。猪看到我手中的绳，警惕地看着我，绕着我转圈圈，不肯就范。这时母亲上前用手轻轻地挠猪的后背和脖根，猪安静下来，放松了警惕。我悄悄走过去，拴住了猪的后腿。

在母亲的帮助下，我把猪装上了架子车。母亲掀着架子车送我出门，我让母亲回去。母亲迟疑了一下，又在猪的脖根挠了挠，猪转过头来看母亲，哼哼着，似乎在给母亲说啥。

母亲在猪头上拍了拍，朝我摆摆手，转过身去。我看见母亲在抹泪。

这时东方泛白，我把襻绳搭在肩上，拉着猪直奔食品公司。

是年（1971 年），我十八岁，上高二。父亲去世后交猪这活就得我干，那天不是星期天，为交这头猪，我跟老师请了半天假。马上就要过年了，年货和明年上半年的花销都指望这头猪了。

收购站在镇上的食品公司，有五六里地，我赶到时，已天光大亮。腊月时光，交售生猪的人很多，食品公司门口交猪的架子车已排起了长龙。到了年底，大家都想着能交售养了一年的猪过个好年。我是头回交猪，心中没一点底。听说先要过验猪这一关，膘色不好的不收。排在我前边的是个中年汉子，我上前看了看他的猪，大耳朵、黄瓜嘴，膘色也不好。我心里自忖，他的猪能验上，我的猪就没麻达。

太阳冒花了，"长龙"有了生气。大家搓着手，跺着冻得发麻的双脚，伸长脖子往前看。大铁门上边的木牌上写着"八点半上班"，可快九点了，大铁门还不见打开。中年汉子抄着手嘟哝着骂食品公司养了一伙懒尻。排在我后边的是个一头白发的老汉，他笑着说："吃公家饭的跟咱下苦力的不一样咯。"

忽然，中年汉子又骂了起来，原来他的猪在拉屎尿尿，明明是猪，他却骂："狗日的不忍着点儿，你当你是拉屎尿尿呢，你拉的都是老子的票子！"猪却不管主人怎样辱骂它，只管拉只管尿。中年汉子气急败坏地在猪屁股上踢了一脚，看着拉出来的屎尿，牙疼似的直吸气。还好，我的猪没拉，也没尿。我心中窃喜。

在难熬的等待中大铁门终于开了，走出一个长着圈脸胡的壮汉，有人认得，说是验猪员。只见他逐个在排队的架子车里装的猪的背上用大拇指按按，过关的他用剪刀剪一绺猪鬃，叮嘱去左边过磅，不过关的挥手让拉回去。有人给他递烟，熟人就接住，不认得的就把递烟的手拨到一边去。

很快，圈脸胡到了我们跟前。中年汉子笑着脸，掏出一包烟，笨笨磕磕地撕开，抽出一根递上去。圈脸胡把他的手拨到一边去，只瞥了一眼架子车上的"黄瓜嘴"，就摆手让拉回去。中年汉子的脸色一下变得很难看，但还是强笑着脸说："你还没验呢。"

圈脸胡阴着脸说："还用验吗？你看看你的货，脊梁杆子都跟刀棱一样，拉回去好好喂，别舍不得料。"中年汉子哭丧着脸说："没料喂咧，这才来交的。"

白头发老汉在一旁笑着脸帮腔："你不知道，难场得很，瞎好你就给收了吧。"

围着的人都说收了吧，收了吧。圈脸胡瞪着眼说："收了我就坐了蜡，饭碗也就保不住咧！"不再理睬大家，抬脚来到我的架子车跟前。我的心忽地一下悬到了嗓子眼儿。

圈脸胡用大拇指在猪背上按了按，剪刀便伸向猪鬃。我长吁了口气，心落回肚里。

这都是母亲的功劳啊！

时辰不大，轮到我的猪过磅。过罢磅，两个小伙儿上前抓耳朵提尾巴把猪放翻在一个钢筋焊的槽架里。圈脸胡提着开口器过来，猪嚎叫着，正好给了圈脸胡机会，他顺势把开口器塞进猪嘴里。猪嘴大张着，却叫不出声。圈脸胡抓住猪舌头看了看，随后用剪刀给猪身上又剪了个记号。我不明就里，茫然地看着那记号。那个头发花白的老汉在一旁说："娃，瞎了，是米星猪，一半钱没了。"

我明白了问题的严重性，禁不住打了个寒战。对于米星猪，食品公司只给一半的价，这比猪拉屎尿尿的损失大得多得多,可有啥办法？谁让咱这么倒霉呢？！母亲劳累了一年，费心巴力地把猪喂肥了，原指望交了猪过个好年，余下的钱给我交下学期的学费。这下一切计划都要减半了。

我在心底长叹一声，拉着架子车走在归途上，感到空车竟然比实车还沉重。我忽然想起，我还没吃早饭呢。我知道母亲在倚门盼儿归，便把裤带往紧勒了勒。正午的太阳照在头顶，暖洋洋的。脚下的路还很长，弯弯曲曲的，我抖擞起精神，挺直身板，奋力朝前走去。

（原载《商洛日报》2023 年 1 月 7 日）

　　二十世纪五六十年代，我随祖父母在乡下生活。那时候乡下人的日子都比较艰难，特别是缺粮吃，每到春节后的二三月，家家户户的男人都要到渭河北边买苞谷、红苕，女主人则带着孩子到田野里挖野菜。生产队为解决粮食不足的问题，每年都要栽种红苕。因为红苕不但可以做菜用，还可以当作主食吃。

　　城里人把红苕叫红薯，有些地方把红苕叫红芋、地瓜，我们家乡祖祖辈辈都把红薯叫红苕。每年夏收快要到来的时候，人们就会在阳光充足的地方建好育红苕苗的池子，先给池子底铺上晒干了的牲口粪，然后把精选的红苕种埋进去，定时浇水，那红苕苗出芽、长叶，渐渐就培育成了。待麦子收获后，人们集中时间把红薯苗种植在田地里。那几天，男人在前面挖坑，妇女们在后面插苗、浇水。红苕苗换苗期间需要精心看护，此后基本没什么要做的了，红苕耐旱、皮实，生命力比较强，对农民来讲，不费什么大事。

红苕收获大都在霜降以后。有经验的老农讲，经霜打过的水果甜脆，糖分高，好吃。这也包括红苕、红白萝卜、南瓜这些农作物。

霜降以后，天气转冷。农民收获的积极性却很高，特别是挖红苕，孩子们也非常踊跃，每天下午放学后都会拉着架子车，推着独轮车，或者挑着担笼到地头排队，等候生产队分红苕。天冷怕红苕受冻，生产队每天下午都要把当天挖的红苕分给社员们，就是天黑了，也会点上马灯加班夜战。分给的红苕运回家，每家每户都会把大个儿的、带伤的红苕挑出来，把尚好的红苕晾上几天，然后小心翼翼地存入红苕窖中。红苕窖也简单，大都在自家庭院的角落里，先挖一个圆柱形的竖井，然后在井底挖一斜洞，再在洞底铺些稻草，最后把红苕一个挨着一个放进去。红苕窖的竖井上要盖上盖子，有的人家还会在盖子上苫上两捆稻草保温。红苕窖的温度是自然的，平时不需要人为加温。这样储存的红苕，一般都能保存到春节，如果不急着吃，还能保存到新一年红苕成熟的时候。

在我的记忆里，红苕是最好吃的，比土豆、萝卜都好吃，而且吃不烦、吃不厌。就是吃得胃发酸，甚至吐酸水，停上几天还会继续吃。问题是，那个年代红苕的数量也是有限的，一般人家春节过后就没吃的了。特别是青黄不接的二三月间，许多人家还会到附近的县去买红苕回来。

乡下的农民这样，城市的居民也一样。二十世纪七十年代初，我在西安市电话二分局办公室工作，每年冬天都要和职工灶管伙食的杨师傅到渭南买红苕。记得一次返回的路上，忽然下起了大雪，汽车却在一段土路上陷进了坑里，前不见村，后不见人，最后我们在很远的一个村子里找到一辆拖拉机，帮助我们把汽车从土坑里拉了出来。回到西安已经是深夜了，好在红苕没有被冻坏。这件事，我印象很深，以至于以后许多年，只要看见红苕，我都会想起那个大雪纷飞、寒风怒号的夜晚。

那时候，城市居民的粮食供应，粗细粮四六开，粗粮百分之四十，细粮百分之六十，一斤粗粮票可兑换五斤红苕。我们从外县买回的红苕不占粮食指标，拿现金就可以购买，价格便宜，不限量，解决了当时许多家庭人口多、粮食不足的问题，大家很高兴。

如今，城市、乡村的日子都好过了，红苕早已经不是主食的替代物了，可是城市的大街小巷一年四季都会看到烤红苕的小贩，他们的小摊前也总有买红苕的人，有城市人，也有乡下进城打工的，有老人、小孩，也有一些打扮时尚新潮的美女。看来，红苕大家都喜欢，属于大众牌的食品。

现在，我一吃红苕，就会想起许多年前困难却又幸福的日子，这些日子在我心中久久难以忘怀。

（原载《西安日报》2023 年 12 月 4 日）

奶奶是一个极其虔诚的有神论者，但是她不是信某一个神，她是什么神都信。我为长孙，小时候经常被她带在身边，走很长的路，到附近的流曲镇赶集。当然，离我们村更近的是王寮镇，但比起流曲镇来，王寮镇规模小很多，交易品类也不大齐全，于是村民们常常选择上流曲镇。从仵家堡到流曲镇有 15 里远，没有交通工具，全是步行。我七八岁的时候，给奶奶当跟班。这 15 里地，沿途有许多大大小小的庙宇，最多的是簸掌村，几乎三五百米就会有一个。每逢见一个庙，奶奶都要停下她的小脚，进到庙里，虔敬地磕个头，然后继续赶路。不管庙里供奉的是哪一路神灵，奶奶不问东西，不分高下，定要膜拜一番。童年的我，常常不大敢进到庙里，对庙里泥塑的各种狰狞的神祇甚为害怕，神祇两旁，常常是护法者，他们圆睁双眼，手里还持有兵器，非常吓人的样子，让我无法亲近起来。不知道是不是这个原因，我对神秘的东西有点先天性抗拒，不亲不信。奶奶就不同了，她信。她会讲说一些很神秘的现象，让我惊恐莫名。比如，她数次说起自己童年的一段经历，说她有一次在院子里看到了穿着花衣裳的灶火爷，一个小人，从厨房里一扭一扭地走出来，她惊恐大叫，甚至摔了一跤，家人赶来，却又不见了小人的影子。她十分肯定地说，就是从厨房案板下走出来的。这样的故事，让我害怕。每当家里剩我一人时，我总不由得往厨房多瞄两眼，担心走出一个穿花衣服的一扭一扭的小人来。

奶奶的虔诚自有说辞，我也反驳不了。她赶集途中进庙拜神时，是二十世纪六十年代初，庙宇尽管已经破烂，里面也没有碰到住持，好赖庙还有，神还在。后来"文革"开始了，大小庙宇被红卫兵拆除，神像也被砸碎了。我看见改天换地的折腾，很是兴奋，跟在游行队伍后面看热闹。那时，红卫兵动不动就上街，押着五类分子游行，沿途高呼口号。或者半夜三更，广播响了，说有最高指示，于是一群人欢呼雀跃，祝贺语录发表。小孩子们觉得隔三岔五总有热闹看，每天敲锣打鼓的，人声鼎沸，像打了鸡血似的，个个兴奋得不行。奶奶的反应却不同，她似乎不大高兴，说："这些年轻娃胡整哩！"她特别不赞成毁掉庙宇。

我从小被教育，说鬼神是迷信，说宗教是鸦片，是统治阶级欺骗劳动人民的把戏，于是相信科学，相信真理。但奶奶不一样，她相信"离头三尺有神明"，相信"积德行善，必有后福"。不仅相信，而且她身体力行，按照所信的去做。奶奶非常干练，村邻们都说她是个

"能行人"，能持家、能吃苦、有见识，针线活做得好，饭菜做得更好，还会接生。小时候，常看到她被村里村外的人请去接生，往往一去一个晚上，回来后疲累不堪，但下次有人叫，她还是二话不说就走。有时她会跟母亲讲起接生的见闻，包括那些难产的，怎么处理应对，使得大人小孩都平安。我关心的只是她带回来的"烫烙馍"，那是主家为坐月子的女人准备的吃食，作为礼物，主家会馈赠一些给奶奶，这就成为我和弟弟妹妹口中的美餐。奶奶就这样，用她的虔诚，为他人做好事，为自家积"后福"。

　　小时候，我喜欢听奶奶讲过去的事情，也很好奇旧社会是个什么样。每每问起奶奶，她总是不多置评。有一次我问："旧社会是不是就坏得很？"她犹豫了一下说："新社会啥都好，没土匪了，这是最大的好。可不让人做生意，不好。"她很向往过去的集市，说"一街两行，各种吃食都有"。那时，她带着大伯大妈，赶集卖饸饹，挣几个活便钱，供养父亲读书。父亲曾不无得意地说："咱家虽穷，王守卫的儿子还向我借钱呢。"王守卫是方圆几十里有名的大财东，勤俭抠门却出了名，他儿子的零花钱竟然没有我父亲多，可见奶奶对这个读书的小儿子的心是多么重。王守卫的儿子后来在西北大学当教授，我的父亲则在陕西省歌舞剧院做舞台美术设计。他们俩还多有来往。

　　"文革"后，庙没了，神没了，奶奶心中的敬虔却没有中断，一直延续到她去世。每到清明或年节，奶奶会让大伯买一沓四四方方的黄色烧纸回来，然后找出一枚铜钱放在上面，再用一个一尺长的圆形铁器摁住铜钱，粗木棍砸在铁器上，铁器下的铜钱就会在烧纸上印出铜钱的形状来。大伯砸得很认真，一沓烧纸，分为多份，一一印上铜钱。铜钱就瓶盖大小，一排一排砸过去，很是费神。我蹲在旁边，看着大伯那用心的样子，心想：神也看不见你砸了一行还是十行，为什么要这么死板呢？大伯听奶奶的，信神信命。家里一进门迎面的墙上，有一个神龛，放着一个看不清眉目的土地爷。年节时，大伯带着我们小孩子开始烧纸，先敬门神、敬土地爷、敬灶神，最后敬先人。奶奶和大伯的这份敬虔，不知道那些神祇收到了没有？奶奶说"敬神，神就在"。

1976年3月，奶奶去世了，享年78岁。她说自己是"光绪手里的人"，属猪。细算起来，她是1899年出生，那是光绪二十五年。农村人纪年以虚龄，其实奶奶实龄是77岁。但奶奶那时是村子里最长寿的人。后来长寿者渐多起来，90岁以上者达数十人，有一人竟寿昌百岁。

奶奶去世前，村里死了人，都是埋在祖坟里。祖坟大都在自家田地里。新中国成立后，自家的地没了，都是公家的地，但村民还是埋在祖坟里。那年我刚刚当上生产队队长，于是决定建个公共墓地。奶奶临死前竟然痛快地答应，愿意第一个埋在公坟里，说是再浇地，墓穴也不至于被灌。我没想到奶奶思想竟然这样开通，也算是支持了孙儿上任的第一个决策。奶奶就这样成为埋在公共墓地的第一人，距今已经近半个世纪了。如今，墓地林荫覆盖，坟茔绵延，扩展几许。奶奶的同代人都走了，第二代所余也寥寥无几，近百名村民与奶奶一起安息在公共墓地。父亲去世后，也从西安回去，埋在故乡这片土地里，躺在他母亲的身边。

　　我想，奶奶不会寂寞的。

（原载《海外文摘》2023 年第 12 期）

第二辑

吸引我前去采访的这个村，名叫太行村。而我是冲着它出产的茶去的，它的茶叫太行女儿茶。

太行村，在汉阴县北的秦岭丛山中，青山如围，村在半山，山名即是村名，此山并无巍峨雄悍处，但连绵起伏，有山有岭有谷，有水有林有人家，有沟边的夜潮地，也有向阳地界的漫坡地。站在太行村的山顶上，看太行群山向北渐次展开，满眼是绿的大海、绿的波涛、绿的海滩、绿的港湾，连阳光都被过滤成了绿色，绿色的光团、光点、光晕、光线在天地间闪耀。

第一次听到太行村名或会疑惑一下，不由联想到北方那座有名的大山脉。但太行村就是汉江北岸群山里一个小小的山村，让太行村出得大名的，是近年村上出产的太行茶，以村名名之。安康喝茶讲究的人爱这茶的原生态和老式制法，有时故意念成"太行（xing）茶"，表示这茶不错，太行茶传着传着又加了"女儿"二字，叫成"太行女儿茶"，让人生出美好联想。第一次见到汉阴朋友赠送的这茶，一下子没反应过来，还以为是北方那座著名的太行山的茶，朋友忙解释这是安康茶谱中新添的一款山茶：太行茶，太行女儿茶。问那"女儿茶"是什么讲究，朋友笑笑说，这茶是一帮女儿开发的呀！

见到太行茶的领头人沈桂述，她定场诗般的几句话，一下子就拉近了我们和太行女儿茶的距离。这位太行山茶业合作社女主事人说，太行茶好不好，一喝就知，茶园好不好，一看就知，太行人好不好，一问就知。这正是当地很多人口传的"太行三知"，我也曾听汉阴朋友多次讲到。

太行山茶叶合作社建在半山绿林中的四合院，古气而鲜亮，白墙青瓦，灰砖铺地，大小院嵌套，前后进相连，很像陕南移民文化中的富户大院遗存，我笑称这是员外府第。沈桂述亲手给我们泡上一杯太行茶，透明的玻璃杯中，一撮干茶冲入沸水，顿时上下翻花，然后，陷入思考般的沉静，茶汤碧绿，茶叶展开，根根直立，仿佛在小小的杯中矗立起一片油绿的茶园。太行茶展开的情形，完全是一副山野女儿态，你能看到那过程，像电影中的慢镜头，一点点量变然后质变，端庄、热烈而又娇憨，"太行女儿茶"的确是那么回事！浸泡约十分钟，沈桂述说，可以喝了。我们依稀闻到屋内浮动的青茶香气。

茶汤入口，一股强劲的清凉之气充满口腔，入喉，有薄荷意味，再回味，则变成兰草香气。俯首细闻杯中茶气，那兰草气息越发浓郁，于是惊疑地问，这茶中是添加了什么吗？比如薄荷，比如兰草？沈桂述笑着说，很多人都会这样问，其实茶中什么也没添加，就是原茶。

这太行女儿茶啊！

在太行村，一千亩老茶园，像一轴巨画展开在半山间。千亩茶园的四周，都是与茶无干的林木，只是它们与茶一样，都是常青常绿的，山顶是松林、杉林，山脚是油茶园、花椒园，园子的东边和西边是刺槐、白腊和青冈树。山不过千米高低，茶园的位置在五百米左右，远看，是一片青林子包围着一片老茶园。我们上到茶山上，早晨的雾气才刚刚散去，山脚下还有雾气在沉积，小风吹脸，如丝绸拂面，在这个深春之季，让人近距离感受到与春天的肌肤之亲。

已过耳顺之年的沈桂述，一身青蓝的打扮，简洁明快，散发着年轻的气息，待人接物的言谈举止起风带电。她一路上不停口数着太行茶的家珍，简直不给我们插话的机会。她说太行茶是云雾茶，白天太阳直射，夜晚雾气充足，昼夜温差大，这样生长出来的茶，加上坚持传统手工制作，不好喝才是奇怪了！

我们绕着千亩茶园走了一圈，上下左右看，看蓝天白云，看四周深静的林木。茶垄如梯田，在山坡如绿墙向远处延伸，在茶垄间，间植有兰草，细小的花蕾已然在开放。沈桂述说，山里有不少上百年的老茶园子，讲究茶与兰同生同长，茶叶便天然带有兰草的香气，太行茶这片园子学的就是老传统。我们闻着茶园的青草香，间或也闻到兰草香，不禁感慨万千。这样的兰草，在秦岭巴山深处常见，它是一种野兰，生长于林下荫蔽环境中，长相朴素，却根深叶茂，开黄花、白花或粉红花，花成小穗状，往往在林中并不起眼儿，但远远就能闻见它的香气。野兰群集成片，往往一长一谷，有的林间小溪流两岸长满兰草，溪流有多长，兰草就伴随多远，在郁闭的林间兰香十分突出。太行村这片茶园里，一垄茶间植一垄兰草，透着耕作的认真和当家人的讲究，让人不由得高声赞美！我们一路走一路评价，大家说此茶也应命名为太行兰茶，与女儿茶并称，兰花明净而热烈，茶叶自带君子气质，女儿茶接地气让人染上乡愁，一如这茶园和它的主人们，阳光灿烂，花香袭人，质朴如纤尘不染的晴空，一下子就把人融化了。

回到合作社大院里，我们坐在院中一棵老杏树下，继续品味太行茶。老杏刚刚谢花挂果，仰面是一树青杏的小星空，小风吹杏，似有铃铛之声。沈桂述告诉我们，这棵杏树与茶园同岁，当初大集体建茶园时不知是哪个细心的人顺手栽下的，见证了这片茶园的兴衰，虽是孤树，每年结杏繁茂，果肉泛金红，味道酸甜，初尝时往往直揪人心，全身毛孔都被调动起来，让享用者七窍通豁。合作社的女员工为我们新沏了茶水。一路走得细汗满脸，我们端茶即牛饮之，随后小口小口细品，在登山之后的松弛中，既解着渴，也品味着这茶的几分雅意。天地安静，山间只闻鸟声，那是斑鸠的鸣叫，细碎而清越，仿佛在催动着人的心事。

就在这天地的一呼一吸之间，沈桂述给我们讲这片茶园的过去和今天。我的思绪随着她的讲述飘飞时空，以我多年基层工作经见，能想见三四十年前，村上大集体种下的这片茶园是怎样的四季热闹，成为当地集体经济的一面旗帜。据说因为有了茶园，生产队的工分值都长了一大截！随后集体变成小农户，茶园无主年年衰败，成了荒草之园。后来也有本村人和外地人伸手承包茶园，但都想十年收益一年收，不想细水长流，化肥农药一起上，茶园不堪重负终于再次陷入衰落。几茬承包人来了走了，被损害的茶园走不了，成了乡村凋零的风景。新世纪初年，驻村干部沈桂述毅然筹资承包下这片荒芜的茶园，并注册成立了以留守妇女为骨干的茶叶合作社，当姑娘时，她曾在太行村做过民办教师；当干部时，她多年在太行村驻村，见证了这千亩茶园的兴衰，这或许就是她与太行村的千千情结，心念多年放不下来。她说，这也是她这一生与茶的缘分。那时，村上男人们大多如候鸟迁飞，长年在外打工，农忙时回家种几亩苞谷栽几亩水稻，他们笑谈这是口粮农业，只管自家够吃，种子一下地秧子一着床又转身到远乡打工挣钱，到秋天才回来望天收，收着了是好运气，天旱了水涝了秋冻了收不够种子粮，就只怪是坏运气，村上只剩下老人和女人们。十多年间，太行茶叶合作社用油菜饼肥为茶园换土，用十几公里长的滴灌应对冬干春旱，年年春种秋管夏锄草，千亩茶园重新被唤醒，沈桂述和她的姐妹们制出远近闻名的手工模式传统茶品。一年又一年，太行女儿茶和秦岭中这群能干的乡下女儿的故事一起走出深山。

几轮续水，茶慢慢喝淡，心渐渐安静，沈桂述讲这些往事时，轻描淡写，好像是在说着别人的事。进进出出的合作社女社员不时插一句话，对她们沈社长不吝赞美。这些农村女人说话清脆，底气十足，你丝毫看不到她们身上的柴火气。我们去参观合作社展室里的太行茶系列产品，看她们生产加工的茶枕系列、茶点小食品系列和茶砖室内摆件、壁挂，最显眼的还是她们的茶品系列，金红一包针是红茶，雪青一包嫩是绿茶，细绒一包雪是白茶，有毛尖，有片茶，有剑茶，有细如螺丝的，有纤如松针的，有细茶有粗茶。有一款给乡下老年人开发的老脚片子，用露地二茬大叶子炒制，扮相粗陋但有喝头，据说一壶老脚片从早泡到晚还有茶味，乡下很多老人喜欢把喝剩的老叶子嚼着吃，说是可以清扫肠胃。老脚片茶适宜煎着喝，一碗红汤浸透天地气韵！乡下活得自在的老人爱说："早茶晚酒，一辈子不丑！"看到高兴处，女社员们干脆抢过她们社长的话，七嘴八舌地给我们介绍她们的茶如何名气大，如何成了电商的抢手货，如何春茶夏茶秋茶三季还没下山，就被电商预订一空，合作社只需把茶制好就成。每季茶开锅炒制都是山上的节日，园子采茶，茶厂炒茶，民宿大院看茶选茶，民宿住满了，院外的场坝上搭起露营的帐篷，晚间篝火晚会城里客和乡下主人一起唱陕南花鼓子、吃烧烤、喝啤酒米酒稠酒，山上人声歌声不断，远近都知道合作社在过喜会！

合作社的院子也是农家体验园，经过几年的运营，成了太行民宿旅游的样板，一年四季有客，就连冬天大雪封山，也有踏雪上山饱眼雪福的。合作社民宿可供三十多人食宿，春节还接待来乡下体验年味的城里人。腊月里，合作社杀年猪开泡汤会，吸引城里人老远撵来尝鲜。订下在山上过年的，除夕开始一直到正月十五，都可以感受正宗的乡下年俗，除夕给先人送亮接年的，正月十五上坟送灯送年的，邻里亲戚拜年的，小的向老的磕头讨红包的，接狮子龙灯的，吃磨盘席的……游客可以到村上农户家拜年，吃土席土菜喝土酒，跟村人学划拳，摆道秦岭深山的山海经，一个正月合作社客走旺门家。站在合作社场院，远眺青山一波一波起伏而去，在鸟儿清越的叫声中尽情感受冥想中的美。沈桂述说，春夏秋冬都是她们民宿的接待旺季，春夏秋三季茶吸引人上山自不必说，山中访故问绿没有淡季，这些年，冬季回乡下老家过年也成了太行民宿的热点。我们到访这天，有两家西安来的游客在此已住了两天了，他们白天钻林子，寻找林中之静，进村子与乡人拉久违的家常；夜晚坐在院前的场坝上，看满天星斗，感受宇宙深远，星星们原来如此之近。这天在合作社饭堂的晚餐让我们大开眼界：除了我们见过的陕南农家风味美食外，我们还品味了茶叶入餐的美妙：焯水的茶叶炒腊肉、小米和嫩玉米熬制的茶羹、茶水蒸米饭、茶叶煎蛋、茶枝小烤肉、茶油拌野菜、茶油爆仔鸡、茶花煎面饼，前前后后吃了上十样茶菜，每样菜都有茶叶做配角跑龙套，每一口都在我们的美食经验之外，茶食如此大气淋漓，春秋饱满，满桌满碗真是荡气回肠，春风满怀。

似乎只有酒没加茶元素。酒是合作社自产的米酒，加热后放温凉饮用，酒的度数只有七八度，不胜酒力的感觉过了十度。我们酒过五味，咂摸再三，还是隐约喝出了这米酒的可疑之处，感觉不完全是米酒。沈桂述举起满满的酒杯，爽朗地大笑起来，说这酒在加热时兑了茶油，喝高了不闹心，就算喝吐了也不上头，不伤胃，下顿可以接着喝。这叫太行酒喝不走，没三天也两宿！

那还说什么呢！这山野间的茶与酒，被我们喝了个酣畅淋漓，这里的人，更让我们难以忘怀。

（原载《光明日报》2023 年 12 月 29 日）

平生食荠菜多矣，但如以所食荠菜之鲜美而论，当以少时在长安乡下所食为最。而所食荠菜，又以秋荠为美，春荠则次之。

春三月，麦苗返青，大地一片绿意。此时，蛰伏了一个冬天的荠菜种子，便悄然萌芽，并迅速钻出地面，嫩绿的羽状的叶子，在春风里招摇。几场透雨过后，荠菜已变得肥大，它们隐匿在麦苗下，或者荒滩的青草边，叶片上滚动着露珠，似在嘀咕着："来，挖我们吧！"循着春风的踪迹，孩子们奔出了村庄，奔向了旷野，鸟儿一样散落在田间地头，去挖荠菜。不唯孩子们，村庄里的妇女们也会三三两两地出动，去麦田里，去荒滩、空地里，挑挖荠菜。在二十世纪六七十年代，荠菜不但是一道野菜，也是庄户人家里的救荒粮。因为，在那个年代里，庄户人家的口粮鲜有够吃的。这些被挖回来的荠菜，经剁碎，下进稀饭锅里，再放进一些青豆、红白萝卜条、盐巴，便成了很好吃的水饭。水饭稀稠刚好，既好看，又好吃，还耐饿，是庄稼人一年中难得的美味。春天里，每当荠菜下来时，一般的庄户人家，总要做上那么三五顿荠菜水饭的。这种荠菜水饭近乎于今天的蔬菜粥，但好像又和蔬菜粥不同，只有长安乡下有，别的地方，我还没有见过。小时候，每逢母亲做荠菜水饭，我都能呼噜呼噜吃上两大碗。至今忆之，还觉得口有余香。将荠菜剁碎，调上调料，和玉米面掺和在一起，烙成玉米面饼，饼焦黄，趁热吃下，有鲜荠菜的清香，亦有玉米面的清香，咸淡相宜，也是很好吃的。还可以将荠菜和面，做成菜团子，蘸调好的蒜汁辣子汁吃，也别有一番风味。用荠菜包饺子吃，我们那一带不流行。也许是在半饥荒年月，麦面金贵的缘故吧。这些都是春荠的吃法。荠菜也是一种季节性的蔬菜，一到暮春，荠菜便抽薹，开出碎碎的米粒状的小白花。这时的荠菜已经老了，不堪供庖厨了。麦苗起身了，也没人再打荠菜的主意。荠菜疯长，开花，结籽，完成它生命的轮回。

秋荠生在八九月间，多在谷子地里、玉米地里，或人家的菜园里，荒滩里则很少见。我至今也未弄明白，它们是春荠的种子遗落在田间地头，而后生长出来的呢？还是隔年的种子深埋在地下，待到秋天，才生长出来的呢？反正秋季里是有荠菜的，但似乎不及春季里多。和春荠相比，秋荠更肥硕、鲜嫩。也许是秋季雨水充足，阳光温润，气候更适于荠菜生长吧！秋日的午后，在田间劳作，或者在田间小路上行走，不经意间向谷地、玉米地里一瞥，你便会看到油嫩嫩的荠菜，悄然地生长在谷棵、玉米棵间，秋阳下，叶片泛出一种柔和的光。若仔细观察，荠菜下，还常常趴伏着一只两只蟋蟀在那里悦耳地叫，便禁不住走过去，将其端详一会儿，连根拔起。荠菜根系发达，根往往扎得很深，但秋天里土地松软，很容易便能把荠菜拔起。秋荠的吃法和春荠差不多，但因为刚经过了夏季，新麦下场了，做荠菜面则别具风味。若给荠菜面里下点小米，做成荠菜米面，吃起来更佳。少年时代，我最爱吃母亲做的荠菜面，尤其是当秋荠下来，我常常要缠着母亲做好多次。给荠菜面里放些青辣椒，我常常胃口大开，一连能吃好多碗，吃出一头的汗。可惜，自从二十多年前离开家乡后，我再也没有吃过母亲做的荠菜面。而母亲现在年事已高，即使有机会回到乡下，也不忍心再让她老人家动手，给我做荠菜面吃了。看来，要吃荠菜面，唯有在梦中了。

秋日夜雨，寂坐无事，灯下闲翻《野菜谱》，知饥荒年月，荠菜惠人多矣。荠菜除可食外，还可止血。小时候，春秋时日，于田间打猪草，不小心被镰刀割破了手指，血流不止。不要紧，急忙在地里找寻荠菜，找到了，无论老嫩，取其茎叶，在口中嚼碎，敷于伤口上，血很快便会止住。至今忆及，尚觉神奇。

（原载《合肥晚报》2023 年 9 月 24 日）

一

○ 袁国燕

长安风万里

大概汉唐长安一直在我心里热气腾腾吧，多次探访遗址，都因各种机缘集中在仲夏，仿佛这个热烈的时代把自己烙在中华史书上还不够，还要让朝圣者胸烙长安事，汗滴长安土。

此刻，我沿着层层台阶，一步一步向汉长安城未央宫大殿攀登。身后，跟着外地来的朋友。骄阳当头，四野空寂，高台漫漫，考验着我们的虔诚。肃立的大汉旗帜，像威风凛凛的列队士兵，呼啦啦招展着一个王朝的风流。

友人的汗水已将 T 恤浸成一坨地图，她却两眼放光，相机咔嚓响个不停。尽管攀上去能看到的只是未央宫大殿遗址曾经的夯台柱基而已，友人却兴奋成两千岁的神仙，仿佛在丝绸之路起点留下自己的脚印，茫茫漠漠的时间就有了来处。

灰棕色的标识牌如静默的向导，举着清晰的方位图，汉时长安城的未央宫前殿、椒房殿、天禄阁、章城门等建筑布局如林，每个都有编号。

未央宫前殿是1号遗址，自南向北逐级抬高，基座依龙首山高地增筑而成。《水经注·渭水》记载，未央宫前殿"斩龙首山而营之"。龙首山到底多高，古人并无详细记载，但现存未央宫前殿遗址最高处达二十米，勘探面积是故宫太和殿的十六倍，龙首之势不言而喻。

我喘着气，仰望高高的台榭，想象雕龙绘凤、百官朝拜的情景。四周巨大的空旷，似无形之浪，将我淹没，不由得感叹萧何"非壮丽无以重威"的远见，真是一语千年。如今，壮丽之形已去，重威之势依然慑人。

那位吟着"大风起兮云飞扬"的开国帝王刘邦，还是有魄力，在八水环绕的沃野建都，取名长安，直接叫响一个新王朝长治久安的梦想，时时提醒自己不能蹈前朝短命之辙。丞相萧何查看地势，筹建新宫殿，以彰新气象。君臣两人大概不曾料到，这长安城和未央宫，竟活成了中华文明的脊梁。

两千多年后的这个中午，热浪蒸腾，四野灼目，江山明媚，岁月静好。长治久安之气，是长安城最初的来处，也是最好的未来。但留长安映史书，是刘邦最成功的"IP"。

继承江山的汉武帝刘彻，就在长安未央宫前殿举行登基大典，"云楼欲动入清渭，鸳瓦如飞出绿杨"的气象，助他叱咤风云，开疆拓土，筑就了汉族、汉语、汉字的功名。汉武帝的锵锵之梦，就是向西找盟友，灭匈奴除祸患，打出王朝的长治久安。

丝绸之路的决策，正是在我脚下的这方厚土上酝酿。没想到它打开了一个新世界，东西方文明相见恨晚。长安城一下子惊艳世界，与古罗马一起成为世界上最早的国际化大都市，让中国走向世界。汉武帝超越了他的梦。

　　脚下这方黄色厚土，该是何等的造梦福地。想到这，我不由得跺跺脚，大地传来沉实的回响。

　　被后世誉为探险家、外交家的张骞，正是从这里起步，向梦出发。当年，张骞长跪大殿应召时，所有人都知道，此去凶多吉少，但不甘平凡的他，想赌一把，至前人所未至，找到那个大月氏。正是他的这一赌，大汉雄风刮向西方，东方从此融进了世界的交响。

　　当他从汉武帝手中接过旌节时，眼神坚定，声音嘹亮。那时他不会想到，这一去就是十三年。两度被俘，依然初心灼灼，囚禁生涯的每一天，他的心都向着长安。上天厚待有梦之人，随着张骞探索的脚步，丝绸之路如一条蓬勃的藤蔓，顽强伸展到蔚蓝的波斯湾、地中海。

　　《史记》以这样一句话，评价张骞的成就："博望侯开外国道以尊贵。"张骞尊贵了自己，尊贵了大汉，更尊贵了中华民族。

　　时间摧毁一切，也造就一切。汉武帝、张骞和恢恢未央宫已成尘烟，留下鼎鼎长安、悠悠丝路，继续流光溢彩，链接世界。

　　终于登上未央宫大殿遗址，站在高台之上。高楼林立，公路如带，秦岭如屏，渭河汤汤，我仿佛站在巨人的肩膀上，山水在胸，目光辽远，似乎可以和天地对话。友人手握指南针，大殿前方正正向南，背后则直直朝北。看来古人深谙阴阳之道，南北执政，东西通衢，四方交融，才涵养了民族之兴。

眼皮下，一面巨大的云纹瓦当雕塑，平铺在前殿遗址草地上，仿若天上的云朵在大地栖居。勃勃生长的狼尾巴草，在风中起伏如浪，像在给云纹瓦当作曲弹琴。宫殿群消逝，而万千瓦当长存，凝结了两千年的时光。

眼前这世界最大的瓦当图，粗边圆圈，四组对称的卷云状线条，环绕着圆圆的瓦心，极像大地长出的瞳孔，正安静地看着我。这，一定是祖先的眼睛。

风吹干了浑身的汗，把友人的披肩发吹成了黑旗，她莞尔一笑，感慨道：来西安前，大汉雄风、丝绸之路，一直住在历史课本里。现在，它活过来了，就连今天出的汗，都是汉唐的味道。

走到遗址公园出口，车水马龙扑面而来。回头再看一眼，只见汉阙之上，一行字巍峨如山："大风起兮城，长安丝绸路。"

二

我与汉唐长安城的缘分，完全是幸运之神的眷顾。

一个历史学得很差的人，居然定居十三朝古都生活。一个对方位从未开窍的路痴女子，居然稀里糊涂毗邻未央宫而居。冥冥之中似有一双手，一直在修补我的短板。

记得工作地点刚刚变动至西安城，我如同一只迷失在森林的蚂蚁，什么未央路、雁塔区、朱雀街，还有十八座城门，我一听就头大，分不清哪个是历史，哪个是地名。当时还没有导航，总是顶着汉唐长安的风云，满城找路。是什么时候开始，变成了满城找遗址？

还得从一次南方笔会说起。当地笔友听说我是西安的，第二天专意带来一个精致盒子，打开层层裹布，竟是他收藏多年的瓦当，让我辨真伪。惊讶之余，一下感到来自古长安的傲娇。是的，在我生活的城市，随意走进一家博物馆或收藏人家，都会见到汉代瓦当，青龙、白虎、朱雀、玄武威武传神，各种云纹、动物图案浪漫多姿，我见过最多的，正是文字瓦当。

仔细瞧笔友这件宝贝，乳钉四面环绕着"长乐""未央"四个小篆，瓦边、瓦心的双十字纹将四字围成扇形，布局和洽，笔意拙朴恣意，像瓦盖上长出来一幅画。我一下子感应到古老的气息，小心翼翼拿在手上，感觉自己的血管瞬间与它接通了。暗暗庆幸，毕竟吹了多年汉唐长安的风，与它心有灵犀。

回来以后，决心用脚去读史书。西安这座城，历史遗珠随处可见，汉城湖、下马陵、大唐西市……散步、买菜、听秦腔、下馆子，甚至上班路上，脚一动、眼一瞥，就是千年。

有一年，单位团购房子，只听说在西安北郊。交订金时去看，才知确切地址在未央区。毗邻几公里全是城中村，小商铺和老楼房林立着过气的繁荣，与开发商宣传的"龙首原福地"盛景相去甚远。透过围墙豁口，看到一片巨大的空地，坦阔出一种豪迈的落寞。一位六十多岁的清洁工告诉我，这片地大得很，小时候在这儿放过羊，种菜种瓜，后来有人开过奶牛饲养场，"但从未见过地面有建筑"。

我当时挺疑惑，房地产开发如雨后春笋，基建如狂魔，这里为何始终寂静安宁，在熙攘中独善其身？后来才知道，那是汉长安城遗址保护区。

2017年初秋，国家发行《张骞》特种邮票，我受邀参加首发仪式，不承想再次踏进遗址区。下车后发现，我心中那片巨大而神秘的空地，已建成汉长安城未央宫考古公园，敞开胸怀让人游赏。树木花草、城墙宫阙，还有层层叠加的登殿台阶，把我引向历史深处。

首发式主场巨大的背景墙上，印着邮票小型张上的张骞像，已成为博望侯的他正手持汉简，神情庄重地宣读诏书，远处庄严的大汉宫殿群，衬托着千年外交大使的威仪。

当初，他从汉武帝手中接过旌杖时，前路未知，仅凭一腔勇气和信念，跋涉至异国他乡，敲开一扇扇世界之门。今天，他屹立在国家名片上，被隆重地迎回。梦兮归来，一个新生的长安在等他。

遗址标号显示，主会场就是张骞从未央宫出发的地方。"未央"两字，我早年读《诗经》时印象颇深："夜如何其？夜未央，庭燎之光。君子至止，鸾声将将。"觉得"未央"两字好听，特意查注释，才发现是尚早、无尽头之意。离天亮还早，诸侯大臣就来上朝议事。未央宫是否因诗而名，不得而知，但君臣执政的勤勉、奋斗的激情，随诗长在我心里。

前年如愿搬到城北的未央区居住。某天，发现小区附近建了个小公园，五线谱形状的彩色围栏，在绿茵茵的草坪上律动。沿园林步道进去，景观别致，曲径通幽，却发现无论怎么绕，总会瞧见一堆高大的封土，苍迈之气凛然。仔细看门口大石上的简介，才知这休闲健身公园，是围着七座西汉墓冢而建。嘿，原来我在此散步，是绕膝先祖呀。

这应该是长安子民最平常也最特殊的祭祖礼仪了。

2023年初夏，中国—中亚峰会召开，西安再次聚焦了世界的目光，六位国家元首齐聚丝绸之路策划与起点之城，共话新时代丝路沿线国家的交流与交融。彼时，一首老歌响彻大街小巷："送你一个长安，一城文化，半城神仙……剪一叶风云将曾经还原。"

就是在这时候，我给自己取了一个笔名——长安燕。在汉唐长安的屋檐下，守一城中华文化，把自己活成半个神仙。

三

作为一个长安人，总该向西一次，沿当年张骞西出长安的路线走一走。

出发前做了功课，张骞出长安向西域的第一大驿站，在两百公里外的长武县老龙山。在《长武县志》上看到，老龙山是中原和西域、关内与边地的咽喉要冲，被誉为古丝绸之路上的"旱码头"。全国第三次文物普查，在老龙山发现侯望邮驿遗址、丝绸之路车辙。

还有比这更让一个长安人向往的吗？

车沿着福银高速一路向西北行进。三伏天行路，虽不是下刀山，但说是走火海并不夸张。上午的阳光已经很劲爆，穿过玻璃，给我的胳膊灼上红红的印章。跟着导航一路探行，炎酷的暑气和心中的热情一起，徐徐蒸腾。想想，今天开车不足三小时的路程，车马劳顿的张骞使团恐怕得走三天。

山塬地貌越来越险。远远望去，老龙山千沟万壑，山势仿如龙首。心里一动，古丝绸之路第一驿站车辙遗址，留在这个叫老龙山的地方，而西汉决策丝绸之路的未央宫，建于龙首原上，看来，东方巨龙千年前的腾飞，除了人的功劳外，还真是有天时地利呢。

一座"丝绸之路第一驿站"牌楼雄踞在山腰下，顺着它指引的方向上坡，拐过一道弯，路旁忽现一处平地，仰头一看，短木桩围起的三弯坡道上方，"丝绸之路亭口古车辙遗址"几个大字灿然入目。

硬阔的塬面上，深深的车辙老成了两道岁月的皱纹。深度与坡度相反，越往下，刮木刹车的摩擦力越大，车辙随之加深。到底深几许，我把胳膊伸进去细探，竟至臂弯。在这兵家必争、商人必过、信使必经的要隘之地，走过了多少浩荡不绝的车马啊。

默默凝视这刻在大地上的史书，送上一个后人的崇敬与问候。

作为长安西北第一要道，丝绸、瓷器、茶叶经此西行，胡椒、石榴、汗血宝马由此东渡，驼铃声声尽欢颜。作为秦陇咽喉，这里留下了秦大将蒙恬去监修长城的脚印、张骞使团出使西域的探索、卫青守关抗击匈奴的胜利，还有李世民西出长安歼灭陇地反军的英勇……无数车马、英雄，由此走向胜利，走进史书。

想想，秦始皇修万里长城，是防备、抵御，而汉武帝丝绸之路的战略，则是通，通衢、抵达。一个一统江山，一个开疆拓土，捍卫与开放，在此握手，在这车辙里交会、发力，碾出了中华民族的精神。

蝉鸣声声中，登上老龙山山顶，汉代烽火台遗址，在烈阳下茕茕孑立。身躯垂垂老矣，但仍以山的姿势，站在时间之上。没有烽火，只有静默，像碑一样静默，任风吹着身上的藤蔓。拨开藤茎轻轻抚摸残裂的夯土，想起岑参的诗："汉将承恩西破戎，捷书先奏未央宫。"

诗中鼎鼎大名的汉将，就矗立在烽火台旁。他一手勒马，一手握长矛，铠甲霍霍，战袍飞扬，正驰骋战场。雕塑前立碑："大将军卫青。"碑文记载，卫青于公元前119年沿丝绸之路北上扫灭匈奴，在阴灵关（今长武一带）探察地形时，见此沟壑连绵，河流环绕，易守难攻，遂建造邮驿和烽火台。

就在卫青驻此这一年，张骞被汉武帝任命为中郎将，二次出使西域，以实现"断匈奴右臂"之策。两位为了和平而西出长安的大将军，定会在此相逢，他们有没有在驿站把酒论英雄，已无从知晓，但一个武力征伐、一个外交融合的英雄传奇，在史册中熠熠闪光。

今天，车辚辚马萧萧随风而去，狼烟兵甲成了历史的尘烟。想想，唯有此，才是今人之幸吧。

登上烽火台遗址旁的瞭望塔，领略古驿道新貌。艳阳普照下，楼舍场苑明媚，工矿商贸繁荣。远处，泾河东流，黑河环绕，南河侧身淌过。福银高速、黑河大桥、312国道从车辙里涅槃，如一条条奔跑的长龙，把民族精神和文化成果传向远方。

一位长安书法家在塔柱上留下墨宝："登峰便见古镇雄。"字体劲健挺拔，颇具高古之气。细品这一"雄"字，极妙。

风掀动老龙山的旌旗，像天地间的大蒲扇，用最舒爽的力度，拂去我的汗水。塔檐四角的风铃，叮叮当当敲响时光，像在对我说什么，又像在吟唱出塞的歌。

哦，就在这吹风吧，且让古长安的平仄节拍，伴我长风万里。

（原载《人民日报》海外版2023年9月16日）

芦花雪

○ 王洁

大地褪去了斑斓的秋色，冬日如期而至。西安的冬日，地上堆积着枯黄的落叶，光秃秃的树枝在凛冽的风中颤抖。在这寒冷的季节里，总盼着温暖的春天早点到来。不由得想起城郊穆柯寨村的春天。那一望无际的芦苇荡，在和煦的暖风中，如波涛滚滚的绿色海洋，沁人心脾的芦草清香迎面扑来，一片盎然生机。不知道那片芦苇荡，在冬日里，又是怎样的一番景象呢？

晨光微露，我沿着出城的公路骑行。村庄笼罩在薄雾当中，乡道上行人稀少。穆柯寨仿佛还在沉睡中，显得幽静而质朴。

我穿过茫茫的田野，路过连片的村宅，沿着小路拐过几个弯，不一会儿，一大片芦苇荡便出现在眼前。白茫茫的苇丛层层叠叠，一直延绵到视线的尽头，与天边火红的朝阳相接。

一缕缕金色的霞光透过云层洒向芦苇。一株株并肩而立的苇秆挺立着，顶着饱满的穗子，芦花摇曳，妙曼多姿。叶片和花穗上挂满了晶莹的

118

露珠，在霞光的照耀下熠熠生辉。

微风过处，洁白的芦花飘飘洒洒地飞舞着，宛若浪漫的雪花纷飞，又仿佛千万只白蝴蝶翩然展翅。此刻，每一朵芦花仿佛都是一个美妙的音符，在寒风中跳跃着，共同奏响一曲冬季恋歌。

晨光尽洒，蓝天白云下，芦花如雪肆意飞扬，在水光中映出美丽的倒影。眼前这迷人的画卷，为秦楚古道上苍凉沉寂的冬日，增添了一抹浓浓的诗意和几分款款的柔情。闭上眼睛，耳畔，只有风的吟唱和花穗的簌簌低语，似有似无的云雀啾鸣缥缈旷远。

正当我惬意地独享着这一片美好时，一阵哗哗的桨声由远而近。睁开眼来，只见一只小船在湖水中荡漾而来。我向划船的少年打了个招呼，便踏上了小船。船桨不紧不慢地划出圈圈涟漪，小船钻进了芦丛深处。阳光透过苇秆洒向水面，湖水如碎金子闪烁着光芒。飘扬的芦花划过我的指尖，又拂过我的头发，飘向那些在浅水里觅食的水鸟，落在它们的翅膀上，与洁白的羽毛浑然一体。那些水鸟立在芦苇丛中，优哉游哉地晒着太阳，偶尔用细长的嘴巴梳理自己的羽毛，偶尔钻进水里叼出一条小鱼。船桨惊动了那些正在栖息的鸟儿，它们扑腾着翅膀飞远，激起层层细浪，掀动丛丛芦苇，抖落出蓬蓬芦花。

千百年来，时光荏苒，这片芦苇荡陪伴穆柯寨经历了漫长的岁月。穆柯寨历史悠久，村口的古树盘根错节，斑驳的树皮上写满了沧桑。如今古树历尽风霜雨雪，依然屹立不倒，陪伴着穆柯寨祖祖辈辈的乡民们，经历着一次又一次春去秋来，迎来一场又一场芦雪纷飞。

相传，历史上女将穆桂英曾屯兵于此，谱写了巾帼英雄之歌。不知穆桂英是否在村口那棵枝繁叶茂的大树下沉吟苦思兵法布阵？是否走进过这一望无际的芦苇荡？芦花纷飞，落在她的头顶，装点着她的发髻，那是一幅多么令人神往的画面。

一只白鹭扑腾着翅膀飞过来，停在我们的船上，打断了我那无边无际的遐思。小船划出苇丛，呈现在眼前的是一片开阔的湖面，艳阳高照，水天相接。

冬日的芦苇荡，虽没有春天的生机盎然，没有夏天的蓬勃绿意，不似秋天的灿灿金黄，却呈现出一种让人心旷神怡的素雅风姿和寂静之美。这种美是北方的冬日所独有的，足以打动每一颗向往宁静的心。沐浴着芦花雪，我的内心也慢慢静下来，沉醉其中。

（原载《人民日报》2023 年 12 月 9 日）

秋望

"女娲娘娘补了天，剩块石头成华山。鸟儿背着太阳飞，东边飞到西那边。天黑了又亮了，人睡了又醒了。太上老君犁了地，豁出条犁沟成黄河……"生在关中，长在关中八百里秦川的我无时不被这高亢激昂、极具夸张想象的华阴老腔《关中古歌》所震撼！"喊得那巨灵劈华山呐，喊得那老龙出秦川呐，喊得那黄河拐了弯呐。"这种气魄、这种豪情、这种胆量，也只有华山和秦人可以媲美。

"自古华山一条路。"西岳华山是千年帝王的祭祀之地，华山的雄奇险峻闻名天下，是华夏之根、文明之源。华山也称"太华山"，秦岭山中，还有少华山、翠华山、青华山等，都可以说是华山的"小兄弟"，景色不同，各有千秋。我是第四次来华山了，每次来华山都给我留下了不同的印象。近三十年，我无数次乘坐陇海铁路上的火车匆匆仰视华山，也曾在华山脚下的御温泉等地开会，还登上少华山远眺过华山。华山景色神奇

121

多变，不同的季节可以分别欣赏到"云华山""雨华山""雾华山""雪华山"。

第一次登华山，那是上大学之时的春游，一群男女相约，从西安坐上绿皮火车，半夜就要到华山门口。凌晨两点爬山，看不到路，趁着夜色，男女相扶，不怕天不怕地，打打闹闹说说笑笑一路唱着歌就上了山，抢在早上六点左右赶到东峰看日出。春夏之交，山风很冷，小伙子们头上冒着汗，姑娘们也是满脸热气，粉红粉红的，倒是有了几分羞涩的甜美。仰望天际，一线天开，回头而望，吓了一跳，壁立万仞，峭崖耸立、百尺峡、千尺幢，两边除了铁链子外，没有其他，原来自己从万丈深渊"鬼门关"走了一遭！真要感谢自己的胆量和伟大了！青春就是本钱，就是活力，就是勇往直前、无所畏惧！

云海舒缓，清风徐徐，太阳藏在云后面久久不肯露面，女同学比男同学还急，跳着、呼喊着："太阳公公，快出来快出来！"吓得男同学直指山下，伸着舌头，"不敢高声语，恐惊天上人"。此处不宜声音太大，倘若惊醒了万年沉睡的石头，摇一摇、晃一晃，那就危险了！女同学一看，方才知道危险，胆小的就直接投到男同学的怀抱之中了，恐掉入看不见底的深谷！连太阳都知道害羞，慢慢才出来！"养在深闺人未识"呀！太阳从云海中款款而出，一跃而起就是火红一团，锦绣盖天，光芒万丈！

历经千百云梯、鹞子翻身、长空栈道……有情有义的同学买把爱情锁，求个平安带，默默许个愿，就把钥匙扔到山谷。华山是爱情山，我们小时候就听过秦腔经典名段《宝莲灯·二堂舍子》中的："刘彦昌哭得两泪汪，怀抱上娇儿小沉香，官宅内不是你亲生母，你母本是华岳三娘娘……"大人们也讲过"劈山救母"的故事，三圣母与刘彦昌的跨界之恋如同《白蛇传》，千古流传。春秋五霸之一秦穆公的女儿弄玉与华山吹箫人萧史"吹箫引凤"的感人爱情故事就发生在此！华山中峰也叫"玉女峰"，可视作对弄玉的纪念。虽然那时候是"穷游"，坐不起索道，但还是在相互帮助的路上，不顾劳累游完了华山的角角落落，了解了华山，收获了情谊，留下了深深的回忆。

这次是两天坐了两次索道——北峰索道和西峰索道，真的要感谢高科技，科技的力量让大众能一睹华山的风采，节省时间和力气打卡留念，还可以在上面品茶喝咖啡，慢慢欣赏华山的"网红"美景。特别是西峰索道（也称"太华索道"），如同蛟龙出海，穿过云海，俯视而下，一切尽览。华山是浑然的花岗岩，有人说像"金元宝"，华山是"财富山"，寄托着世人美好的想象。旅游就靠三分看、七分听，我觉得更要靠想象，这是一种艺术，每个人心中的华山是不一样的。有人讲，人生有三重境界：看山是山，看水是水；看山不是山，看水不是水；看山还是山，看水还是水。这三种境界充满禅机，需要自己慢慢体味，才可渐渐明白。上一次华山，就会有一次不同的感受。

我最喜欢华山的秋季，两次上山都是秋季，一次是上了山，雾气腾腾，"雾锁华山"，啥也看不清，我走到苍龙岭、金锁关就赶紧下山了。华山深藏不露，激起了我第二次在秋季上华山的兴趣和勇气。

第二次是在一个秋高气爽的日子，我来到华山，开启了我的漫（慢）游。我喜欢一个人孤独自由地旅游，生在这个世界上，热闹的都是外界，人生终究是一个人的旅行。

"南山与秋色，气势两相高。"天空澄明，华山高耸，华山与秋色也在争相比试谁美。华山红叶种类繁多，以黄栌、五角枫、元宝枫、三角枫、青榨槭为主。远远望去，整个山体就是一幅水墨画，朴素本真，书法石刻为之增色不少。华山松如同虬龙，扎根石缝，历经风雨，纹丝不动。那些红色的枫叶，炽热浓烈，潇洒写意，再点缀些黄色，铺陈而来，如同大地上的一幅立体画。洁白的花岗岩上红色点点，充满暖意和柔情，显得华山更险峻，道路更崎岖，魅力更无穷！

秋季的绚烂，清爽而不浓艳，内敛而不张扬。人生的丰收，内心的丰盈也应如此。我站在北峰，玉泉院、华山西岳庙近在眼前。从"千渭之汇"到"沣渭交汇"，从"泾渭分明"到"渭黄交汇"，历史不断向前，文明不断发展，父亲山秦岭和母亲河黄河彼此相望，遥相辉映。坐落在东府的华山，占据着秦晋豫"金三角"之地，惯看历史烟云，抒写大地春秋。

日月如恒，山川雄伟；万道轮回，华山依旧。在大自然面前，在伟大的华山面前，我们是多么的渺小。记得有一年，我坐飞机经过秦岭上空，云海茫茫，宛如仙境。霎时，一道金光闪现，接着山巅万道金光尽情铺陈，恍若天堂！这就是"金顶"神光。我想华山肯定也有此景，甚至更壮观，只不过没有航线经过看不到，好在现在科技发达，可以借助无人机航拍将其呈现，让我们充分感受华山的大美。

华山的冬季肯定也美得让人窒息，洁白无瑕，一览无余。朋友在华山脚下开有一民宿，干净整洁，几次邀约，如有机会，定要去住上几日，品尝一下华山的凉粉、凉皮、大刀面、豆腐脑、黄河鲇鱼、肉炒九眼莲、大荔枣糊等美食小吃，聆听华阴迷胡，感受一下华山人的热情厚道、直爽豪放。

临走之时，冒着细雨，我去了被称作"天下杨氏第一村"的东宫村杨公祠。传闻"天下杨氏出华阴，华阴杨姓归东宫"，作为杨氏后人，寻根问祖，继承和弘扬"廉垂四知""清白传家""忠烈报国"的家门遗风，是肩上的一份责任！怀着家国情怀、报国之心，沿着"智取华山"之路，传承红色基因，不仅仅是"杨家将"，更是我们每个华夏子孙的使命和担当。

（原载《西安日报》2023 年 10 月 30 日）

住在山脚下，后山就是我的书架。

野花，草木，还有飞鸟兽虫都是我的书。

有时候采一朵白云，有时候撷一朵野花，有鹛鸟从我头顶掠过。

一阵风，满山的草药味道和春天的气息就浸满鼻腔，清晨的凤凰后山，就是我所有的精神食粮。

五月，多了雨，像娃娃受了凉的稀屎尻子，淅淅沥沥，一日复一日。

恰在这个时候，也是凤凰书院院子里最诗意的日子。

煮一壶茶，坐在亭子或者房间里听雨，不冷不热，信手摸一本书，书里的句子就是茶点，呷一口茶，翻一页书。

雨一会儿住了，一会儿又大了。

雨住的时候，一些长尾巴的雀儿就在院子踱步，我数了这个跑了那个，一共有十几只呢。

雨大的时候，只听见竹风，此时，是我一个人的独欢。

天晴了，后山就像着了一件美丽衣服的少女，更加妩媚。

有时候就觉得城里的灯红酒绿不及我的后山，有时候觉得美女也不及我的后山，甚至满屋子的书都不及我的后山。

后山就是我的后宫，六宫粉黛无颜色。

在露珠还没有完全消散的时候，我就迫不及待上了西岭。

这时候我就如鲜衣怒马的五陵少年。

商陆、金钱草、大蓟、紫苏、地丁、益母、蒲公英、地黄、金银花就是《华山药典》；香椿、槐花、野樱桃、麦桃、杏子还有野草莓就是我的《从百草园到三味书屋》；咩咩的羊、哞哞的牛、黄的黑的白的狗狗、喵喵的咪咪，还有蹿上蹿下的毛老鼠就是我的《动物世界》。

顺着溪水溯源而上，直达岭顶，白云袅袅，天然细流，体会到了王维的"行到水穷处，坐看云起时"。

回来捎一把野蒜或水芹菜，抑或是一把仁汉菜，水焯一焯，拌些小蒜，一盘妈妈的味道就有了，竹风摇曳的亭子里，再抿上一口自酿的松针酒，胜过饭馆里的美味了。

也有烦的时候，我就独坐在院子里，与风景互不叨扰，却也相看两不厌。

人和自然，自然和人，其实不二。

人和人永远都不及人和自然的那种天然亲近。

有时候就忘了，你也是大自然的一分子，你成了自然的时候，你也就轻松自然了。

在凤翔沟，只有在夜深人静的时候，你融入了夜，你也就安然了。

连那些狗狗猫猫也安然了。

前二十年大多时候是在学校里读书，后面的日子是在读一本更厚更大的书。

住在山里，山就是一本大书，向自然学习。

住在城里，社会就是一本大书，需要学的更多。

学习有时候是要交学费的，在山上，跌一跤破了皮，或者刺扎了手，误采了有毒的果实，就是学费。

在城里，跑了冤枉路，被欺骗，损失了财物，就是学费。

这一切都不是虚妄，都会成为你的经验，进一步成为财富。

最大的财富是智慧。

社会也是大自然，我们都是自然的学生。

雨住了，天晴了。

玛瑙也悄然红了。

你如果来山上，这时候正赶上吃新鲜的红樱桃。当然还有明前茶。

或者坐在山巅，风裁白云壶煮山，不羡鸳鸯不羡仙。

（原载《陕西日报》2023 年 6 月 8 日）

于秋天静美的时光里，携心间的风景，慢慢走进位于西安市碑林区咸宁西路 55 号的兴庆宫公园。兴庆宫公园是在唐兴庆宫遗址上修建，沿用当年兴庆宫的池、堂、亭方位和名称而设计的。公园内布设了沉香亭、南薰阁、花萼相辉楼、长庆轩、五龙坛、彩云间等仿唐景点，整个园林建筑与周围自然环境相互映衬又各自成趣。适逢周末，天气又好，公园里游人如织，大唐盛世的繁华和热闹，仿佛被时光一下子收藏进岁月的长河，于这里再次重现。每年秋天，是兴庆宫公园最灿烂绚丽的季节。公园门口，两只用千万朵玫红色小菊花拼成的"凤凰"吸引着众多游客拍照留念。在两只凤凰中间，一个由褐色和墨绿色花瓣组成的大花环里，嵌着由褐色和鹅黄绿拼接成的大雁塔花艺模型，远远看着，既传神又逼真。沿着石块铺就的小路，闻着淡淡的菊香往前走，路旁绿草青青，枫叶火红，荻花乳白，浸润在秋水长天的光阴里，温婉着一帧又一帧的往事。

阿倍仲麻吕纪念碑旁,几位学生模样的青年手捧书本坐在石凳上。他们认真读书的样子,是最让我欢喜的。曾几何时,我也拿着书本,坐在这里看小说、读散文、背诗词。回首往昔,笑谈风雨,年华褪去,回眸人生,留下的只有淡然一笑了。阿倍仲麻吕,中文名晁衡,是唐代来中国留学的中日文化交流使者,与李白友谊深厚。阿倍仲麻吕纪念碑由一块汉白玉砌筑而成,碑高5.36米,正面刻有"阿倍仲麻吕纪念碑"八个隶书大字,侧面刻着李白《哭晁卿衡》诗:"日本晁卿辞帝都,征帆一片绕蓬壶。明月不归沉碧海,白云愁色满苍梧。"在这秋意浓烈的公园里,我依稀能听见大唐那些过往的声音。它们在我的耳边轻轻诉说着过去的欢乐和悲愁。

　　本来和儿子约好一起逛公园,他因有事耽搁了些时间,这会儿打来电话,说是已经到沉香亭了。据说,唐时兴庆宫的沉香亭用沉香木建成,所以称"沉香亭"。亭周栽植着各色牡丹、芍药,花漫沉香,非常漂亮。眼前的沉香亭,则是兴庆宫公园的标志性建筑。旧时沉香亭是唐玄宗专为杨贵妃而建的,他们经常来这里游乐宴饮、观赏牡丹,寻常人等无法观瞻,更不要说靠近了。而现在的沉香亭免费向游客开放,供百姓流连。顺着中间镶有龙凤雕刻的台阶而上,就能看到雕梁画栋的亭子。亭子的四角挂着铃铛,风儿吹动,叮叮当当地响。雕栏刻有牡丹,线条流畅,极为精美。台阶两旁,展现了唐玄宗、杨贵妃设宴赏花以及李白醉酒写诗的场景。重修后的沉香亭,颜色鲜艳了许多。亭子顶端是绿色的琉璃瓦,四周底座用青砖垒砌,镶有由陈忠实题写的李白名篇《清平调》。儿子钟爱古典文学，对唐诗宋词更是张口即来。走到这里，他便给我和游客讲起了这首诗和贵妃捧墨、力士脱靴的由来。传说开元年间，唐玄宗和杨贵妃来到沉香亭赏花，高力士、李龟年等陪同。舞乐期间，贵妃嫌所唱皆为老词旧曲，无甚新意，便求皇帝发旨宣李白觐见，吟诗助兴。谁知，此时李白已和友人喝得烂醉，高力士便急忙着人扶他上马，送到宫中。雨后满园盛开着娇艳的牡丹，李白东倒西歪地走进园中，靴子上沾满泥巴。玄宗看着他的双脚道："太白，为何穿这样一双脏靴进殿呢？"李白答道："臣自知失礼，但高力士催得太急，朝君心切，来不及回去换靴。"看着李白醉酒的憨态，皇帝笑着说："这般说来，就怪不得太白了。"遂命高力士拿来一双新靴。哪知李白乘着酒兴径直把脚伸到高力士面前，让他帮忙脱靴。高力士看皇帝和贵妃都不发言，就忍着火气，弯腰替李白换上靴子。穿着新靴的李白走到书案前拿起大笔，在砚台里准备蘸墨，发现墨汁太淡，又对站在一旁的贵妃道："把墨研一研。"贵妃着急等着他的新曲，也就没有介意，研起了墨。李白望着贵妃研墨和倚栏时美丽的样子，挥笔写出颂扬杨贵妃和牡丹花的《清平调》三首："云想衣裳花想容，春风拂槛露华浓。若非群玉山头见，会向瑶台月下逢。……"落拓不羁的李白虽写出了绝美的诗句，使得皇帝贵妃两相欢，但也因恃才放旷付出了代价。不久，他就遭到高力士谗言、权贵诬陷，被赶出京城去了。

听了儿子的讲解，我有心寻找那个潇洒、浪漫、狂傲、张扬，被后人誉为"诗仙"的李白，就往李白山去了。在沉香亭北侧，一座由大小各异的青石堆砌的小山旁，竖着一块牌子，上书：李白山。林荫掩映中有一座通高 21 米的三层仿唐式阁楼建筑，是为纪念李白而设计的著名景点，取李白"朝辞白帝彩云间，千里江陵一日还"中的"彩云间"三字命名。阁楼下，还有一座李白石雕像。他左手托腮，独自醉卧在一泓醴泉之中，洒脱而闲逸。雕塑基座上镌刻着臧克家手书的杜甫诗句："李白一斗诗百篇，长安市上酒家眠。天子呼来不上船，自称臣是酒中仙。"自称"酒中仙"的李白，酒和诗都与他的人生结下了不解之缘。"醉中草乐府，十幅笔一息"，"饮似长鲸快吸川，思如渴骥勇奔泉"，便是人们对他的称赞。李白的大量诗作都是在神思飘飘、酒兴豪迈的醉乡梦境中创作的，诗与酒也伴着他千里云月，万里风波。围着醉卧酒池的李白塑像，我很虔诚地走了三圈，想着他激情而绚丽的一生，想着他在任何境况下都是那么的潇洒从容，我也就顾不得往日的矜持，和儿子站在李白像前，放声吟诵起他的诗句："天生我材必有用，千金散尽还复来。烹羊宰牛且为乐，会须一饮三百杯。"

（原载《中国旅游报》2023 年 10 月 31 日）

○ 闫
　群

牛背梁的苔

去年六月最热时和友人去牛背梁避暑游玩。牛背梁给我留下了深刻的印象。除了独特的峡谷风光、浓荫遮蔽的潭溪瀑布及让人身心安适的静谧与凉爽外，那遍布山谷、树干和石头上苍翠欲滴的青苔，更是让我惊叹与难忘。

位于秦岭南坡柞水县朱家湾村的牛背梁国家森林公园，海拔最高2802米，距西安40多公里。穿过秦岭最长的隧道，再开车十几分钟就抵达了牛背梁。关于牛背梁名字的来历有两个版本：一说当年老子骑着青牛离秦入楚，走到此处，青牛老死，化身为山，高高的山梁犹如牛背，故名牛背梁；二说，因这边山上有很多羚牛出没，故得名。这些说法某种程度上都说明了牛背梁的特色。

牛背梁的森林覆盖率高达93%，被誉为"秦岭主脊，终南之冠"。山中一夜雨，处处挂飞泉。雨水滋润后的牛背梁自带滤镜，看起来千娇百媚，风清气爽，各种参天树木犹如刚沐浴过的美少女。进入羚牛谷，水汽和绿意扑面而来，仿佛进入了一个天然大氧吧，浑身凉爽无比。一条清澈的溪流在林间蜿蜒划过，阳光一照如碎钻般闪闪发光。通往羚牛谷景区的人行小道长3.7公里，这条道用平板石条砌成，在舒缓地段是平坦小径，顺势而上时就成了台阶；在跨度较大时又变成了木质楼梯，穿行其中一点也不累。

行走在羚牛谷惬意又轻松。谷内温度只有十几摄氏度，和山外三十多摄氏度的高温形成鲜明对比。沿着峡谷和水流而上，山体在谷里将合未合，将开未开，留下一线青天。碧草绿树满目苍翠，飞瀑流泉声声悦耳。林中弥漫着淡淡的雾霭，阳光从繁茂的树叶罅隙间挤进来，形成一道道耶稣光。漫步林间，仿佛走进了一个远古的梦。从山下沿着人行步道信步徐行，越到深处，景色越发秀丽、柔和。

无论是羚牛谷的峡谷、瀑布、潭水、林海，还是六尺岭的峰林、杜鹃、冷杉，抑或是主峰区的冰川、草甸，处处充满了新奇和惊喜，不由得令人感叹，一山览天下，移步不同天。这里，山与水相依，树与天相接，云与雾相挽。山上长满藤条、杜鹃、黑松等，色彩丰富，红、白、黄、绿、紫相映成趣。那些由于山势起伏而形成的小瀑布不时映入眼帘，清水跌入谷底，在绿油油的苔石上激起波澜，水花四溅。友人将相机调成慢速拍摄，让水流呈现出亦梦亦幻的柔情，把它动人的美演绎到极致。最惹眼的还是遍布山谷、树干、崖壁和大小石头上的苍翠欲滴的苔。

目之所及皆是苔。那种厚重与磅礴的气势，美得让人失语，我爱极了这些苔，感觉自己正漫步在华夏几千年的历史长廊中。之前每每看到青苔，脑子里就会浮现出一些词：娴静、幽静、雅静、温润……苔长在苍树之上、清澈水中、村舍老瓦、乡村井台、老院犄角等幽暗润湿不起眼儿之地，幽幽地彰显着自己蓬勃的生命力。它守贫、守寂、守简、守静，只要环境适宜，温度适宜，它就能扎根生长。

我在江南小镇、江汉平原、秦岭终南山、各种寺庙里及古镇的青石板上均见过青苔。但牛背梁的青苔却给了我不一样的感觉。它色泽或翠绿或墨绿或青绿，茎细如丝，精致、细密，发着幽幽的亮光。它们安之若素，不迎合，不苟且，不争宠，不妄为，随遇而安地过着自己想要的生活。我为之震撼，亦因之浮想联翩。

牛背梁的苔是清幽欢喜的。

它虽少见阳光，却渴望着光明；它几乎无人欣赏，却默默地为那些繁花和参天古木做陪衬。"苔花如米小，也学牡丹开。"你看，这些小小的苔花在旮旯犄角兀自开放，孤芳自赏。它们独守一隅不怕人嘲笑，也不奢求有人关照，却在寒暑交替中，见识各种冷暖与悲欢。望着眼前的青苔，我想起儿时村里那个"疯婆婆"（是不是真疯不知道，但村里人都这么叫她）。她天天坐在村口的古槐树下自言自语，有时也会说唱歌谣，和孩子们一起做游戏，惹得孩子们开心地围着她转。她肚里的歌谣真多呀，张口即来，似乎永远都唱不完，从冬季说唱到春季，又从夏季说唱到秋季。时间一长，她就把自己从一个老人说唱成了一个孩童。变成孩童的"疯婆婆"很可爱，她经常对着一群黑压压的蚂蚁发号施令，说她是它们的首领；指着金黄色的夕阳说太阳跌到井里啦；把两片飞舞的树叶说成牛郎织女在秀恩爱。乐呵呵的"疯婆婆"总是把寂寞留给自己，把欢乐带给外人。我清楚记得她下葬那天，几乎全村人都去帮忙料理她的后事，都把她当成自家亲人。

牛背梁的苔是积极丰盈的。

"各有心情在，随渠爱暖凉。青苔问红叶，何物是斜阳。"青苔，虽生长在阴暗潮湿之地，得不到阳光照耀，却不觉得自己卑微低贱，兀自执着生长并大胆追求梦想。它既热切期待阳光照耀，也有向红叶打听阳光的勇气。内心的丰盈让它无论何时、身处何地都不觉得卑微或孤寂。在抖音上，我曾看到一位76岁的老太，满头银发却精神矍铄。她70岁拿到驾照，然后自驾一辆改装的房车行游天下，不亦乐乎。她说人的一生都在取舍权衡，一个人活得累主要是因为心累，因为欲壑难平，总是与自己交战，与当下生活不共戴天。事实上，当你调整好心态，放下名利，卸下枷锁，顺着光阴，自然而然，每天都值得珍惜。自劝自娱，才是幸福人生该有的样子啊！

牛背梁的苔和光同尘，卓尔不凡。

"群居不倚，独立不惧"，这句话是苏轼用来赞美竹的。仔细想想，这是一种多么崇高的人生境界啊！当我行走在牛背梁，看着散布在山梁、沟峁、河道、洞壁、树干甚至岩石下成片成堆的青苔，内心瞬间被治愈了许多。青苔虽小，自有诗意和价值。无论多么卑微低贱，它总能安贫乐道绽放自己的风采。它不卑不亢，不仅给人们带来观赏乐趣与美的享受，还是一种纯天然食品。它含有胡萝卜素、绿素、叶黄素等，没有被污染的青苔还可以供人食用。傣族人就有食用青苔的习俗，如青苔鲜汤、清蒸青苔等，还可以把青苔晒干做成青苔干品。朋友说青苔也具有药用价值。小时候在农村，大人们将晒干的青苔研磨成粉末，直接撒在伤口处，用来治疗马蜂蜇伤，疗效甚好。

站在牛背梁上北望长安，感受八百里秦川和悠悠华夏史，内心溢满博大豪迈之情。这里有八面来风，有万里流云，更有让人魂牵梦萦的满目青翠。如果把牛背梁比作纳万物灵气聚天地精华的女子，那么漫山遍野的青苔就是藏在她腹内的诗书气韵。"惊鸿一瞥自难忘，从此芳华乱浮生。"山河远阔，人间星河，无一是你，无一不是你。

（原载《西安日报》2023年5月8日）

因为编写《族亲履痕》，需要搜集一些有价值的家族史料，便放出话去请族亲帮忙。不久，三哥从老家岚皋打来电话，说四叔家里有一样东西，能证明我家祖辈确在清乾隆时期从湖北经水路迁居秦岭南麓，并在金州的黄洋河口留居过一段时间。我闻听后连说三个"好"，立即自西安启程，踏上返乡之路。

三哥手中的东西是一本老掉牙的线装书，纸质粗劣，色黄打卷，蝇头小楷的笔体，看上去训练有素，道行不浅。因日久时长，字迹大多模糊，却还能依稀辨出"黄冈""汉口""金州""砖坪"等字样。还有一处记载的是与汉江水运有关的内容。毫无疑问，书中提到的这些地名，一定与先辈迁徙的路线有关。也就是说，当年我的祖辈确实曾与金州发生过某种联系。

取回该书途经安康的时候，我有意停留下来。我要好好看一看，这个昔日被称作金州，原以为与我毫无关系，到头来却与我真有些瓜葛的地方，到底该以一种怎样的心态去面对和解读它。

站在安康的水西门外，直面那条已流过无数世纪的汉江，那是一个曾经繁华的商埠码头。我的眼前幻化出一幅幅迷离悠远的画面，闪过一帧帧色彩斑驳却印象清晰的镜头：

正午时分，宽阔的江面上缓缓漂来一艘帆船。临近江岸，白色的风帆徐徐落下。木船轻轻摇晃，江水拍打着码头。船身刚锚定，从船头跳下两个汉子，他们离开江边，一前一后，大摇大摆踏上河街的青石路面，在一处悬着"茶"字招幌的院门口停下，从腰间摸出几枚铜钱，撂给掌柜的大嫂，大大咧咧地在面朝江水的竹椅上坐下来。旋即，便有女童奉上沏好的茶水。二人边喝边聊，说晓道河的桐油在汉口如何值钱，说岚皋的生漆、紫阳的茶叶在武昌如何抢手。得意扬扬的神情，表明这回他们是真的大赚了一把！

喝茶的两位汉子当中，有一位应该是我的祖太爷。但我不能确定，也不能确定他们是真赚了还是假赚了。因为明摆着的事实是，后来的后来，我降生在大巴山中一个名叫桐茅园的穷山沟里，与大富大贵毫不沾边。如果是真赚了，我想他们一定会选择在五里、恒口、汉阴川道平坝修建带马头墙的徽式大院，而不是逃难似的躲进巴山老林苟且偷生了。

根据当时风俗，可以想象，那天晚上，我那个刚从汉口归来赚了大钱的祖太爷，肯定没有立即回到江北或江南的家中，而是跟那个和他一起喝茶的伙计去南街的戏楼看大戏去了。戏是金州地界有名的汉调二黄，唱的是《琵琶词》抑或别的什么。看罢大戏的祖太爷，一定又约了他的伙计一同去街头馆子咂了几两苞谷酒，吃了几碗浆水面，耍了几把川牌。心里高兴，借机庆贺庆贺，放松放松，这些都在情理之中，并无不妥。也或许，他们酒足饭饱之后，还借着酒劲，神神癫癫进了一趟赌场，散失了一大把辛辛苦苦赚来的铜钱，这就有点过分了——这话本不该撂在这里，让他人耻笑，但我不得不说。

大伯在世时曾讲过，先前，我们祖上确实风光过，风光的时候，放地租、请长工，娶大纳小、三房四房的事体都曾有过。后来败家，都是因为老先人不争气，得了贪赌的坏毛病。所以一提起这茬事，我就来气，气他们小富即安，胸无大志。若不是那样，现如今走在安康城里横竖硬气的，还能轮到东关开茶叶店的二顺子？

常言道：人的后颈窝，摸得到，看不到。本以为这辈子就撂在大山沟里再也出不来了，岂知1998年，我竟出乎意料地从巴山深处的岚皋县来到汉江岸边的安康市，并且是举家迁入，扎根落户，而非匆匆过客。晚上，定居在小北街的一条窄巷子里，白天工作的单位在水西门内的西大街口、新华书店的对面，距汉江南岸不足三百米。

在拥有安康的那些日子里，我总是早早起床，经小北街登上临江的防洪大堤，沿着长长的江堤向东奔跑，去呼吸江岸清新的空气，拥抱属于我的那些个崭新的黎明。站在朝阳亭，遥望金灿灿的太阳从奠安塔尖冉冉升起，目睹汉江公园里花红叶绿、水西门外鹤拳剑影、翩翩白鹭伴浩渺汉江一路快活东去的迷人景象，总是心潮起伏，欲歌之蹈之——这就是我想要的生活啊！祖辈当年没能抓住的那份福气，终于在这一刻被我牢牢抓住了。我想，从今以后，这江、这堤、这城、这太阳……就都是我的了，谁也别想从我的手中抢走！

然而，意外再次发生。与江堤相守仅仅一年之后，终究还是没能逃脱过客的命运。2000 年，我又不得不离开了安康，去一个更大的地方。这次的离开，与当初的到来有着同样的理由——工作调动。而这次离开后，也许真的要永远离开了，其实，心中是有很多不舍的。

再次登上安康的城防大堤，我仿佛又看到了沉浸在时光深处的水西门码头，以及属于那个码头的曾经鲜活水亮的半边街。江北的中渡台以及七里沟码头、东关码头，也早已湮灭在历史的烟尘中了，如今替它们讲话的是由霓虹灯点缀的汉江一桥、二桥、三桥、四桥。端午节龙舟竞渡的鼓声犹在耳边回响，黄昏里一江两岸的鱼香酒味尚在温情的小康烟火里延续，像江水一样绵延不断……

该离开了，但我还想带走点什么。不要汉江两岸崛起的高楼，也不要东西二关辣口的凉皮、爽胃的酸菜，更不必带走水西门外的老故事和汉调二黄演绎着的新传说，我一心想要的，是那一湾流动着的江水。在我关中少雨多霾的都市生活中，不能没有它的亲切关照！

对家族历史的认知，因为那个族谱的出现又更进了一步，应是一件喜事。但离开安康，却又将我陷入另外一个陌生的世界，让我返乡归来，隔着秦岭，一遍遍回想——回想安康的好模样，以及离开多年之后，我昔日的金州，如今是否依然安康？

（原载《陕西工人报》2023 年 7 月 24 日）

村里有大片的竹林，竹林旁是青翠的草坪。在春天，草坪上会根据花期轮番开满漂亮的野花；秋天，草坪上无处不长满野菊花。儿时的我们都是集体活动，每天放学、周末，草坪上、竹林里，到处有我们的欢声笑语。

那时的我们没有玩具，下午放学也比现在的孩子早一些。放学后，不是先写作业，而是飞奔回家把书包扔在床上，飞跑到竹林旁的草坪上玩过家家。草坪旁有石墩。因为村子在华山脚下，村旁有条河流，雨过天晴后，河道里会有被洪水冲下来的滚石，华山是花岗岩体山脉，花岗岩质地偏硬，被洪水冲下来的滚石便成了绝好的建筑材料。而石墩是石匠将巨石打造成的一个个平展整齐的"豆腐块"。这些"豆腐块"成了我们过家家的桌子、凳子、厨房的案板等"家居"材料。

夏天的中午，我们会跟着邻家哥哥姐姐在竹林里采摘竹笋，将两三厘米长的竹笋从根部掐断。我年龄小，找笋找得慢，而邻家哥哥不一会儿就采摘了好多。邻家哥哥学习好，时间也把控得好，跟着邻家哥哥，我们不用担心忘记时间回家，我们只需专心致志、埋头苦寻刚冒出的嫩芽。当然，我也会贪玩，采一些漂亮的野花，这也导致我找的嫩笋最少。

我们回家后，央求母亲将嫩笋切碎，拌上醋、盐、油泼辣子，做成美味香甜的佳肴。有些小伙伴将拌好的嫩笋装进竹筒里，带到学校让大家品尝。大家品尝的不只是美味，更多的是竹筒在视觉上带来的盛宴。看着别家大人用竹子做的器皿，我心里别提有多羡慕了。

我们年龄小的在竹林里玩，只有周末才敢进去，因为不用考虑时间，可以玩一下午。竹林是自然生长的，到处都有踩出来的通往河道的小路。村里人除了务农外，主要的经济来源是挖沙，河道里的沙子很细，非常干净，很受工程老板的喜爱。那时每家每户都有翻斗车，妇女常常头裹毛巾、手拿铁锨给翻斗车里装沙子，男人则将沙子卖给几里地外的工程老板。快到孩子们放学的时间，妇女匆匆从河床里上岸，穿过竹林回家给孩子们做饭。在竹林里踩出小路的还有每日去镇上读初中的大孩子们。

一次我们还在竹林深处发现一个竹屋，屋顶是将竹子压弯搭建的，屋内整整齐齐地铺着红砖，可以容纳五六个小朋友进去玩。

听老人讲，以前村南的竹林里有狼窝，后来景区开发修建索道，打造登览华山的第二条路，于是村南的大片竹林被砍伐，修建停车场、售票处，狼群也都跑到后山去了。而现在景区再次开发，成为 5A 级景区，曾经村口的草坪、大片的竹林，变成了一间间民宿。儿时扛锄头的"农二代"现在都变成了民宿老板，一到假期，全家老少都在民宿忙碌，没有一个闲人。

随着经济发展，华山吸引着大量游客，也让村民转变思路，从农夫、石匠转变为商人，自己做老板；曾经每家每户都有的翻斗车，现在变成了小汽车、商务车；曾经开车挖沙，现在开车满心欢喜地为民宿接送游客。

而我常常怀念那片竹林，去年夏天和母亲在村东头的景区专线公路上散步，意外发现从路旁一个大门进去，里面是大片的竹林。母亲告诉我，原本这片竹林是要建风情园的，由于景区的重新规划，这片竹林才得以保留下来。

（原载《陕西工人报》2023 年 7 月 3 日）

顶针，在母亲手里是做针线活儿的工具，在文学爱好者笔下它就成了修辞手法。每当我写作用到这一手法时，就会不由自主地联想起母亲手指上那枚经年不褪的铮亮耀眼的顶针。这原本是两个字面相同但内容有霄壤之别的概念，却引得我思绪万千。母亲的文化程度虽然不高，但极有修养。我有幸成为恢复高考制度后从家乡走出的第一批中榜学子，这与母亲对我的家教有着极大关系，虽然那时母亲去世已经两年多了。

还是在上小学的时候，我总是贪玩，当天的课业往往要拖到第二天才去完成。母亲眼瞅着我养成了这一不良习惯却不曾批评过一句，倒是给我教了一段顺口溜："明日复明日，明日何其多。我儿待明日，明日皆成空。"我不解其意，母亲说："因为今天过了有明天，明天过了还有明天，明天永远有明天，这个明天指的是光阴。把今天的事拖到明天去做就会荒废光阴啊！"母亲不知道，她讲给我的这段顺口溜正是若干年后我在大学课堂里学到的文学修辞手法——顶针——上句的结尾与下句的开头使用相同字词，用以修饰上下句子之间的声韵，使文章读起来朗朗上口，上传下接，首尾相连，给人以强烈的艺术感染力。

自从我记事起，母亲右手中指的第二关节上就戴着一枚用白铁皮做的顶针。顶针表面均匀有序地分布着挨挨挤挤的比针眼儿稍大一点儿的凹坑，做针线活儿时用这些凹坑顶住针尾用力往里扎，便不致伤到手指。看来，顶针这一名称的由来就在此吧。天长日久，母亲的手指骨节渐渐地粗壮弯曲，顶针已取不下来，竟成了她手上一个显眼的"装饰"。遇有日常缝补被褥、衣服等这些松软、单薄的活儿，只需用顶针轻轻一顶，针线就穿过去了。但做鞋就不那么轻松了，而纳鞋底应该是所有针线活儿里最累、最难的活儿。

纳鞋底前，先根据穿鞋人脚的实际大小用旧报纸做好鞋样，再用糨糊将破旧衣服剪成的碎布片或布头一层一层地粘在一起，裱成厚达二十几层的袼褙。将袼褙晒干晾透后，依鞋样裁成鞋底，然后用针穿上麻线绳纳紧，针脚要细密、错落有致，以确保鞋底结实耐磨、美观实用。由于袼褙太厚加之糨糊粘连，针线穿过时阻力很大，所以就要先用锥针在鞋底上锥出一个小眼儿来，再用顶针将针线顺着小眼儿顶过去，如果用力不均或用力过猛往往就会将针体折断，所以纳鞋底时既要有力还要有巧。母亲纳鞋底的样子至今依然清晰地刻在我的脑海里：厚厚的鞋底往往会将针体夹住，只露出一小段针点来，母亲便会毫不犹豫地把鞋底送到嘴边，用牙齿咬住针点猛一抬头，针线就会噌一下穿过来。鞋底纳好后，要将鞋底与鞋帮一针一针地绱在一起。绱鞋是最讲技巧的活儿，母亲堪称全村的绱鞋高手，经常有大姑娘、小媳妇来向母亲讨窍门、要秘诀，母亲都会乐此不疲地手把手给她们进行演示、传教，终了还不忘叮嘱一句："针线活儿再精到也离不开一枚好顶针。"

写作是我的一种爱好，顶针的修辞手法是最能抒发我感情的表现方式之一。这种由上句结尾顶出下句开头的、具有悠久历史传统的文学体裁，大抵就源自慈母手中的那些顶针吧。

（原载《西安日报》2023 年 12 月 31 日）

第三辑

一

父亲是个农民。他原本可以上大学，因为"文革"错过了。身为农民的父亲，当过生产队的保管员、会计，换过粮，烧过白灰，甚至还开过几天车。父亲不抽烟、不喝酒、不喝茶，不会打扑克、搓麻将，几乎没有任何业余爱好。父亲勤俭，一生没穿过一件像样的衣服，也没有去过几个大城市。父亲一生最辉煌的"事业"，就是先后办过两个砖厂。正是这两个砖厂养活了我们兄妹四人以及我们这个六口之家。

说到父亲，有好些事，我是一辈子都不会忘记的。在我很小的时候，有一回，正值农忙时节，父亲和母亲在地里收割麦子。我和小我两岁的弟弟在家玩。年少的弟弟将一根燃着的火柴弹到了我的身上，刚买不久的夹克衫顷刻间烧了一个小洞。当时我和弟弟并没有太在意，不料，父亲回家后，竟因此将我狠打一顿。我永远都不会忘记，当时父亲将我拎起，用小凳子狠打我屁股的情形。直到今天我都不愿意再看到那件烧了一个小洞的夹克衫。还有一次，是我初三毕业的时候。因为偏科，我没能考上高中。父亲气愤地让我跪在地上，又是打，又是骂，当着我的面烧毁了我所有在报刊上发表的文章、获奖证书和来往信件。最可怕的是他一怒之下，竟然差点用筷子戳瞎了我的眼睛……这就是我的父亲，一个在我很小的时候便给我留下了一辈子也忘不掉的伤痛的父亲。

我对父亲认知的改变完全是因为一个偶然事件。有一年暑假，我高中时的女友突然从县城来看我。此前，我母亲曾见过她，并多次向父亲提及。女友家境优渥，她父亲是个局长。那天下午，我去车站送女友，正好碰见外出归来的父亲。他戴着草帽，夹着提包，一身疲惫。父亲一看见站在我身旁穿着长裙的女孩便知道那是我女友，于是不待我上前开口，他便扭头从一旁的小路迅速走开。那一刻，我的心突然一沉，父亲！万般羞辱与内疚刹那间涌上心头，我的泪水一下子流了出来。

先前我曾读过作家梁晓声写他父亲的文章，当时我怎么也不明白他们父子之间为什么会有那么多的积怨。现在我懂了。其实天下的父亲都是一样的！尽管父亲打过我、骂过我、伤害过我，尽管父亲一生窝窝囊囊、毫无建树，尽管父亲有时也会表现出农民的狭隘与自私，可那毕竟是我的父亲，只有父亲才会骂我、打我。

说真的，有时候我就在想，像我父亲一样的，普天下的千百万农民,他们的存在究竟是为了什么?他们中的绝大多数人和我父亲一样,一生没去过多少地方,没见过多少世面,没做出过多少成绩。他们在煎熬着、挣扎着,直不起腰地生存着。他们正和当下这个飞速发展的社会拉大着距离。由于这些人是身处社会最底层的小人物,因而常被人忽视。但是,我们必须承认,很大程度上正是这些小人物在建设着城市,在坚守着大地,在推动着我们这个社会前进。

我不知道该如何来感谢我父亲。但是,我确实很想感谢我父亲。我知道,要不是我父亲当年每年花一万多元供我上大学,我肯定也与我的好些同龄人一样,在老家那块贫瘠的土地上娶妻生子,以至终老。"要知父母恩,怀里抱儿孙。"今天,当我自己也成为一名父亲的时候,我才体会到作为一个父亲的那份良苦与用心。父亲当年的所作所为,尽管有点粗暴,有点不近情理,但他的初衷是好的,他是恨铁不成钢。只要想想我现在有多么地爱我的女儿,我就明白了当初父亲也是深爱我的,只是他的爱是以另一种形式出现的。有时候,伤害也是一种爱。

二

母亲命苦,九岁离娘,十二岁辍学回家,织布、纺线、洗衣、做饭,小小年纪便承担起整个家庭的重担。母亲七岁就与父亲定下"娃娃亲",是典型的包办婚姻,两个人一辈子吵吵闹闹、碰碰磕磕,压根儿谈不上什么幸福。我家兄妹四人，我是老大。小时候我父亲常年在外，家中里里外外全靠母亲一人打理。

母亲是一个很要强的人，不管自己吃多大的苦，受多大的累，总是想尽办法让我们兄妹四个出人头地。我小的时候，特别笨，一道简单的算术题老是做不对。有一回，母亲一气之下打中了我的鼻子，顿时血流如注。我哭，母亲哭。

我在十九岁那年离开乡下老家，开始在县城读高中。从那个时候起，我便一步步地离开了故乡，也远离了母亲。

大学毕业参加工作后我便很少回家了。后来我娶妻生子，有了自己的小家，真是应了那句老话"娶了媳妇忘了娘"。起初母亲并无抱怨，但是随着我们兄妹几人一个个地外出工作、成家立业，母亲内心便开始感到孤寂。于是她常给我打电话。有时是一大早，有时是深夜。每次打电话，总是反复叮嘱我，说什么要心胸开阔、与人为善，要爱惜身体、注意安全、看淡名利。人常说："父母的心在儿女身上，儿女的心在石头上。"有一次，我正和几个朋友在酒店吃饭，母亲忽然打来电话。我问母亲有啥事。母亲停顿了好大一会儿，说："没啥事，娘想我娃哩。"听到这话，我一下就流泪了。

母亲五十岁以后，开始信佛。平日里她省吃俭用，舍不得花钱，但凡遇到和尚道士上门化缘，她总是慷慨施舍。有几次我实在看不下去，对她说："妈，你这样不对。你那不是信佛，是迷信。"母亲非但不听，还数落我说："不要胡说。离地三尺有神灵。咋能没有佛？

154

舍钱那是积修呢！"我无法说服母亲，便只好任由她去。

曾几何时，我一直觉得母亲就跟太阳一样，会永远照耀着我，呵护着我。我从来没有想过会失去母亲，从来没有！人其实都是向死而生的，许多我们以为遥不可及的东西，其实它一直就隐藏在你身边某个阴暗的角落里，哪天等你不注意的时候，它就会突然蹿出，一把掠起你生命中最珍贵的东西，然后呼啸着，扬长而去。

某年春天，我在终南山里讲课，忽然接到母亲从乡下打来的电话。母亲在电话里说，她为自己和父亲做好了寿衣，想照几张照片，希望我带上相机回家一趟。我一听大吃一惊，赶忙说："妈，你弄啥呢。你跟我爸五十岁刚过，都还年轻哩。这么早弄那东西干啥？"母亲说："不早了。村子里和我们一样大的人都做了。再说，这人也说不准，万一哪天'噌'一下子，说过去也就过去了。"挂断电话，一丝不安掠过我的心头。

此后，母亲身体果然不好了，断断续续地吃药打针。其间，我曾回去过一两次，但是母亲并未提起照相一事。我想，她大约是不希望我为她担心。一晃几个月过去了。就在我以为母亲没事的时候，妹妹却突然打来电话，说母亲住院了，就在她们医院。妹妹是一位护士，她所在的医院是我们那个市最好的一家医院。我问妹妹："咱妈到底咋了，得的是啥病？"妹妹说："妇科病。"我说："妇科病咋还住院呢？"她说："咱妈绝经好几年了，最近突然下身出血，医生怀疑是宫颈癌。"啥？宫颈癌！晴天霹雳！一瞬间，我觉得眼前一黑，泪水夺眶而出。

得知母亲可能身患宫颈癌，并可能因此而离开我们的时候，我第一次真切地感受到母亲的珍贵。那天夜里，我整个晚上都睡不着，我的眼睛始终是湿润的。老天保佑，母亲后来被诊断并未得宫颈癌，一切只是一场虚惊。但是这场虚惊却让我提前意识到了一个事实，那就是——母亲终究是要离开我的，只是时间的迟与早而已。不管我们接受与否，每个人都是要离开这个世界的，就像一粒尘埃被风吹走。我想象不出没有了母亲，我会是个什么样子？在我看来，一个人无论在哪个年龄段上失去母亲，他都将成为精神上的孤儿。而一个人不管他年龄有多大，只要他还有母亲，他就是幸福的。

三

故事要从我外婆说起。据我母亲讲，我外婆是四川一个地主的小老婆。"土改"的时候，男人被"镇压"，她一个人挺着大肚子，牵着一个小孩子，一路乞讨，逃难到陕西，后经好心人介绍和我外公组建了新的家庭。

我外婆出身书香门第，是典型的大家闺秀。我手头有一张我外婆年轻时的照片，那是她唯一一张留下来的照片，就这还是我从她和别人的合影中裁剪下来翻拍的。照片上的外婆留着两条长辫子，高鼻深目，端庄贤淑，就算放在今天也是绝对的美女。很多年后，我曾对我女儿说："咱们史家世代农民，别说三代，就是往上再推五代也是穷得叮当响的穷人。今天你和我之所以还有一点读书的基因，这很大程度上要归功于我那从未见过面的外婆，也就是你的曾外祖母。"

什么是文化？文化就是讲究。这是我从我外婆身上得出的结论。据我母亲回忆，我外婆颇有大家闺秀之风，穿衣吃饭都很讲究，身上穿的虽然是土布衣裳，但任何时候都是干干净净、体体面面的，头没梳光绝不出门。当时陕西人穷，面条都没得吃，我外婆却坚持吃米饭。吃米饭就得配炒菜，这么多讲究，不是一般家庭能承受得起的。不仅如此，外婆还通晓诗书，诗词曲赋信手拈来。闲暇时外婆常将母亲抱至膝头，先往母亲嘴里塞一颗水果糖，然后再教她读书认字。一边是甜滋滋的水果糖，一边是精神上的甘霖雨露，那是母亲一生中最幸福的一段时光。

彩云易散琉璃脆，世间好物不坚牢。外婆在她风华正茂的时候不幸得了痨病，缠绵病榻，最终咯血而死。我小时候不知道啥是痨病，以为是很要命的大病，后来才知道痨病就是今天的肺结核，震惊之余我愈加悲伤。一位医生朋友真诚地告诉我，要是外婆当时能打上针，就不会死。肺结核在今天压根儿就算不上什么大病，用点抗生素就能治好，但在那个年月却是绝症。

外婆去世时留下遗言，叮嘱外公无论如何要让母亲坚持上学。外公当时答应了，但很快就食言。当时是生产队，挣工分，家里只有外公和舅舅两个劳力，入不敷出。两个大男人忙碌一天，回到家里还要自己做饭，母亲看不下去，就主动辍学在家了。外婆去世的时候，母亲还不到九岁，连头都不会梳，家里的两个男人更不会。结果母亲就成了没人管的"疯女子"，头上经常长满叽子和虱子。村里好心的老太太实在看不下去，才帮母亲梳一次头。

从小离娘，是母亲这辈子最大的伤痛。突如其来的家庭变故，提前结束了母亲的童年生活。严峻的现实使得母亲在很短时间内就变得成熟起来，早早地承担起了家庭的重担。母亲刚开始做饭的时候，连锅台都够不着，脚下要踩一个木凳子。至于头发被火燎，手指被烫伤，那简直就是家常便饭。母亲虽然只念了几年小学，但她后来上夜校，坚持自学。如今，母亲不但能看书写字，还能识谱弹琴、唱歌朗诵，经常参加各种文艺活动，成为老年大学的骨干。母亲一生尊重知识，崇尚文化，积极上进，坚强隐忍，很好地继承了我外婆的优点。更重要的是母亲以她的言传身教，将外婆身上那种"文化的基因"传给了她的子女以及子女的子女。

四

抗美援朝战争打响的时候，按说我外公已经不用再上战场了。因为此前解放战争期间他出生入死，多次荣立战功，已经复员了。但是就像电影《长津湖》里的"伍万里"一样，外公不顾部队和家人劝阻，坚持要去前线，保家卫国。他后来跟我讲，和他一起去朝鲜的战友，几乎都阵亡了。他自己也被炮弹弹片击中头部，受了重伤，一只耳朵也聋了。此后，外公一直饱受战争带给他的摧残和伤痛，以至于整个人的精神状态都变得不太稳定，用今天的话讲就是有了创伤后应激障碍。可那个时候人们哪知道这个，人们只叫他"疯子"。

外公用生命换来的是军人的荣誉以及每月为数不多的伤残补助津贴。我小时候印象最深刻的就是外公屋子里悬挂着的那些奖章、奖状以及一张装在镜框里的毛主席像，下面印着一行红字"伟大领袖毛主席万岁，万岁，万万岁！"那可是外公用生命换来的。外公直到晚年依然保持着军人的操守和作风，遇见不公，总是怒不可遏，大声疾呼，因而落下一个"二疯子"的绰号。

外公抗美援朝归来后，已经是三十好几的大龄青年了。后经村里好心人介绍，与远从四川逃难而来的外婆组成家庭。我是我外公的头一个孙子，因此，他格外地疼爱我。外公三天不见我，必来我家，骑着一辆"二八"加重自行车，车前挂着一个油腻腻的尼龙网兜，里面装满了麻花、油糕、花生、糖果等各种吃食。每次母亲都数落他，嫌那网兜脏。外公则一声不吭，只是憨憨地笑，口中说着："我心慌，就想看看娃。"那时只要放假，外公总是将我带到身边一起生活，同吃同睡，给我讲战争年代的故事。外公当时有民政部门按月发放的生活补贴，他自己舍不得用，都花在了我身上。那时他经常带我看秦腔戏，吃羊肉泡馍。有年暑假，我们一起去邻村看戏。看到一半的时候，天突然下起了大雨，外公将我背在脊背上，踏着泥水，深一脚浅一脚地在黑夜中摸索前行。为了不让我淋雨，他把唯一的一顶草帽取下来戴在我的头上，自己则淋着雨。等到后半夜回到家，我呼呼大睡，外公却发起高烧，一病不起。

外公活着的时候，没享过一天的福。他常说自己是受苦的命。他常对我讲起民国十八年（1929）年馑，讲起吃大户，讲起修羊毛湾水库。外公是一个小人物，生前连一张照片都没留下。他一辈子是如此平凡，如此琐碎，如此的悲，如此的苦。

外公生前常说三句话："人皮子难背"，"钱难挣屎难吃"，"人生就是逛皇会"。今天，我读了一堆一堆的书，学了一套一套的理论，但没有哪句话能像我外公这三句话那样让我更清楚地认识人生。一句"人皮子难背"，多么简单，多么素朴，却道尽了无数心酸。人到世上来一趟，就是"挣命"来了，是人就得坚强，是人就得倔强，是人就要争那一口气，是人就要疯一场。"钱难挣屎难吃"，那就更直白了。俗话说，人为财死，鸟为食亡。有谁能离开钱呢？外公用他的一生证明了一个道理，那就是君子爱财，取之有道。"人生就是逛皇会"，多么形象的比喻。人生一世，草木一春。人生苦短，世事无常。世人因为名利，熙熙攘攘，东奔西忙，到头来却只换得土一抔，泪两行。

外公去世的时候，年纪并不大，也就六十出头。当时改革开放刚在农村兴起，日子正一点点好起来。外公去世的时候我还小，不大懂事，只记得那天我正在学校里念书，父亲把我从教室里叫出来说："你外爷殁了。"等我见到外公时，他已躺在一张支起的门板上，脸上盖着一张麻纸。母亲在一旁说："瓜娃，快哭呀。"我怎么也哭不出来，且心中没有一丝悲哀，只是呆头呆脑、傻愣愣地站着。紧接着我就跑出去，在街上玩耍起来。我听见村人说："哎，老二死了！疯疯癫癫一辈子，一口气张得。"那时候我就像一张白纸一样无知，不知道什么叫作死。后来，等到乐人们吹吹打打，村人们一锨土一锨土地将外公入土埋葬的时候，我突然间好像明白了什么，哇的一声大哭起来。

此后很长一段时间，我一直都无法接受外公去世这个事实。我总觉得外公没有死，他只是出了一趟远门，总有一天他还会回来，骑着他那辆"二八"加重自行车，车前的网兜里装满了麻花、油糕、花生、糖果……

（原载《岁月》原创版 2023 年第 11 期）

此刻，延安已经是深秋，在暮色苍茫中，寒意渐浓，从脚下直逼心底。总是这样的，秋天总会让人无端惆怅……

一千年前，也是这样一个秋天，也是这样一个暮色苍茫的时刻，在边城延州，头白如雪的范仲淹缓缓研墨提笔，将对故土亲人的思念凝于笔尖，写下了《渔家傲·秋思》。

一千年后，我坐在教室里，等待着下课。少年时期，每一天都那么漫长，看看窗外，太阳当空，一动不动，远处的祁连山呈现出一派秋意，大雁排云高飞，要到南方过冬。

塞下秋来风景异，衡阳雁去无留意。四面边声连角起。千嶂里，长烟落日孤城闭。

浊酒一杯家万里，燕然未勒归无计。羌管悠悠霜满地。人不寐，将军白发征夫泪。

我们的老师是北京知青，字正腔圆地朗诵那

阕《渔家傲·秋思》,当他朗诵到最后一句,动听的男中音哽咽了一下。

老师也是离家千里,有家不能归,自然格外共情,他说,人生的无奈都在这最后七个字里面。"将军白发征夫泪",白发是生命不得不承受的煎熬。可是,一个少年怎么能懂呢?那时候,只盼望着快快长大,离家越远越好,就像大雁,飞得越远好像越有出息。

如今,当我站在人生的秋天,金黄的落叶堆满了心间,忽然明白了他的煎熬。

东汉时期,车骑将军窦宪领兵北击匈奴,大获全胜,于燕然山刻石记功,从此威名远扬,被后世景仰。可是,此时的范仲淹苦守延州,建功立业杳如黄鹤,解甲归田亦遥遥无期,来路茫茫,去路亦茫茫……

只不过,他并没有料到,从延州开始,他的非凡人生才刚刚拉开序幕……

北宋时期,陕北以北的党项族迅速崛起,1038 年,李元昊建立了西夏,自称皇帝,亲自率领十万大军进犯延州。草原民族异常强悍,延州老百姓惨遭劫掠杀戮,一时边地告急。消息传到开封,朝堂之上议论纷纷,有人主战,有人主和,皇帝举棋不定,太久的和平年代,使人忘记了战争,刀枪入库,马放南山,打仗谈何容易!

此时的范仲淹已经年过半百,俨然进入了人生的秋天,半生宦海沉浮,仕途不顺,要是按照今天干部队伍年轻化的标准,该退二线了。可是,国家有难之际,他临危受命,挺身而出。

总是这样的,在这个国度,在危难的时候就会出现一些人,像顶梁柱一般，苦苦支撑局面。

范仲淹出任陕西经略安抚招讨副使兼知延州，也就是延安的一把手。在边地驻军期间，他加强防御，拒敌于城外，无奈同僚韩琦想法不同，主张主动出击，大举反攻。1041年，韩琦的部队在六盘山下的好水川遭到伏击，死伤惨烈，一万多官兵阵亡。听闻噩耗，延州的亡灵家属哭声震天，韩琦也是掩面痛哭，悔不当初。

延州的防御不断加强的同时，范仲淹也在积极备战，他深知进攻是最好的防御，没有精兵强将就没有战胜西夏的可能。他从陕北民间拔擢了大量人才，加强军事训练，很快培养了一支精锐部队，几番较量，西夏兵不敢进犯，一时边塞和平气象重新降临。

世界上的和平都是用实力争取来的，没有强大的军事力量，就没有和平。

他不仅懂得军事，更懂得政治，在边境地带，他开办贸易，活跃经济，加强汉人和边地少数民族的生意来往，增加了老百姓的财富，融合了彼此之间的感情，大大弱化了民族对立的情绪。甚至在他死后，边地的羌族百姓为他戴孝哭灵，号啕涕泣，声闻于天。

三年的坚守之后，他调任回京，一度官至参知政事，大约相当于宰相，这是他一生的最高职位。可是在我看来，这并不算他生命的巅峰，因为他所主持的"庆历新政"很快以失败告终。

延州之后的杭州，应该是他职场生涯的另一个重要节点。

1050年，江浙一带发生大旱，田间颗粒无收，许多老百姓打算外出逃荒。他下令大兴土木修建寺院，举办龙舟赛。当时很多人不理解，纷纷上书弹劾。他解释说，大兴土木是让老百姓找到活路，以工代赈解决吃饭问题，这是最早的"大项目拉动"，保证了老百姓就业。至于举办龙舟赛，就是今天的"旅游经济"，能够促进消费，让富人的钱流向穷人的口袋，而不至于富者越富，穷者越穷。

在古代中国，往往一有饥荒就会有流民，饿殍遍野，骨肉相食，在史书上屡见不鲜。可是，他管理下的江浙一带却没有，"大项目拉动"和"旅游经济"为老百姓找到了饭碗，保住了性命。

有人说"百无一用是书生"，其实，真正的知识分子恰恰相反，他们带兵能打仗，提笔著文章，为官一方则必造福于民。孔子说，"君子不器"，指的就是范仲淹这样的人。

如今，在延安城里，昔日的延州，处处都有他的痕迹，不经意就会劈面遇见。清凉山上有纪念他的范公祠，很多人远路风尘来看他，恭恭敬敬地献上一炷心香。

宝塔山下有摩崖石刻，向来车流密集，每次堵车在这里，人们都会看到他亲笔书写的三个大字"嘉岭山"，笔体端严雍容，气象不凡。

而当我行走在宽阔的范公路上，早年镌刻于心的《岳阳楼记》便会从记忆深处涌现，一时觉得心头风烟俱净，如秋日的晴空一般澄澈。

《岳阳楼记》奠定了他生命的高峰。

洞庭湖边的岳阳楼上，依旧能看见那三百六十八个被工工整整镌刻在石壁上的字。天南海北的人，千里迢迢赶来，一字一句吟咏"先天下之忧而忧，后天下之乐而乐"，每一个人都不由自主地念出声来，南腔北调，男女老幼，渐渐默契为齐声朗诵，仿佛回到少年时的课堂上。

三国时期，文学家曹丕曾说，文章乃"经国之伟业，不朽之盛事"，于今想来，并非虚妄。那些文章像一粒种子，种在懵懂少年的心田，在漫长的岁月里，将逐渐生根发芽，潜移默化地塑造一个人的精神世界。终将有那么一天，他会突然领悟，一个人的生命之所以有价值，是因为承担着一种责任或者他人的福祉。

这是古代知识分子的最高理想，至今仍然深深影响着每一个中国人。这一刻，你会相信伟大的抱负和勇者的担当绝非虚空，高尚的品德和完美的人格是真实的存在。

范公就是这样一个绝对的生命样本。

（原载《延安文学》2023 年第 6 期）

渔湾置于宁陕，实为神笔所赐。

不说宁陕本县，就把其左右两侧、同处秦岭南坡的汉中市佛坪、留坝，商洛市镇安、柞水等县份都算上，其城其镇也找不出如此温馨、祥和、如意的地势。我自村外的高山崖头观望，只见渺渺忽忽的淡雾渐次散开，眼前的山水田林组成了首尾相衔的两幅八卦图：四周群山环抱，中卧一马平川，川中隆起了酷似两头水牛隔水斜望的两道石梁；梁分二水，水绕石梁，绕成阴阳二鱼；鱼定乾坤，于秋阳之下呈现一明一暗两块长长的盆地；盆底是平如案板的水田与明镜般的库塘，周边是缓缓流出的河道，河外是阶阶升高的缓坡台地；地上有庄稼、林果、农舍、公路，路边是层层山林和高高的石梁；石梁的两面坡上，层林尽染，万紫千红，诱来一串一串照相的红男绿女，在石阶、土坎和水泥路上追风；沿路上了梁顶，可在满梁红叶间撒欢，可在崖头俯视平川上的自然景观和新改造的一处处民宿群落、一顶顶帐篷、

167

一块块果园，以及穿行于稻田、藕田与菜地、林地之间的观光火车和漫步于田园、河道的四方游客。看得心发痒了，我就匆匆下坡，由观景者变为他人眼中的风景，融入了渔湾村日夜不息的旅游生活之中。

走进渔湾田园，如回梦里老家，一切都是那么熟悉而又陌生。匆匆走过前川后湾的观光景点，与新老朋友体验了一些农耕生活内容，我就驻足于村中的民俗博物馆。

透过这些油亮、漆黑之中泛着淡红暗光的竹编渔具，我看到了头戴斗笠、身披蓑衣、腰挂鱼篓的渔夫。他从隔壁那座土木结构的小院走出，扔掉手中的蒸红薯以支开尾随的土狗，换上大门外的草鞋，轻脚碎步，用钓竿轻轻荡开路边的藤蔓和露水而缓缓前行。当他穿过晨雾迷漫的河湾，来到视野开阔的崖头，掏出衣袋里的塑料布做垫子，坐在青石包上下钩、抽烟时，晨光熹微，晨风轻拂，一个天高云淡的清晨在他轻轻默唱的山歌中快活着。当一只四寸长的花鲢被钓上来，他不将其入篓，而是走到河边的沙滩上，用手持竿、用脚在沙滩里刨出一个两尺见方的沙坑，又用脚挖渠，引来河水，做成鱼塘。他把小鱼放入塘中，观赏着，鱼儿在水里潜入翻出，他在塘子周边手舞足蹈。玩尽兴了，他就用鱼竿捣开塘口，赶鱼下河，将其放生了。当一只半斤重的鲤鱼钓上来，他抽了一袋旱烟，收了钩，伸开腿，竟然半躺身子，仰望着天空火红的朝霞，朗声背开了唐诗："雪溪湾里钓鱼翁，舴艋为家西复东。江上雪，浦边风，笑着荷衣不叹穷。"

看着这些打柴的刀梢与弯刀，木工的斧头与刨子，园丁的花锄与剪刀，我便看到了奔走于山地和村庄之间的樵夫。他打回一担担干柴，在村头垒石支锅，生火做饭。他砍回一根根木头，在锅灶的后方挖地起基，打墙盖房。当四面合围的天井院子盖起之后，他用自制的尺子、斧子做出了粮柜、衣橱和桌椅板凳，给爱妻做了雕花的木床，给儿子做了带抽屉的书桌，给女儿做了箱子、轿子等陪嫁。把家人的家具都制作好了，他在后院的老槐树下，给自己做了书案、书柜和书房。当炊烟升起，生活启航，他在前庭种梅兰、后院植竹菊，又于后坡栽满松杉、椿杨等用材林，在山边、路边、地边、田边种植橡科、柳科之类薪炭林，还种了果树与百草，让房屋周边、青山之上因这些木材、柴火和花香、果香而得以绿化、美化，并因春有花、夏有荫、秋有果、冬有景而静中有动，动静相宜。那蕴含其间的诗情画意，滋润着他的儿女如松般成材、如花般秀美。

这些置于案上、地上、墙上的农具，让我看到了扛犁荷锄，左手牵牛、右手拿镰，头戴草帽、腰挂篾笼的农夫。他迎着午后的太阳，哼着汉调二黄，健步走向村子的东边，把耕牛和犁头交给修田坎的儿子，把镰刀交给山边放羊的孙子，把篾笼交给地头拌粪的女儿。于是，祖孙三代从各自原有的工种闪亮转身，依着他的安排忙开了新的农事：儿子给耙好的秧田封了水，下了一道田坎去犁藕田；孙子把吃饱的山羊拴在竹林里，上到山腰去割牛草；他和女儿在新翻的旱地里播种杂豆，头一块是供做酱用的胡豆，第二块是打豆腐用的黄豆，再一块是吃两掺面的豌豆，最后一块种的是小孙女最爱炒着吃的蚕豆。当夕阳西下，儿子扛犁提耙的倒影在水田里飘闪成画，骑牛拉羊的孙子把"牧童遥指杏花村"的古诗吟成了儿歌，荷锄挂笼的女儿在头发丛中插满了飘香的山花，怀抱娇子的儿媳在村口的老槐树下喊他们回家吃饭，他似乎闻到了白米、玉米糁合成"金银饭"的香气，葱蓉、蒜苗、花椒叶子炒腊肉的喷香，以及老伴刚从火盆里提起的拐枣酒的清香。他喊了一声"快点回哦"，就和孙子争抢着赶牛赶羊、一路欢笑着小跑回家。

蓦然，那半边磨损的戒尺、掉了一颗珠子的算盘与那破旧的笔架映入眼帘，我看到了走出瓦房、砖房、石板房和木屋、土屋、茅草屋的孩子们，他们正走上村子西头那高高的台阶，走入台阶之上那宽阔的学堂。紧随其后的，是这位从河边回来的渔夫，从山林回来的樵夫，从庄稼地里回来的农夫。此时，一身素洁的青布长衫，一顶深灰的半旧礼帽，一面明亮的石头镜子和夹在腋下的书本、握在左手的戒尺、提于右手的算盘，让他成了标准的乡间文人。他走进学堂，先听所聘老师上的英语，又亲自上了一节国学，随后便在东厢房里与应约而来的乡贤们商议着义学的房屋得扩大两间教室、三间教工宿舍，学堂的义道得铺上石子、栽树植花。最后，他又给学堂捐了两亩义田。从学堂回来，他铺纸挥毫，书写了《义学扩办告示》，命人制碑。然后，吃一碗饺子，喝两杯果酒，诵三首唐诗，读一会儿线装古籍，他又提上鱼竿，做渔翁去了。

秦岭南坡的渔湾田园风景区，是一曲古韵新意交相辉映的田园牧歌。村庄、民宿与山水自然演绎的渔樵耕读情景剧，因是当地山民和我的祖先共同以其火辣辣的激情所展示的，故而如烧酒般热烈地引诱着我、召唤着我。我目光发亮，心向往之。

（原载《安康日报》2023 年 11 月 10 日）

时隔两年，再次走进漫川的山谷，再次看到奇秀的山峰，仍然感到震撼。震撼之中，我们走进山下的田野，走进漫川人的家园，心底激荡着幸福的涟漪。

漫川关位于秦楚咽喉处，四周山峰连绵，只有谷中的水陆缝隙，勉强连通着南北。扼守其间的古关很早就是兵家必争之地，解放战争时的一次激战，让它闪耀着红色的光芒。川道两边，突兀矗立的山峰，鬼斧神工，像一个个重音符号，给秀丽的山谷增添了不怒而威的张力。看着这些山峰，不由得想起造物运动的伟大力量，想到所有生命的高处涌动。大山阻隔了交通，却没挡住前行者的脚步。从古至今，无数人在抗争，走出大山，走向远方，并在跨越中提升了自己的人生高度。

这里的村民世代居住在坡、沟、坪上，村名也多以此命名。他们从事着稻、荷、果业，留着悠远的诗意，却一直徘徊在温饱线上。南坡村其

○ 李亚军

重回漫川

实趴在一座山的北坡，南坡就是湖北的郧西。鸟儿从山坡飞过，随意穿梭在秦楚之间。南坡村的很多人，却很难翻过山，也很少下山，一直在半山坡上讨生活。村里有一位王先生，艰难地走出大山，带着不少老乡一起致富，时刻不忘家乡的改观。他个人捐款，给村里家家户户改建了厕所，帮助村民们摆脱世代沿袭的旧习。因为这一善举，我第一次来到漫川。那天上午，我们直接上山，匆匆来去，无暇旁顾。

车进漫川谷，抬头马上就看到了南坡村小学那排彩色房子。它像一幅油画，悬挂在青山之间。这么遐想时，我们来到了法官庙村的田园观景台上。眼前群山环绕，清水流淌，荷池整齐如棋盘，梯田盘旋如斗纹。四下皆绿，从如黛的青山，到翠绿的树木，到亮绿的稻田，到墨绿的荷芽，到碧绿的河水，绿得层次分明，绿得生机盎然。远山连绵，近峰突兀，大地在无声地演奏着绿色的交响，自豪地接受着各方的检阅。比天地更自豪的是商山洛水的人，他们美滋滋地看着这群陶醉了的外乡人。

靠山吃山，大山却把漫川人长期困在谷中。昔日的商於古道，只能勉强通行骡马和脚夫；后来的沙石公路，有了马车、拖拉机的身影；水泥公路修通后，村民们曾一窝蜂地向外走，在建筑工地当小工，一个月挣到的钱，比全家一年的收入还多，那是多么让人兴奋的事情。所有人都动了心，有点办法的都往出走。有人到陕北挖煤，有人到潼关淘金，有人南下进了工厂，有人下海做了生意，更多人在城里干小工当保姆，几年之间就丢掉了穷帽子。外面的世界很精彩，村里的情形却越来越不乐观。大片土地撂荒，很多房门上锁，村里只剩下老人和孩子，年轻人出去了就不想回来，连过年都不愿意回来。每到夜晚，天上繁星闪烁，村落孤灯明灭。一些人开始陷入深思。家在漫川，根在漫川，这么美丽的山水家园，何时能成为宜业宜居的乐园！

　　站在高处，看着山坡上的核桃树，我想起陕北的那片梨树。2022年4月，初春的阳光下，我第一次爬上黄土高坡，在那里看到一大片灿若朝霞的梨花。搂着大象腿一样粗的梨树，我对东塬村的书记说："这么多年参加医疗帮扶和慈善工作，我总觉得，费那么大力，花那么多钱，让群众艰难地在山上生活，还不如直接让他们搬到宜居的地方。"50多岁的书记瞪了我一眼，大声地说："这里是祖祖辈辈的根，怎么能说走就走，让它彻底荒了。"说完，他一边拉着我往村里走，一边介绍："在黄土里刨了半辈子食，从来没想过，咱这塬上也能种果木。前些年，上面请来农科专家，看了天气和土壤，说咱这里能种高原果木。结果还真是，种出的梨子，因为昼夜温差大，水分和口感都特别好，全村的果子一年就能卖上800多万元。"在村口，我走进一户人家的大院。向阳三孔大窑洞，拐过来两孔小窑洞，围出盛满阳光的院子。一对60多岁的夫妇正在打理着院子。男主人说："前些年在镇上做些小生意，把塬上的地撂荒了。看到别人家把梨子种成了，就又搬了回来，去年才种了七八亩树苗，过两年就能挂果了。"女主人一边扫着院子，一边感叹："还是住在咱院子里舒坦，挤在镇上的小出租房里，这些年可把人憋屈坏了。"从塬上下来时，看到路边的坡地上，高高低低，有大片覆盖着塑料地膜的小树苗，我似乎看到了它们长大后的情形，满山披绿，枝头挂果，百姓喜欢。

天生万物，各有其用。还是漫川这方天地，还是一样的蓝天白云和绿水青山，忽然间就变成了宝贵的资源。祖籍漫川的李传慧，在西安城生活了多年，积累了一些资本和经验，有一年陪老人回乡省亲，感觉这里山川可人，像一个绿色的聚宝盆，当即决定要在这里发展。他流转了 2000 亩山坡地，建设原生态茶园，还建成 1200 平方米的标准化茶叶加工车间，开发绿茶、茯茶、荷叶茶等，带动 200 多农户增收；流转 500 多亩水田，种植九眼莲，养殖小龙虾，吸纳 40 余人在田间就业；牵头成立山水田园观光旅游公司，请来专业的设计团队，精心绘出醉人的山水画卷，把山水、农田和村舍，一起打造成 3A 级的景区；带领大家开办特色农家乐，做起高端民宿，建设水上乐园，设置网红桥，让山川有了时代的脉动，有了时尚的因子，最终有了眼前这让人惊呼不已的醉人景象。

田野像公园，村落似小镇。昔日的偏僻角落，如今成了网红打卡地。周末到漫川，享受慢生活，成为很多人的选择。人来人往中，山上和田里的农副产品成了抢手货，节假日民宿一房难求。月亮湾前，黄果树瀑布仿佛从天而降，秀美壮观。巨大水车上，游人在飞旋中体验着冲浪的刺激。百米石碥上，一溜穿红戴绿的女子，正窈窕地走着猫步。山水最深处，游人多流连。这种情形，无论是当地人还是外乡人，都像在做着秀丽、甜美的梦。

眼前的这一切，还只是村支书杨伟心中巨大图景的一部分。年仅29岁的他，曾经在京郊的军营里锻炼过5年，看过外面的世界，学了专业的知识，对家乡的发展充满信心。像他这么大时，我还在办公室里抄抄写写。握着他的手，我有些狐疑地问："你能替近2000个村民，撑起这1万亩大的天吗？"他腼腆一笑，马上直起腰，铿锵有力地说："有大家的支持，我就有信心。"

土地是农民的命根。为了土地上能有更大的产出，能让老百姓在家门口吃饱饭、吃好饭，他和班子成员一起，出门看老乡，请他们回来看家乡，共同商议和建设新家园。在他们的动员下，在外摸爬滚打半辈子的徐文根，回乡发展艾产业。他采取"公司＋基地＋农户"的模式，先后投资1100多万元，种植艾草1300亩，建成艾草加工厂和艾香体验馆，开发熏香、精油、香囊等产品，年均亩产超过4000元，带动300多人在家门口就业。昔日绿色不足惜，今朝土地更值钱。外出创业者纷纷回乡，在村里办起各种作坊，竹编工坊、食品作坊、山货零食坊、土酒酿坊等，山村里的一切都派上了用场，入了大家伙儿的金饭碗。

众星捧月中，小杨书记款款介绍着村子的新成就，侃侃畅谈着未来的大梦想。在旁的我却一直在想，要把6平方公里的山河湖泊管好，把草木林田的作用都发挥出来，他得付出多大的心血。

西北农林科技大学边上的田西村，也有一位年轻的大学生村干部。从西安建筑科技大学毕业10年后，田小雄放下城里的设计公司，回村竞选并当上了村主任。他发挥专业所长，大力推动村舍美化工程，让田西村成为远近闻名的花园村；当选书记后，又推动土地流转，把村里700多亩土地全部集中经营，开展薯苗育种，发展观光农业，建设田西欢乐谷，让村民们过上了美丽富足的日子。11年来，他一直与妻子、孩子两地分居，常年在村里忙碌。谈到这些年的得失，他感慨地说："在这片希望的田野上感受与收获到的，是我这半生最宝贵的财富，也是多少钱没法买到的。"在这种信念的支撑下，越来越多的大学生回乡，成为建设新农村的生力军。

"暖暖远人村，依依墟里烟"，乡村永远是富有诗意的栖息地。前些年，一些年轻人外出打工，心里惦着老家，却不愿意经常回来，特别是在外找到对象后，不好意思带人回来。吃喝拉撒，人之本能。传统的旱厕条件简陋，不蔽风雨，臭气熏天，蚊蝇成片，实在让人难以下脚，成为新农村建设的一个死角。富裕起来的漫川人，统一对村舍硬件设施提档升级，水泥路、宽带网、自来水全部入户，家家用上水厕，户户都能取暖，村头建起物流服务点，舒适方便，绿色时尚，更多的人已经悄然回来度周末。

灰瓦白墙坡屋顶，漫川人家保留了传统的徽派建筑风格。漫步其间，精致的茶舍飘来春茶的清香，雅致的书院盛满大山的宁静，带给人发自内心的沉静。村民在房前屋后打造出小菜园、小花园和小果园，三餐吃着有机菜，四季住在花园里，让人好生羡慕。从村史馆出来，在文化活动广场上，看到闲坐的老人们眼里闪着明亮的光，我想到了川江边上喝茶的那些开心的游人，想起欧洲街头那些晒太阳的老人。一时间，我有些恍惚，几乎要忘了自己身在漫川这个原本封闭困顿的山谷。

从村子出来，绕着谷中的一座山峰，经过高铁站的施工现场，进入漫川古镇。大山深处，竟然有一片凝着旧时光的徽派建筑群。一街两戏台、三会馆，至今仍然看着震撼，当初该是何等的繁华，又上演过怎样的大剧。精明的旧商人不怕山高水深，到这里做着独门生意，隐在山之一隅，却能富甲天下。大交通拉近了世界的距离，给了所有人平等的机会。漫川一手牵着古城，一手拉着江城，坐拥秦楚之便，兼备南北文化，吸引着越来越多的投资者。漫川新关正在兴建各类设施，以提升公共资源的保障水平，共同建设商於古道的新支点，打造带动连片发展的新高地。

又是匆匆而来，又是尽兴而归。返程的车上，有人盘算着，择一时日，邀几好友，来漫川小住，在绿色的海洋里深呼吸、慢生活。而我，一直用眼睛追着一个个突兀奇绝的山峰，感觉它们似乎在天地之间缓慢起舞。只是，这些曾经的拦路虎，如今变成了欢腾的雀跃者，在欢迎远方的来访客，也在迎接归乡的漫川人。

（原载《陕西日报》2023年6月15日）

有几朵牡丹在墙上，已经盛开了二十多年。

我这人在山里长大，见惯了野草，还有各种杂木，就是没见过牡丹。

好像深山里缺这个品种，也许因为华贵，它不愿意在山旮旯里生长。真的，深山里的花草，可能开了一辈子，只是为自己绽放，不会有人欣赏和关注。

山里倒是有一种类似于牡丹的花，叫芍药。一般在五六月里，山上会零散地开着，只要它一开，其他的花就会失色，它大气、雍容，不像山里的其他小花小草那样小家子气。

我没见过山里的芍药花成片开放。它只是在山坡上、田畔里，一簇一簇地开着。走过它的人，都会停下脚步，仔细地看看它，年轻的女人会去闻它的味道。我没闻过，真不知道是否有香味。

长大了，知道了牡丹这个名字，在没见过之前，我固执地以为芍药就是牡丹。它的叶子、它的茎、它的骨朵儿、它的花色，与牡丹是如此相像。出

179

了山才知道，我真是孤陋寡闻了，芍药还真不是牡丹。

山外的人喜欢养花。他们有时间，有精力，更有钱。他们会将一个牡丹，育成相当多的品种，安排在一个阔大的园林里，让其傲然开放。比如，洛阳的牡丹，就成了全人类的向往。

二十年前的四月，我去过洛阳。正赶上一个牡丹节的开幕式，那次进园观赏之后，我才知道了两项内容，一个是牡丹的概念，一个是花海的含义。再就是一个感觉：多。花多，人多，感慨多。当时还不明白，洛阳人是吃饱撑的吗，好好的地不种粮食，全部种成花了，就是为了好看和震撼吗？同行的老兄笑话我，说旅游也是经济，不比地里打粮食收获少，你得开开你山里娃的脑洞了。

我这个脑子是在山里长成的，除了清风明月鸟语花香外，还有石头，一堆一堆的石头，压在脑子里一动不动。在上学的时候接受慢，估计就是与石头堆积有关系。走出大山后，不明白的事真多，不明白的人也真多，到了现在也没有完全弄明白山外的人和事。至于花，更是不太喜欢去接触，况且，对于非自然的、转基因变异的，更是不喜欢。如同女人，山里的女孩子就是在小石潭里照影影儿，而外边的女人就是活在了镜子里，收拾得好像很惊艳，却无生机。

在洛阳白马寺，看到了一个画家在画牡丹。一堆颜料，一支笔，他像变魔术一样，在纸上乱抹一通，几朵牡丹就从地里跑到了纸上，栩栩如生，就像真的花朵。于是我就有了兴趣，买了一幅，从河南洛阳背回古城西安，回来后就挂在墙上，有时一回头就看到了它。它每天都为我开放，一开就是二十多年。

牡丹画挂在老家的卧室里，简陋的山墙上。那时候我在乡村里教书，周日才能回家，回来后看到了墙上的牡丹，它姹紫嫣红地开着，于是就会忘却一身的疲惫，心里堆满欢喜。后来，在县城买了房子，房子的装修风格雅素，没有大红大绿，这幅牡丹就留在了老屋里，留在了尘埃中。十几年没有回去住，屋子里堆满旧东西，牡丹画上也落满了灰尘。没有时间回来，没有时间看它，也没有时间为它扫尘，我知道它委屈，但没办法，谁不委屈呢，在这个俗世里！

前些年妻子回老家开诊所，因为诊所有要求，必须几部几室，一楼的房子全用来布置诊所了，我的卧室又回到了二楼原来那个房间，也就是墙上挂画的地方。再次清理家什，打扫房子，丢掉了许多不当用的东西，只将墙上的牡丹画留下来，掸去灰尘，让它明丽见光，又和我生活在一起。

每天醒来，就看到墙上的它在那里开放着；每晚归来，也看到它在迎接我。春夏秋冬，四季寒暑，它一如既往，饱含深情地开放着，给我的小室带来了生机，也给我带来了希望。牡丹画中的牡丹是九朵花九种颜色，高高低低错落地开着，每一朵花都是鲜活的，没有因为时间与世故而改变。突然醒悟，人有时真不如这墙上的花。它在画家的笔下产生，却永久地开放，不为时宜，不为权贵，不为五斗米，不为任何其他因素而改变。地里的花行吗？俗世的人行吗？

有人笑我，墙上的花再好也是假花。对，它是画出来的花，但它为我绽放了二十年，已经开在了我的生命里。

（原载《厦门文学》2023 年第 2 期）

今年立秋，是穿衣秋，意味着立秋之后凉飕飕，夏的炎热悄然退去，秋的凉爽随之而至。每天的日子，在绿色和高远之间寻找快乐，田间的静谧和如意给人无限的生机和联想。就是早起读书，也会和黑格尔说声：存在不仅仅是合理的，也是有人情味有远方的。

立秋是一个时令，也是人生的一次告白。在这样的日子看看天空，碧蓝的色调和远山的凝重总是叫人驻足回味或者思考。前几日来了一位书法家，我请他写了一幅字：乾佑坤和。其实也是对这个夏日的一次祝愿，更是对秋日的一次期待。老天保佑世间善良勤劳的人们，给他们一个平和温暖的生活。就像我们静静地望着天空，或者更像我们仰视着自己的母亲，慈祥、纯净、美好都写在心灵之壁，回响依然优美、旷达、久远。

立秋是一种启悟，给人点化和深思。立秋既是"云天收夏色，木叶动秋声"，也是"一卷丹青游客醉，半轴俏色解风情"。诗意和生活的节律在秋日和鸣，人的脚步在气象的蒸腾中轻松起舞。酷热沉闷了人的呼吸，秋的徐来叫人心旷神怡。走在田间的我俯下身子，看单蔓花举起喇叭向着天空低声吹奏，淡淡的浮云似乎感受到了大地的召唤，以雨的缠绵和思绪给生命注入澎湃的情感，诗人开始站在高山之上，吟诵关于母亲的诗句。秋天就是母亲伸开的手臂，迎接成长、成熟、成就。而这一切，需要熬过酷夏，在夏的热烈中绝不言弃。

在立秋时候看看天空，深远和高远同样叫人怀想。茂密的草木，隐藏着圆熟的南瓜、西瓜和笋瓜，厚重的绿色把春天的狂想曲演奏成秋天的《命运交响曲》，坐在竹园的我很想高歌一曲，但四周的祥和安静叫我不忍打破。新竹高耸入云，挺拔的意象给天空无量的豁达，人在其间，渺小而伟大。想成就一番事业是宏愿，想置身高处是一种念想，只要身在云端，脚踩大地，在阴阳互动的过程中，昂扬积极，秋的意味就足以叫人难忘。

刚刚过了花甲之年，就像秋天即将开始，生长的节奏和成熟的期盼在这个时令结合得如此之好。那么，我的人生呢？是放下过往，独享生活的甜蜜或者幸福，还是重新开始，在人生的第二个阶段找到自己出发的道路？当然，我不是一个悲情主义者，也不是一个享乐型的人。总想给自己一个天空，有浮云、有阳光，更有朦胧的月色。在黎明时刻，跳下土炕，蹦到街上，跑到田野，童年的铁环滚起来，少年的憧憬飞起来，在村口或者沟道，寻找远方和出口，来一首青春浪漫曲，活一次新的人生。这就是我在秋日看天时的狂想。

秋日看天，稻谷的芳香和玉米的骄傲总给人喜悦。在泥土里饱满生动的地瓜顶出土层，在空调房子待久的心飞到了天上，人和自然的握手在秋天格外有意义。沉静如深流，希望如地火。在秋日的天空，总会浮现或者展现。大地带回我的梦，天空寄托我的情，大雁飞过头顶，江河流过山川，一个幼小的孩童，睁着眼睛问我，爷爷，秋天远不远？我说，就在身边。孩童笑了笑，一路小跑，消失在村口的转角处。

我不得不再一次登上北山的黄土梁，吹吹立秋的风，感受这个秋日的第一丝凉意，在静谧和高远中再次仰望天空，深邃和碧蓝，在我的心中雕刻成版画，悬挂在我的书房，无论读书或者思考，总能想到天空的样子，自己也就轻松自如起来。

这难道不正是我们想要的人生吗？

（原载《文化艺术报》2023 年 8 月 18 日）

如果，一条街巷，能让一座城沸腾，这就是东关里。

如果，一个地方，能让人心心念念，来来往往，这就是东关里。

东关里，是汉中城东一条普通的街道，它的古老、破败和那些墙上写下的大大的"拆"字，使这里有了流连，有了向往，有了惋惜，有了必须去走走看看的想法和行动。

东关里，缘何有此魅力？

一条东西向的街道，宽不过丈余，灰瓦低檐木板门，纸扎、理发、服装、针头线脑，生活日常一应俱全。

这条老街的历史，写在悠长的青石板上。被脚步磨光的青石板，承载着曾经的热闹，人声鼎沸不绝于耳，商贾往来摩肩接踵。从东关外的码头，走上来船夫的疲惫和货物的新鲜，一声声吆喝招呼，让疲乏的身体和恍惚的内心，有了托付的地方。

茶馆，是这条老街的见证者，也是老街古韵

的遗存。每天一开张，一条街的烟火气就旺盛地来了。忙了一天的人坐下来，烦乱的心绪就随之平和。闲着的人走进来，茶的氤氲之息，会使其进入飘飘欲仙之境。

茶与水的交融，打发的不仅是时光，更是心绪。冲淡的不只是茶，更是心情。生意场上的斤斤计较，名利场上的尔虞我诈，家庭琐碎的烦乱之气，在一杯茶的冲泡间，散开、淡然、释怀。东关里，一杯茶，散淡的是生活，悟透的是人生，仿佛人世间没有茶释不开的疑惑。

说书场，惊堂木一拍，刚刚的鼎沸市井，瞬间一片宁静。上回说到"东塔西影"，这西影从何而来？原来是不远处的饮马池，一潭碧水映照出了东塔的倒影……前三皇后五帝，在这东关里娓娓道来，汉风古韵的画卷，在这东关里徐徐展开……

老街上的小百货生活日用品琳琅满目，理发店、服装店、纸扎店匾额鲜明，蒸菜馆、小炒馆、散酒馆飘着酒香，沿街一声"醪糟……元宵……"便惹馋了小娃娃的眼睛。最是掌灯时分，开门营业的小火锅店飘出的麻辣鲜香，便勾了人们的魂，吆三喝五围炉夜话，推杯换盏不亦乐乎！

东关里，是半城人心中难以忘怀的生活情景，是一座城历史兴替的真实写照，有着最抚凡人心的腾腾烟火气息！

如今，刷上木板门的一个个歪歪扭扭的红色"拆"字，像一块砖头，将繁盛气象一砖拍死。老街的凋敝，让多少人唏嘘不已，又使多少人盼望着东关里的新生。可千百年来形成的市井文化，却在一个"拆"

字里烟消云散，不知所终。

　　曾经热闹的东关里，何时才能再回到老东关人的心里？唯愿这美好的期待，早日照进现实之光，使东关里重放光彩！

（原载《中国散文家》2023 年第 2 期）

海拔 2918 米的化龙山主峰高耸入云，气势恢宏，在这主峰的山脚下有一处神秘、神奇又令人神往的所在，那就是天书峡。天书峡位于陕西省平利县城东南部的化龙山，为国家级 4A 级景区，该峡谷总面积 200 余平方千米，属自然封闭的原始森林区，独特的冰川及喀斯特地貌造就了众多奇特的自然景观。景区内原始森林、峡谷瀑布、高山草甸、天池、石林、溶洞独具特色，山、水、林、石相互交融，尽显大自然的鬼斧神工，有陕南"九寨沟"之美誉。峡谷内曾是八仙修道之处，世传八位仙人在此时，汇集天上奇书万卷，阅尽人间世俗万象，修成正果而云游四海后，将这些天书化为奇石，堆放在山谷中。其岩石呈垂直节理，千层叠合，好似偌大书架上一层层、一叠叠的无字天书，隐藏着无法破译的天机，故名"天书峡"。

清幽隐秀谷，绿色碧群山。溪涧唱流水，彩云伴蓝天。在这里，无论是研读天书，登临天池，穿越化龙山，游历九天飞瀑，还是畅游彩云潭，都让人心旷神怡，如入仙境，疑是桃花源，流连忘返。峡谷内四季物象万千，春天云蒸霞蔚，夏天彩翠成岚，秋天层林尽染，冬天雪染千峰。气象景观多姿多彩，呈现出"一峡分四季，十里不同天"的气候特征。可谓：化龙山下神仙境，风情万种天书峡。

天书峡景区的水光山色是大自然演化而成的，幽谷崖深、碧水流泉、瀑潭相连，各种景色美不胜收，衬以苍翠的茫茫林海、遍野的芳草、袅绕的青纱薄雾、悦耳的莺歌蛙鸣，真是天上人间。再往谷底寻去，一泓清泉喷云吐雾，奔流直下，注入奇石山间，若轻纱玉帛悬吊，似九天银河飘落。这里的景色有图有形、有声有色，浑然天成，都呈现着不染纤尘的纯净自然本色。

天书峡是中国西北地区最大的生物基因库，传说是女娲及诸仙家迷恋之地，所以有着如此令人心驰神往的迤逦景色，进入天书峡步步是景，一景一传说，不仅能观其自然壮观，领略"野芳发而幽香，佳木秀而繁阴，风霜高洁"的桃花源意境，还可领悟道家渊源和八仙文化的博大精深，使凡俗的心灵得到洗涤。这里是八仙修道圣地，人文历史文化沉积深厚，堪称大自然留存在巴山深处一部未被揭开的神秘天书。在这里，可以放下所有的往事，望穿世俗，沉醉山水。

大自然的格外垂青，赋予天书峡古怪的奇石和清亮的山泉，让人感悟山地文化的深邃和灵气，尤为让人感到亲近的是那一泓清流，宣泄跳跃，迷曼轻柔，形成百态千姿的涧瀑溪潭，从不混浊，明净得那样透澈。峡谷内飞瀑众多，各有特色，最壮观的要数天池了，有诗曰："瑶池仙境世绝殊，王母巡界览天书。洗浴梳理划玉镜，琼浆天露积成湖。"在天书峡谷的顶部入口，有一片低洼平缓的开阔地带，四面青山相拥，形成山顶的川道地势，山脊岗峦尽是云杉苍松，白霭雾霭时罩时开，一幅幅缥缈的幻景，让人感到幽静、空旷而出神入化。泽地的水流是从小草的根部渗出来的，犹如大地的血脉一点一滴汇成涓涓流水，传递着山间万物的灵性，四水归池，形成山间湖泊。早晨，一缕阳光照在湖面，折射出耀眼的光芒，给葱茏的山峦披上锦绣；当夜幕降临时，一轮满月落在湖中，寒光习习，一片幽静，嫦娥玉兔的仙姿时隐时现，天池邀月的胜景美轮美奂。

一方灵秀的山水，绽放出五彩缤纷的神奇，景区还有一深潭，叫"珍珠潭"，又名"九天飞瀑"，清净的水面，犹如一面镜子，山色云影，一览无遗，潭水溢泻的坝沿上，流水如万马奔腾，气势磅礴，像从九天银河中泼下的珍珠一样，飞花溅玉，把她的柔美变得那样晶莹和灵动，白的水花，黑的岩石，宛如钢琴的黑白键，流泻出一曲曲动人的歌。

平利天书峡，一个美丽吉祥的地方。化龙山巍峨壮丽，让河水溪流潺潺，眺望山川，秀丽如画，聆听江河，涛声如歌。满谷独特的万卷石头天书，造就了充满神秘故事的天书峡，古老的传说又为天书峡增添了几分神奇朦胧的色彩。这里是天上人间，不沾染尘世烟火，风景秀丽，宛如仙境。这里的天然美景和传奇故事相映成趣，闪烁着迷人的魅力，成为旅游爱好者的真爱和探险家的乐园。天书峡的一山一水，一石一瀑都是至美，都在等待着与你相遇。

（原载《安康日报》2023 年 10 月 13 日）

一

清澈的沣河水缓缓地流淌着，水面上不时有野生鸟儿扑棱棱扇着翅膀，相鸣关关、自由飞翔着；滩面上金凤凰、卡罗拉、大花月季、丰花月季、藤本月季等各色花儿成片成片地开着，一对看上去80多岁的老夫妻蹲在花丛中，正忙着相互拍照；岸边茂密的树林与茸茸的草坪相互交织，满目苍翠，晨练者沿着岸边的红色小道奔跑着，游客有的在草坪上跳舞、打球、吼秦腔，有的在地上架起了小帐篷、支起了小火炉，一家人惬意地享受着美味，孩子们在四周尽情地玩耍着……看着眼前的一切，我不禁在心中赞叹，沣河的密林绿地成了城里人的逍遥之地。

眼前这意想不到的改变，不由得让我拨通了朋友的电话，问道："这沣河咋变化这么大？"朋友在沣东新城上班，他笑呵呵地说："你算问对人了……2014年，西咸新区全面建设启动后，沣河综合治理提上日程，政府对垃圾、污水进行了综合治理，以'柔性治水，生态治河'为理念，保留河道内的自然形态和原有生态湿地景观地貌，'随弯就弯'，力求达到'虽有人做，宛自天成'的效果。现在，沣河的水质已连续保持在地表水二类标准，沣河内的鱼类越来越多，鸟类有100余种，乔木达200余种……"

一座城市的幸福指数高低，不仅取决于经济发展水平，也取决于居民是否能够畅快呼吸，高楼大厦间是否有干净的河水和养眼的绿意。

不出城就享生态之美，居闹市乐花香之怡。对于沣河两岸和大西安的人们来说，这舒适又方便的生活像是做梦一般。

沣河，成了生态河。

二

提起沣河，家住西安、在咸阳机场上班的空中交通管制员李先生说："过去去机场上班，过了沣河感觉才走了一半，现在过了沣河就到了。除了桥多了、路好了、多种交通工具便利了外，更重要的是西安、咸阳连成了一片，沣河、渭河的绿色养眼，不知不觉就到机场了……"李先生不只是嘴上赞美沣河，他和家人还在沣河边上买了房子。李先生单位的好多人相信李先生的眼光，都纷纷在沣河边上置了业，转眼，这房价已翻了近一倍，说起这些，李先生有些小得意。

沣河生态的改变，让人们由过去的背水而居，转变为向水发展，绿色的发展方式和生活方式让沣河经济带焕发出勃勃生机，沣河沿线正成为新的产业优势聚集区。

今年6月1日，在西咸新区规划馆、城市会客厅，讲解员自豪地向"春沣十里，多彩西咸"采风团的作家们介绍着西咸人的梦想："沣河在西咸新区境内长达26.6公里，沿线有太平遗址、丰京遗址、镐京遗址、阿房宫遗址、建章宫遗址、沙河古桥遗址等12处重点历史遗存，对中华文化影响深远……西咸人提出建设'十里沣河文旅带'的构想，西咸新区以沣河全段为主轴，南起昆明池、北至沣河三号橡胶坝约10公里的文旅项目聚集区为核心段，辐射沣东新城、沣西新城和能源经贸区，正在对沣河沿线的华侨城欢乐谷、丝路欢乐世界、昆明池、诗经里等40多个文旅资源和项目进行整合提升……"

现在，这里已拥有1个高铁站、3条地铁线、1条智轨、近20条景区公交线路。随着西咸一体化的建设加快，"十里沣河文旅带"已成为发展充满活力、常住人口快速聚集、多重产业加速布局的城市新区。陕西文化艺术博物馆、陕西文学馆等文旅项目正加速推进，文旅演艺集群、民俗酒店集群、博物馆集群、体育运动集群、研学体验集群、露营基地集群和夜间休闲娱乐集群等正加快形成。一日游、二日游、主题游，全要素旅游服务体验，多业态旅游产品，多元化消费体验的沉浸式、融合式文旅消费新场景、新业态已初具规模。

沣河，曾是我国最早的一部诗歌总集《诗经》的孕育、诞生之地。今天，在诗经里，以沣水生态环境为依托，以文化创新为引领，以《诗经》主题文化为核心的独具特色的诗意小镇，已成为沣河的一张亮丽名片。《诗经》所体现的民俗、音乐、人物等元素，在这里转化为国风广场、鹿鸣食街、关雎广场、小雅书社等一系列建筑和景观，还衍生出"沐手抄诗""簪花祈福""礼乐和鸣""曲水流觞""月夜放灯"等五大诗意生活方式，为市民和游客提供了风雅生活体验场所。

沣河，成了发展河。

三

昆明池，为当年汉武帝为训练水师而建，唐文宗年间池水逐渐干涸。作为昆明池的重要水源地，沣河生态和水质的极大改善，无疑为昆明池恢复其历史风貌提供了重要保障。

昆明池七夕公园位于西咸新区沣东新城，修建于汉唐昆明池旧址上，成为连接历史与现代的桥梁。

一个秋日的周末，我在昆明池遇见了一群画着"梅花妆"、身着唐装的窈窕淑女，正手持纸扇，婀娜多姿地齐聚在湖中心的连廊上诵读唐诗，这不禁让我想到了以"梅花妆"获得当时女性效仿的一代奇女上官婉儿。上官婉儿获罪于武则天，被赐黥刑，为了掩盖额上的黥刑印记，她就在印记上画了朵梅花。令上官婉儿没想到的是，一时间，这种极富创意的"梅花妆"成了宫廷以及民间最时髦的装扮，引领了大唐女性的时尚风潮，甚至在千年后的今天，人们仍能在大街上、在各类游园活动中、在各类时尚舞台和影视剧中看到这种凸显女性之美的靓丽装扮。

在漫长的历史长河中，雍容开放的大唐为女性创造了一个与众不同的生存空间，使女性有机会在历史的舞台上与男性一较高下，大放异彩，这也形成了唐朝独特的人文风貌。

公元709年初，一场赛诗会为昆明池增添了不少热闹，在唐中宗的号召下，群臣上百人参加了这场赛诗会，应制赋诗，上官婉儿正是这场赛诗会的裁判官。在昆明池高高的彩楼上，上官婉儿品评百人诗稿，那一刻，她俨然是天下文宗领袖。要知道，在唐朝这个以文取士的朝代，要想在诗坛上获得认可并非易事。"叶下洞庭初，思君万里余"，"水中看树影，风里听松声"，"遥看电跃龙为马，回瞩霜原玉作田"，"隐隐骊山云外耸，迢迢御帐日边开"，上官婉儿以其对诗歌的独特理解和表达，表现出与宫廷诗截然不同的清丽文风，直接影响了当时社会上层的诗歌创作，对唐诗的发展起到了一定的推动作用。不仅如此，上官婉儿在辅佐武则天、唐中宗的30多年间，掌管和起草了皇帝的各项诏令、批阅百司奏章、参决军国大事，开启了她"两朝专美，一日万机，顾问不遗，应接如响"的传奇人生。

如今，从昆明池向北30多公里，位于空港新城的上官婉儿墓，依然能让人们感受到消散于历史中的大唐风华和溶于血脉中的多姿文明，并且更真实地了解到这个在中国古代历史上风华绝代的女子，透过她的一生窥见那个斑斓多彩的大唐时代。

昆明池七夕公园的建设，不仅对西安水系治理、生态涵养、环境保护、文化传承有着重要的引领作用，为市民和游客观光旅游、休闲娱乐带来了福音，也为昆明池周边村民带来了实惠。保洁员小杨就住在昆明池边上，是村上有名的贫困户，过去在政府的关照下，他一直在工地上打零工，昆明池七夕公园建成后，他成了保洁员，月薪2000多元，他对这份工作极为珍惜，每天都将自己负责的区域打扫得一尘不染。他说："家里人有在昆明池做保安的，有当讲解员的，这里工作环境美、收入稳定，日子过得越来越滋润了。"

沣河，成了幸福河。

站在沣河东边第一桥玻璃栈道上，俯瞰沣河缓缓汇入渭河，这条古老的河流正在成为大西安老百姓的生态河、发展河、幸福河，在新时代焕发出更夺目的光彩。

（原载《文艺报》2023年8月9日）

○ 田丽娜

若尔盖花湖随想

早就听说若尔盖花湖，百闻不如一见，这次随行几人一致赞同前往，想要一探花湖真容。

去的途中还是蓝天白云，风和日丽，快到目的地时，空中飘起蒙蒙细雨，因是高原，这里的海拔也有 3400 米左右，高原的雨一定夹杂着呼呼的风，顷刻温度骤降。如此魔幻天气并没有影响我们进入花湖的热情，备好雨具，穿好雨衣薄绒服，我们鱼贯而入。

穿过通道，瞬间豁然开朗，一卷动态巨幅水墨丹青画在眼前徐徐展开，望不到边的花湖和水草和天际和丝丝缕缕雨霰相接，水色茫茫氤氲缭绕，真的是花湖七月有盛草，萋萋高下点湖齐，撮撮摇曳着的绿草像绿松石缀入其间，含着草香的莹润空气可以洗肺了。

一条宽宽的木质栈道蜿蜒深入湖中，在人的目光所及处拐了一个弯，再从左侧曲折绕回，犹如少女的发带飘逸地缠在发髻上。各种飞鸟发出此起彼伏的鸣叫，在斜雨里欢快地互相追逐，它们似乎早已习惯了这高原的风高原的雨，认定是老天撒下的雨种在与它们 嬉戏。

雨种？是的，这里是若尔盖草原—热尔大坝草原的腹地，是《中国国家地理》评出的"中国最美湿地"，也是享有盛誉的"中国水塔"，黄河源头 30% 的水由这儿供养。轻盈的雨珠打在鸟儿的翅膀上，像撒落的珍珠四溅；落在簇簇草丛中，像顽皮的玉石东躲西藏；啪啦啪啦淋湿了草地，广袤无垠的草地便被一洼水一池水地滋养着，被滋养的还有湖水里的大天鹅、斑头雁、棕头鸭、绿头鸭、赤嘴潜鸭、骨顶鸡等。这里还是"中国黑颈鹤之乡"，每年三月，黑颈鹤便飞回花湖繁衍生息，十一月底再飞到温暖的地方过冬。有黑颈鹤的地方一定是生态环境好的地方。想起我们陕西洋县的朱鹮，从最初只剩下 7 只濒临绝种，到如今的 2776 只，全国乃至全世界的朱鹮都是从洋县繁衍起飞的。原来我们国家现在各地都在进行生态元气恢复，利于各类水陆两栖动物生存繁衍。

我拿出一些面包屑放在掌心高高举起，这时一只鸟儿俯冲下来扑棱着翅膀从我眼前迅速飞过，飞过的同时，雨珠溅到我的脸上、身上，凉凉的，没有异味。鸟儿的嘴巴在我的掌心啄过，不疼，只是痒痒的感觉，想必鸟儿知道给它投食，自会调节啄的力量的轻重。其他鸟儿也跟着它滑翔而至，行人跟着惊呼。在花湖，鸟儿们和人类相处得这样和谐，它们对人类是如此信任。

同行朋友老悟提醒不要给鸟儿喂食了，刚想问为什么时，朋友的一句问话让我陷入沉思：红军经过若尔盖草原时，牺牲了多少人知道吗？

红军长征，突破重重封锁到达这里，居然又遇漫漫看不到边的草原，电视剧里康克清以及女战士们在滂沱大雨里肩并肩手挽手，唱着鼓舞斗志的革命歌曲，艰难费力地行走在草原上的动人画面再次浮现；红军小战士一不留神踩进沼泽地，身边的战友眼睁睁地看着他越陷越深，直至消失……战友们伸着手，流着泪，呐喊着却无力去救助；红军将士们靠着高原上的青稞高粱燕麦等走过茫茫草地。

哦，这里躺下了多少英灵？！

这里是有着英雄精魂的草原，无数红军将士长眠在此，他们的血肉早已与之融为一体，他们也一定在佑护着这一方的烟火人间、这一方的万物生灵。我本想让朋友拉着我的手，伸一只脚下去试探花湖湿地到底有没有沼泽地，看着满眼满地的水坑水洼簇拥着团团草丛，野鸭在其间忽而钻入头觅到条虫，忽而又伸出头扑棱棱飞过浮萍，看着看着，自己的那个傻想法便作罢了。

据导游介绍，花湖最美的时间是五六月份，那时的花湖堪称花海，以圆穗蓼、马先蒿、菱软紫菀等花草编织的花环，镶嵌在川西北的松潘高原。如果有幸遇到晴天，一定能看到天空之镜的壮观与华丽，层层叠叠的白云也分了层，一坨一坨投影到湖面。天地间就像一个大大的对折的扇子，分不清哪个是天哪个是湖。这就是人间的另一个天堂。

遐想间，一只鸟儿呼啦落在一块棕红色指示牌上，牌子上书：

IUCN 自然学院观鸟教育实践基地。

　　它的一对黑漆漆的椭圆小眼睛咕噜噜地转，大方地瞅着四周，脖颈的薄膜气囊随着脑袋的转动、呼吸而起伏，白色羽毛就像天使的翅膀般缓缓收缩藏起，鸟儿有双重呼吸，以保证自身在长途飞行中需要的大量氧气，那么躺在这里的共和国的英雄们，是不是也有双重生命？是以革命精神永存！

　　这一定是鸟儿对我神思的引领。

（原载《西安日报》2023 年 10 月 16 日）

我正渴望一场说走就走的旅行，机缘巧合，就搭上了友人行走甘南的"宝马"。岁月不居，时节如流，第一次行走甘南的诸多回忆仿佛还在眼前，转眼间却已远去八年。我想，与文友重走甘南，一定会有不一样的收获。

再次走进甘南，我已没有了初次行走甘南时情不自禁的赞叹，倒像是又遇见了心照不宣的老朋友，内心悄悄涌动着暖暖的欢喜。

在甘南，清新的空气里弥漫着青草的味道、淡淡的花香，还有偶尔随风跟跄闯进鼻腔的牛羊散发的特有的气味。湛蓝如洗的天空幽深高远，而洁白的云朵看上去很低，如棉花糖般一朵挤挨着一朵，让你有一种想伸手扯下一朵的冲动。有时金色的阳光穿过云层直射下来，如通透的玻璃，让你仿佛听得到清脆的碰撞声。碧波万顷的草原缓缓摇曳着她的腰肢，展现着她迷人的风姿。鲜花缀满她的裙摆，成群的牛羊在她柔软的怀里怡然地静享着时光。

沿途那流光溢彩、金碧辉煌的庙宇，规模宏阔，瑰丽庄严，让人肃然起敬，油然心生虔诚。寺庙外长长的转经长廊里，众信徒哼唱着梵音，迈着坚定又匆匆的脚步，虔诚地转着经筒。沿途五色的经幡、玛尼堆仿佛都在传递着信仰的密码。

这一路风情淳朴，风光秀美，最令我意外和惊喜的莫过于初次相遇的甘加秘境和莲宝叶则（又名石头山）了。

前往甘加秘境的途中，夏河县境内的一处草原牵绊住了我们前进的脚步。一条小河潺潺流过草地，蜿蜒向远方。小河两岸，隔上五六米就有一个古铜色的经筒，在风中徐徐地转动。小河对岸是一片黄色的花海，仿佛天神打翻了调色板。牦牛星星点点游荡在远处。我们一双双眼睛贪婪地饱享着这美景，纷纷拿出手机拍个不停，最后干脆把自己也变成这草原上移动的花朵，与这一片花海相拥。

甘加秘境位于甘南藏族自治州夏河县甘加草原八角村西侧，这里有着崖壁、草原、高原湖泊、峡谷、史前溶洞等地质构造，有着著名的八角古城、白石崖、白石崖寺等景点。

沿着观景台木栈道一级一级的台阶，我们五步一歇、十步一停地缓缓向观景台的最高点攀爬。这里的最高点海拔3300多米，站在观景台上，展现在眼前的是一幅巨型断崖风景画——白石崖。石壁仿佛被斧砍刀劈了一般耸立于眼前，以如此雄姿绵延15公里，让人不由得连连惊叹大自然的鬼斧神工。听说崖下有白石崖寺，还有一处溶洞。转身向后远眺，两条山脉间的平川里有一古村落，那就是八角古城遗址了。八角城，顾名思义有八个城角，这里曾是甘青交通要冲。据说根据出土的王莽时代货币推算，八角城建于汉代，距今已有2000多年。城墙四方合围，空心十字形的古城历经风吹雨打，现古城墙虽已颓圮不堪，但仍屹立不倒，令人慨叹。

站在观景台上，大风一直在耳畔呼呼啦啦地密语。它扯着我的裙裾，零乱了我的发丝。居高俯瞰八角古城，依栏凭吊，思绪纷纷。怕只有这旷古的风，研读过这里的每一页光阴，从远古的洪荒，细细地翻阅至今；只有这旷古的风，精心打磨着这里的每一寸土地，打磨着起伏的草原、明镜般的湖泊、屹立的石峰；只有这旷古的风，劈就了这千米绝壁白石崖，用这恢宏壮观的白玉屏风，护佑着安多藏区的子子孙孙；只有这旷古的风，目睹了八角古城的盛衰更迭；只有这旷古的风，纷飞了探秘者无尽的遐思……

旅途中我们走走停停。在阿万仓湿地公园居高鸟瞰山丘下巴掌大一片红屋顶的玛曲县城，在扎尕那陶醉于那烟雨迷蒙的仙境，在细雨中静观花湖中游弋的水鸟，在九曲黄河第一湾登高远眺，用目光追溯那黄河的源头。朝拜了拉卜楞寺、郎木寺，在宁玛寺外大家一起转动那世界上最大的经筒……每一处都让人流连，每一处都能让浮躁的心归于平静，使人忘却蝇营狗苟、杂念俗情。可除了扎尕那以外，我还想再去的地方就是莲宝叶则了。

之前我一直以为莲宝叶则是年宝玉则的不同音译，这次旅行中才知道莲宝叶则和年宝玉则像两个兄弟，它们均属于巴颜喀拉山脉。年保玉则在山脉的西北，在青海省久治县境内；莲宝叶则在山脉的东南，在四川省阿坝州。八年前我游览了年宝玉则，被那里的花海及圣湖所震撼，这次有幸又朝拜了莲宝叶则，被这里的神山深深地震慑。

莲宝叶则平均海拔在4000米以上，这里神山高耸，是安多藏区的神山之首。我们驱车在山路上蜿蜒，车直开到观景台前。下车真仿佛进入了石头城堡，四周一座座青灰色的裸露的山体锋利地刺向天空，仿佛山神手持着宝剑刚毅地屹立在这里，又好似进入了荒凉魔幻的外星球，被奇异的山峰围困。

一块巨石上刻有"蜀山之源，昆仑天梯"，并画有神鸟图腾。我们在这里合影留念之后，便沿着栈道向石头山更高处登攀。

这里海拔已经有4600米，我们缓慢前行，环视着周围的风景。俯览山下，一汪碧绿的高山湖泊惊喜地呈现在眼前，仿佛山神手心的一颗绿色翡翠，它就是有名的扎尕尔措了吧？扎尕尔措是莲宝叶则海拔最高的湖泊。湖泊周围雄浑苍凉的山峰仿佛一群忠诚的卫士，保卫着美丽的扎尕尔措，无论是狂风暴雨还是大雪迷漫，一年又一年，坚守着它的承诺。冬日大雪覆盖山巅，夏日冰雪消融，山峰把它收藏的雪水注入湖中，湖水又满怀感恩地滋养着山峰。它们含情脉脉，相依相偎，不离不弃。

不同于四周悲壮雄浑的山体，我们脚下的这座山梁，它的周边却是一堆一堆巨大的乱石，亿万年来已经被打磨掉了棱角。在栈道尽头，一堆巨大的乱石高耸着挡住去路。我想起路边的玛尼堆，那是信徒一块一块垒起的信念。而眼前这高耸的巨大的乱石，又是谁把它们叠加在了一起？是天神之手吗？这堆巨石乍看像一个狮子头，细细端详，又像是一尊尊神像耸立眼前。此时石山上或站或坐或卧着一些游人。若不是又厚又窄又长的棉袍裹住了双腿，我一定也会爬上这堆石峰，向更辽远处张望。

我想这里的每一块石头都是有生命的，它们仿佛得到了神的点化，坐望人世纷争，不贪不恋，不悲不喜。来世做莲宝叶则峰顶的一块石头也未尝不好，以一颗不痛不痒、毫无杂念的心俯瞰人世。

再次走进甘南，我的心已然与它融合，成为它美好的一部分：

行走在甘南／我是那健硕的马蹄／饱蘸着草香与花香／为你驰骋出广阔连绵的诗行；我是那五色的经幡／在猎猎风中，为你／把祈福的经文一遍遍地诵唱；我是层层叠叠玛尼堆中／最稳固的一块石头／为你守护着神谕的力量；我是莲宝叶则群山中／那一汪碧蓝的扎尕尔措／在心湖虔诚地膜拜着你神圣的模样……

（原载《西安日报》2023年11月13日）

深秋，太阳暖暾暾的，我和两位同伴去探访解放岚皋战斗遗址——茅坡梁。

最早知道茅坡梁，是在岚皋县烈士陵园烈士墓碑上，那是两位年轻的解放军战士牺牲的地方。我记住茅坡梁地名的时候也记住了他们的名字：排长李植有、班长陈来，他们都是来自千里以外的河南人。

县志里说，茅坡梁为大巴山北坡支脉，为平利与岚皋两县交界山岭，旧时便为川陕通衢要道山隘。1949 年 11 月 27 日上午，自平利县洛河镇进军岚皋的中国人民解放军五十五师一六五团，便是在这里向驻守的国民党军队打响了解放岚皋的第一枪。

路随河弯出山来，我们溯流水钻进山去。出县城，先岚河，后蔺河，又芳流，再康家沟。先是分支的河，接着是分叉的溪流，再为分叉的小沟了。

水蜿蜒，路曲折，水与路连接着远近，颠簸

着低高。水湍急在山谷，路狭窄在水边，水潇洒，路随性，水与路弯了又弯后，山口遽然在蔺河镇蒋家关村一个地方豁亮松开，阡陌、田野、屋舍、溪潭、炊烟，还有缀挂着灿红红柿子的老树，都在山紧收的轮廓里渐次铺开。

车路在一个人家小院前戛然而止。院一户，户一人，还有一迎迓的黑犬。吠声里，屋主人从屋侧的坡地里应声转出，身后掮着一背篓刚掘出泥土的红苕。主人熊姓，黧黑的肤色能轻易地让人知道他是位地里的熟手。睦和的言语里，我们知道了屋主人有一双在县城读中学的龙凤胎，女主人在县城租房务工，兼及照料儿女的生活，他留在老屋莳菜养猪，十天半月骑摩托车进趟城看望下他们并被他们所看，顺便送去地里的时令鲜蔬。

山身的四周列满了一层一层的山峦，纵深里似乎连绵无绝。老熊扬着手说，茅坡梁便在仰望的山顶。

车路的尽头也是农户的尽头，再走，便无人家了。

弃车步行。山下有了迂回两县的车道，山上的老路便没人走了，尽管那是千百年来的古道。山峰峭立，树木森然，葳蕤的草木里，掩藏了路的踪迹。

老熊人好，应诺为我们带路。

沟水清浅，路缠绕左右。再走，水流挂在了眼前，悬垂成了一练纤柔的水帘。

水悬在了眼前，山悬在了眼前。路缘水攀岩，历历黛石，台台局促，陡直直地向上凿掘着。

无人走的路，荆棘蔓草便要伸展行走。老熊手握砍柴弯刀斫枝开路，我们策棍跟进。一丛丛黄的菊花、红的火棘恣肆在脚边身旁，也一簇簇地拥着泅向远方，秋黄的山便有了点点的亮色。黑犬忽后忽前，沾惹了一身草籽、花瓣，还不时奔跃，撵得道旁锦红色的山鸡扑棱棱地飞去。

攀上百步梯，爬过密密的栎树林，旷坳处有残墙翘碑斜躺在草木间。老熊说："这儿原有十几户人家，名叫马家庄，开有饭店，路人们可在这儿歇息吃饭。还有座古庙，名叫五角庙，供着山神。听老人们说，当年这里住满了国民党兵，解放军打下了茅坡梁，顺路将其从高处撵下来，在这里，也打了场小仗，国民党兵挡不住，便下山跑了。"

小路在山林中弯曲，人在折折拐拐中爬高，伴在身旁的涧水不见了，是藏进了一眼泉里，或是匿进了一岩罅里，抑或是躲到了一个树洞里。

水穷尽了，山却无头。林木以原始的姿态飒飒散漫，隐着前方的路，也隐着身后的路。兜兜转转，将一面坡又一面坡挪移到脚下后，在一大片杂树林外，眼前闪出了一抹亮色。山峰的透光处，斜斜地低凹出一个山垭。

两个小时的攀爬后，茅坡梁以山色空明的方式，打开在我们面前。

古道从垭口爬上又折下。垭口处，并排残存着两座石屋的屋基，一方一圆，厚厚的墙基嵌着窄窄的门槛石。山梁上，随坡就势地砌筑着长长的石墙，伸到了看不透的树林里。

黑犬呼着热气，在屋址里窜着嗅着。老熊说："石屋原是两座碉堡，小时候跟大人过路，我们在里面躲过雨。我在山上还捡到过子弹壳，都生了锈。老辈人说，当年这山梁上到处是战壕、木栅栏和铁丝网，驻守着国民党的一个营，营长最后也被打死了。"

我们在寨墙与垭口间游走，脚步与眸光扣在地面上，想透过树木与野草、苔藓与山花，探察那天枪声爆裂时的样子。

战火灼热了垭口、白云与清风的那天，我们的解放军战士最先是从哪处寨墙攀缘而进的，是谁最先攻进了石头砌垒的碉堡？那躺在县烈士陵园里的两位英雄，他们又是在哪个地方倒下的？

时光在山垭上流逝。一棵棵或粗或细的树木，在屋基里、墙缝里拔起直的斜的身体，和着脚下厚实的苔藓，遮盖了曾经的枪林弹雨、炮火硝烟。

垭口外生着棵粗壮的栾树，籽荚泽着殷殷的红，枝干上攀了一株虬曲的猕猴桃藤蔓，坠着一束束明黄色的果实。峰埂上、崖壁上，盛开着绢黄的菊花、褐红的野棉花。树林里，有斑鸠声荡漾，一声，又一声。

山上有花，林中有鸟，哪还有了血与火的样子！

原路下山，老熊带我们到了叶家屋场，他说老支书叶芯奎年龄大，见过解放军，知道的事多。

老人年逾八旬。家常的生活里，他与老伴守着一幢小楼与一排旧屋，也守着山里面的一畦畦记忆。老人有时候也到在山外工作的儿子那儿小住，可是禁不住对山的念想，又在儿孙的挽留声里回到山里。

院里的小楼别致，贴着桃红的磁片。旧屋泥墙泥瓦，一身倦意，黢黑的木质构件褪去了原色，却能清晰地看出喜鹊与梅兰竹菊的图案。

老人领我们在门前的康家沟水边车道上行走，一路说，一路指。他的手指向哪里，哪里原来就有了大树、石桥、磨坊、房屋。阔绰处，他停下来，指着水的上游与下游说："解放军打下了茅坡梁便顺老路往岚皋县城去，走到这晌午时间了，没进农户家，也没叨扰跟前的人，就在河边用石头垒灶煮饭吃，上自我们叶家老屋场，下至狮子头，十几个大灶，上下两里路，人山人海。队伍里还有几十匹马，驮着炮架子和弹药箱子。我们家门前沟边原来有棵剪刀形的大核桃树，树下也砌了个灶做饭。我走到跟前看，一个年纪大的解放军，还给了我一块锅巴吃。几个解放军坐在一起唱歌，我觉得好听便跟他们唱，他们便教我。吃完饭，太阳开始发黄的时候了，他们顺着河便往下去了，第二天就解放了岚皋县城。"

我急急地问："他们唱的啥歌？你还会唱吗？"

老人答："是军歌，歌名不知道，不长，我没忘。"

我们请老人唱一遍，老人爽朗应允。他的头向左顿了顿，右手起势，脸上的褶子像叶脉般展开，一缕歌声从牙齿尚在的口腔里轻轻哼出："军号嘀嗒响，战鼓咚咚敲，我们的解放军勇敢地过来了，战马前进努力呀，红旗迎风飘。"

歌声在清亮亮的溪水边响起，继而在旷远的山谷里前行。我的心倏然涌起满满的敬意，那是对老者的敬意，那是对战火硝烟里走来的一首歌的敬意。这歌声，在老者的心里已扎根了七十多年，在这山里也飘荡了七十多年了。

老人心无旁骛地唱着军歌。银黄色的太阳暖暖的，悠悠扬扬地灿然在我们身上，也灿然在了山川大地上。

（原载《中国艺术报》2023 年 3 月 27 日）

巍巍秦岭，绵延千里，成为横亘于我国中部的一道天然屏障。古时，人们为了南北之间交通的便利，便在秦岭之中先后开凿了多条栈道，成为连接南北的重要通道。这些栈道中开凿最早、规模最大、沿用时间最久者当数褒斜栈道。

褒斜栈道可谓人类道路建设史上一大奇迹。据《读史方舆纪要》载："褒斜之道夏禹发之，汉始成之，南褒北斜，两岭高峻，中为褒水所经。春秋开凿，秦时已有栈道。"由此可知，褒斜栈道开凿历时已久。

说起褒斜栈道，人们自然会想起汉中褒河石门水库上的古栈道遗址，而少有人会注意到太白县王家堎镇和平村红崖处的褒斜栈道遗址。其实，此处为现存的古栈道遗址的真正去处！褒斜栈道南起汉中褒城褒谷口，北止眉县斜峪口，全长249公里，号称"中国第一古栈道"！现在，太白县王家堎镇和平村红崖处已开辟为遗址公园，导引人们前往休憩拜谒！

那个朝代已经逝去了两千多年,可是褒斜栈道却一直停在我眼前。初秋的上午,我们从太白县乘车南行不足一个小时,来到和平村西坝南公路边一座草绿花红、生气盎然的公园。这就是汉王刘邦退入蜀中时,用大将韩信之计"明修栈道,暗度陈仓",派樊哙、周勃二将率卒万余大规模修复的栈道遗址。公园南约200米的石崖嘴距地面50厘米处有10个方形的壁孔,距地面435厘米处向上一列有9小孔,最高处的2孔尚留有石柱,小石柱孔向南斜下处有大石孔10个,现尚存5个大石梁。公园静得只听见鸟儿在鸣叫,唯从壁孔下面被踩磨光滑的观光栈道可以推知常有游客前来瞻望。我们绕栈道一圈后,继续前行,停在了一块写着"古栈道遗址公园"七个鲜红大字的汉白玉巨石边。石头上刻着古栈道的历史由来,一缕阳光变作曲线在巨石上面移动。天是蓝的,山是绿的,云是白的,将巨石映衬得格外鲜亮、醒目。我瞬间的感觉是,褒斜栈道被人呼叫了千百年已成为遗址,但留下的是历史,是记忆!我分明一下子得到了平静,觉得褒斜栈道上发生的故事,从遥远的朝代活灵活现地来到了眼前。

两千多年前,当项羽将刘邦赶到了秦岭以南,刘邦要张良回汉地时,张良将刘邦送到了汉中。在张良的建议下,刘邦决定烧毁这条栈道。在如此险峻的山间修这样一条栈道是多么不容易的事,而将之付之一炬,却也非要有一股豪情才能做得到。

最后,是张良做到了,一路北行回汉地,他的身后,是历史的火焰,渲染着那个时代的悲戚与壮志豪情。在我的想象中,独自一人的张良，孤零零地走在这崇山峻岭之中，尽管天是亮的，他却握着火把，不断回望。望什么？是身后的火焰，还是依然站在褒河口送行的刘邦，或是那已成为灰烬的退路？还有退路吗？

到底他是怀着怎样的心情走在这一条千难万险的不归路上啊。是啊，没有了后路，就只有一条路走到底了。但那究竟是一条怎样的路？我相信聪明如张良，一定已经将天下局势看得清楚透彻了。复国之路已到尽头，天下统一是大势所趋，所以他烧毁了自己脚下的路，为的是数年后能一跃千里，将天下尽收眼底。但他决不会一个人走过。

刘邦说什么也不会让张良一个人前行，他一定是带着随从侍卫的。或许，他不会亲自动手烧这条栈道，只是一路往前走而已。可我觉得，他还是一个人。因为他目光所及，都是数十年甚或数百年后的风景，而那些或许还在抱怨的随从侍卫所看到的不过是一点点掉入褒河的残木与灰烬。到底孤独的他是怀着怎样的寂寞心情翻越那重重秦岭的？这漫漫的路程，他是怎样一步一步头也不回地走过？

而这里亦是"明修栈道，暗度陈仓"中所说的栈道。如今和平村好些上了年纪的人，都会讲出当年的传奇故事，尤其是那位已经七旬的村主任吴光龙。他领着我们来到栈道遗址前，指着不远处一座山峰说："那是赤崖里府库，有故事哩！"赤崖里就是现在的王家垸镇和平村的红崖，三国时期诸葛亮伐魏六出祁山，第一次派大将赵云、邓芝领兵据守箕谷，被魏将曹真击败，蜀军退到赤崖里安营扎寨，邓芝驻扎赤崖里，赵云驻扎河西赵家寨。赤崖里地势平坦做府库，两岸设有哨所，隔岸呼叫，传递军情。赵云、邓芝带领军队撤退时，怕曹真追杀，也烧毁了赤崖以北栈道百里，使曹真的军队未能进入，谁知一场倾盆大雨让河水暴涨，又把赤崖以南的栈道摧毁，造成南北路段，东西不能进来，赵云、邓芝就在当地开荒种地，充实粮草，休养生息，在赤崖里设府库。

褒斜栈道被烧毁，韩信派樊哙等人去修复这条栈道时，樊哙不知内情，还直埋怨张良：早知今日重修，何必当初烧毁？听到樊哙这句发自内心的抱怨，我们这些后人会微微一笑，所以说你樊哙无法并入"汉初三杰"，差距就在这里。说起来，韩信是张良推荐来的人，也许，他进入秦岭时，"明修栈道，暗度陈仓"这一招就已在心中萌芽。而张良在烧毁这条栈道时，是否想到他已为这数年后流传千古的奇袭提前画上了精彩的一笔？

想这千年风雪，早已抹去它最初的痕迹，只留下石壁的凿孔，留下些许捕风捉影的畅想。曾经那漫无尽头的崇山峻岭中，引火而行的身影时而仰头长叹，时而又对水惆怅，两千多年过去了，看着那遗留在半空的褒斜栈道遗址，我突然感到一阵怅然。

也许是入秋天凉的缘故，一路过来栈道上的人很少，空旷而寂静，只有我们这群艺术家踩在仿古木栈道上那不甚清亮的脚步声，稍稍打破了这亘古的沉静。

我们告别红崖，吴光龙老人有话叮嘱："下山的路，走好！"据说当年刘邦在秦岭以南，并要张良回汉地时就是用这句话送别张良的。

今天我们已经很难猜测出这话的含义了。粼粼的水波，平静而深沉。我不知张良看到此景是怎样的心情，或许两千多年前的褒河根本就是欢快而单纯的，但张良却会叹息。一切都将如流水般一去不复返。平静的水面下，沉淀了数千年的淤泥，也许正包含着当年张良烧毁的木栈道的残片与灰烬，也正包含着那一声回转千年的叹息。山还是两千年前的山，天空亦是两千年前的天空，而水，稍稍改变了行进的速度，却不曾停下它沉稳的脚步。只是，在此依山而望的人已带着怀古的感伤。吴光龙老人常常把先人的这句话转送给上山观光的游客。历史能活在当下的往往就是传统。我一直思忖着这里面的含义……

（原载《检察文学》2023 年第 5 期）

"今日云景好，水绿秋山明"，金秋十月，再一次走进绿都宁陕，走进晚晴秋色正浓的大秦岭。

"疏林红叶，芙蓉将谢，天然妆点秋屏列。"深秋的宁陕寨沟村，静谧而祥和。夏日的碧绿稻田已经变成暗黄的稻茬。路遇一片稻田，稻穗沉甸甸地倒伏着，却无人收割，路边的村民告诉游人：这是绿宝（生态）公司的地，估计没来得及收割，要留给朱鹮做食物了吧。荷塘里夏日盛开的红莲、白荷经过秋风的洗礼，早已撑起小伞似的莲蓬，莲房里饱满的莲子、翠绿如银针的莲心该是已经走上食客的餐桌了吧？荷叶枯黄，一言不发，似乎在低头沉思。时而有几只朱鹮飞过，在不远处的电线杆抑或是树枝上歇息。它们的羽毛以白为主色，呈黄、红、灰等渐变色，轻盈优雅，如田间飞过的仙子。

村民的房屋稀稀疏疏地伫立在山坡上、山道边，空气里有泥土和庄稼的气息。山坡上的一栋土黄色小楼前，一个身着蓝色衣服、身材高大、眼睛明亮、英气逼人的年轻人接待了我们，他就是朱鹮驯化中心和保护基地的站长李夏。李夏在这里坚守了16年，早已成为朱鹮的守护神。他说朱鹮是一种爱情鸟，感情非常专一，它们一生只有一个伴侣；它们也是爱美的化妆师，会给自己涂抹上色，季节不同，颜色各异。在李夏和同伴的守护下，朱鹮种群不断繁衍壮大，寨沟成了朱鹮的家，寨沟吸引了无数的爱鸟人士、旅行达人和研学队伍。炎热的夏季，研学的孩子一拨拨来到这里，他们赏荷花，看鸟，看风景，也看这里的人与自然融融泄泄。

秋高气爽的日子，再次走进美丽的平河梁。山坡上，道路旁，金黄的树叶迎风鼓掌，缓缓坠落，似一只只金蝶，又像一把把展开的小折扇，在舞女头顶盘旋。黄栌、红枫、槭树、冷杉、云杉、珙桐、红桦的叶子最是绚丽，那一簇簇明黄、嫣红的火焰在林间山头招摇，照亮游客的眼，摇醉整个山峦，它们是这个季节的宠儿。油松和马尾松依然翠绿着，一根根尖锐的松针似乎要刺破苍穹。高大笔直的白桦和欧洲落叶松直插云霄，它们挺直腰杆，身披或银白或赭黄的秋装，在暖阳中展露别样的风姿。秋日的平河梁，雪白的野棉花和天上的白云朵要比个美，远远望去，它们一团团、一片片给树木披上婚纱。金黄的野菊、朱红的火棘、橙红的山茱萸是山林中的画师，它们用最艳丽的颜料描画着森林。

深秋的平河梁，刚刚遁去夏日的茂盛灌木、灿烂花海和碧绿草甸，那些夏日里随处可见的山溪和湿滑的道路变了模样。秋风吹过，黄叶片片飞舞，它们和成群的云雀、山鹰一样，是森林里最美的精灵。山林里蜿蜒的小路旁有鸟兽觅食的痕迹，松鼠和山鸡、野雉在林间穿梭，向来访者宣示着它们的主权。秋日的山林，没有冬日的枯寂和肃杀，它们是野猕猴桃、柿子、板栗、山茱萸等各种野果的家园。

比起牛背梁的冷峻，平河梁略显温和、妩媚。这里有齐腰深的腰竹，甘愿低下身躯，不争不抢；这里同样盛产木耳、松茸、野蘑菇、山核桃、野板栗等美味山珍。

喜欢暖阳下的秦岭，河流在山石的碰撞下，奏着动听的乐章。山道上，车辆排起了长龙。国道边，山林中，不时出现慕名而至的游客，扶老携幼，熙来攘往；山林间、帐篷下，随处可见前来观赏红叶的年轻人，三三两两，谈笑自如。他们晒着太阳，吃着野山梨、火罐柿子、烧烤、一锅炖等美食。县城人和西安的游客一样，都非常会享受生活，看着他们的日子如此闲适惬意,怎不令人心生向往? 日啖野果三百颗，不辞长作陕南人！

悠然山、平河梁、旬阳坝、胭脂坝、腰竹岭、子午道、月河坪……多么动听的名字！

车辆走走停停，听山风呼啸，看对面的山头随峰回路转时隐时现。一起翻越秦岭的子午道，山道边、悬崖上、溪流畔，那些巨石上不时出现的柱础和孔洞似乎都在提醒着游客：这里是刘邦和张良破釜沉舟烧过的古栈道，是唐王朝那个"一骑红尘妃子笑"的驿马跑过的驿道，是三国的将士们押运粮草一起走过的粮道，是无数山民讨生活跋涉过

221

的盐道……这里是秦岭祖脉，它吹散了纷乱的烽烟，涵养着多元的文化，又孕育着青春的生机。

秦岭的秋天有历史的沧桑，也有童话的色彩。

在宁陕渔湾村秦岭小屋，孩子们静静地读着书，年轻人喝着咖啡，品着甜点。窗外山峦静穆，河流涓涓，河里白亮亮的大石头安逸地躺着，有手拿水枪的顽童在嬉戏，有捡石头、垂钓的游客在闲游。不远处，几只朱鹮在收割后的稻田里觅食，一辆小火车缓缓开过，一顶顶米色帐篷，一片片枯黄的荷叶，共同构成生态村秋日明媚的画卷。小屋顶层的玻璃暖房内，一群书画家正在挥毫泼墨，书写他们对这美好田园的欣赏和眷恋。小屋一楼的书吧里，两位戴眼镜的短发女士正在翻阅书卷。皮肤白皙的那位随手从书架上抽出一本贾平凹的《秦岭记》，坐在书架旁的沙发上静静地阅读了起来。一个小时过去了，她俩还在书中遨游，神态是那样的恬静安详。喧闹的世界里，还有这么一方净土可供读书，似乎时光也为秦岭的美而驻足。

傍晚时分，回到县城，华灯初上，一轮明月高悬，长安河在高楼旁汩汩流淌，桥下蓝翡绿翠，如梦似幻。远处的五郎关早已不见昔日硝烟，唯留一片静谧霓虹，似披着锦衣的卫士，守护着小城的安宁。抬腿登高，头顶的傍山栈道如一条巨大的宝石项链挂在山腰，闪闪烁烁，恍若蓬莱仙境。

沿着河边步道散步，步道上高大的银杏树高擎着一把把金色的小扇，任其在月光下随风摇曳，簌簌飘落。树下铺着厚厚一层落叶，一群孩童正将树叶高高抛起，他们的笑声是那样的纯真，如清脆悦耳的打击乐，飞扬在夜空，一下子打破了小城的宁静。小城如一个巨大的摇篮，轻轻唱着外婆的歌谣，缓缓摇着小城人的梦呓。

（原载《安康日报》2023 年 11 月 29 日）

故乡，是我曾经拼尽全力也要逃离的地方

○ 陈晨

一直想要费尽心思逃离的故乡，如今却成了想回却不能常回的地方。

印象里一贯认为，在温婉可人的江南赏月更有诗人那般的闲情逸趣。多年前，因一座城而萌生了下江南的想法；多年后，我已在南方待了数年。月满之时，抬头望向这轮明月，恰少了那份炙热。恍惚间，彻悟诗人的雅趣好似从没有更迭，只是脱离故乡的浪子品读的方式略不相同，呈现出的自然满是差异。但有一点不可否认：无论在何方，映入河畔的月影总会倒映出故乡的模样。

这些年，我更像是个流浪者，辗转漂泊、浪迹四方，掠过无人问津的江河，踏遍气势凛然的险山；抑或是个拾荒者，日转千街、落拓不羁，炼着杂乱无章的回想，纺着愁思茫茫的影像。渐渐地，故乡退出我的视野，变得模糊不堪，熟悉又陌生，像久久不曾相见的异地恋人，等待着重逢时的惊喜，但又怕惊喜过后无言的感伤！是措手不及的相遇，是卷入腹腔中的浓烟，带来始料

未及的兴奋感，提起精神，筹谋着再次相逢……可这一切都仅仅存在于想象之中，现在来看，故乡是从小拼命逃离，长大后想回去却再也回不去的地方。

鲁迅先生在《故乡》里写道，儿时不识归途重，再回愁煞难乡人；余光中先生的眼中，故乡是万变的，埋葬了过往云烟，留下一捧黄土，供世人留念；在《推拿》的作者毕飞宇心里，故乡是模糊的，他说，自己是一个没有根的人！在他看来，故乡是一个人的根，是在清明节这天能够磕头的地方。我想，大概每个人的一生，都在经历着一场逃离：从温煦故乡到冰冷他乡，继而历尽沧桑磨难，其后又辗转回绕至家的港湾。但又有多少人身不由己，被各种因素束缚着。而那时，回乡竟成了最为奢侈的希求！

年少时，总是对外面的世界充满无限遐想，长大后，却发现他乡充满着千万游子无尽的哀伤。远方的诗充满着迷幻，唯有故土的那份真情是我永远难以忘怀的。对于绝大多数人而言，故乡与他乡，一头是永远的牵挂，另一头是永远的向往。通常，游子会悉力在他乡寻找故乡的各种味道，也会忆起家中老母亲煮的一碗清汤面，仿佛余味还在齿边。或许还会望向故乡的方向抚今追昔，像电影般从伊始演至结局，也会想到城墙根下沧桑拂面的民谣，弹奏着千百年的过往。

都说世上最美的风景，都不及回乡的那段路。而世上最粗陋的风景，当数离乡的路途，必得经历撕心般的伤痛。此时我多么想再次依偎在故乡的怀抱。我的灵魂早已注入故土之中，早已与之融为一体，恰似从未分离般。可其中终究是有太多无奈，任凭思乡之情日益剧增，也无法再回故乡。我想每一个漂泊在外的游子，总有一份情牢牢系着故乡。我坚信，这份情不是因为故乡山清水秀，而是因为这方土地承载着儿时的欢笑，更重要的是这里有一张张熟悉的面庞……

握一把故土，继续追寻诗与远方，满眼的乡愁留在故土人情里，踏上前行的路，离别时要互道珍重，让热泪夺眶而出。

我明白，我一直没有走远……永远在翘首以盼下次相逢的日子！

（原载《文化艺术报》2022 年 9 月 14 日）

第四辑

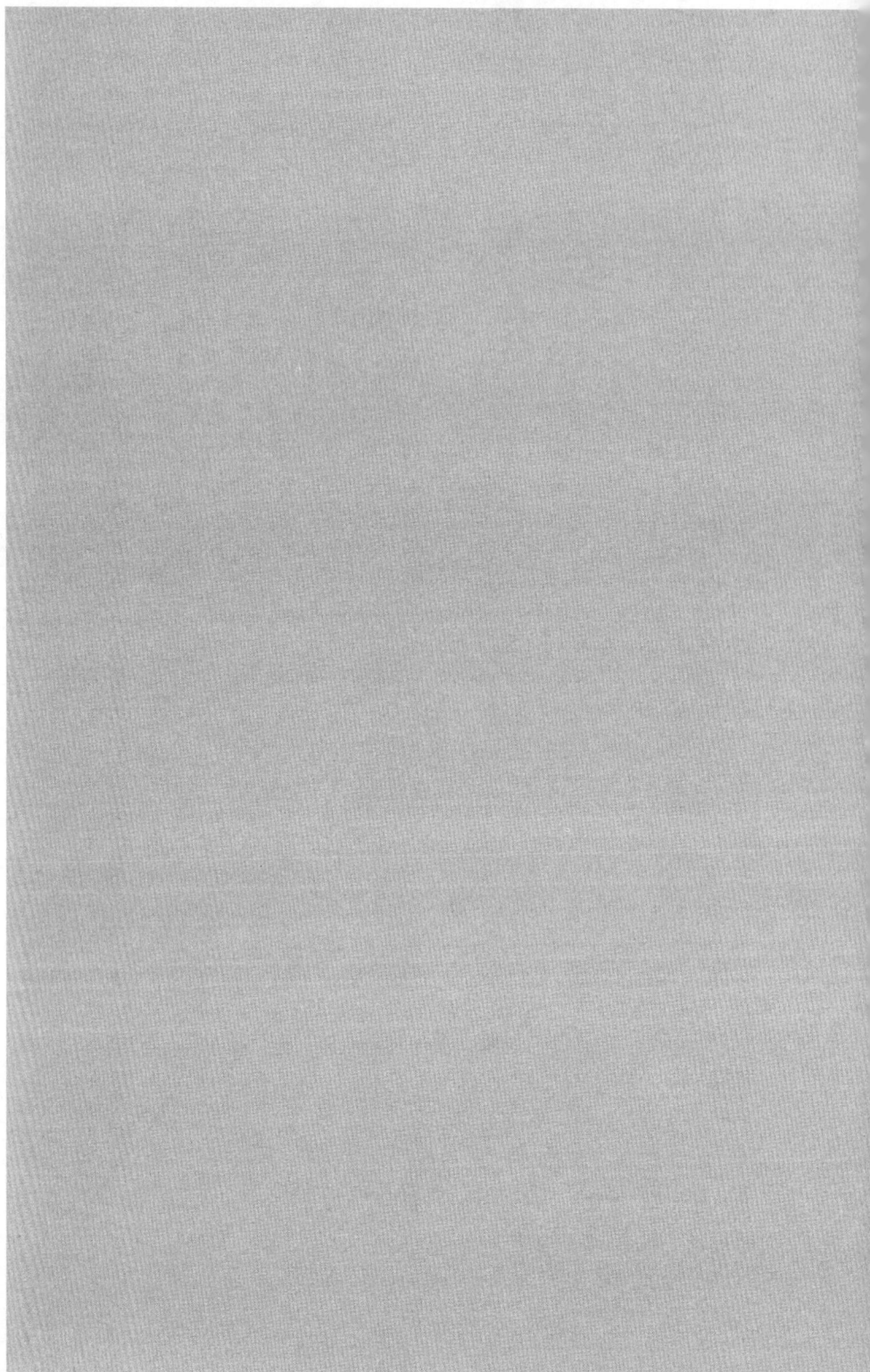

"乡亲们，来村部集合，咱们收秋啦！"

村部老槐树上的大喇叭里，响起了村支书山爹的声音。

福爷是支部委员，听到大喇叭响，一骨碌从床上爬起来。打开房门，东方的晨曦，夹杂着柳树林里的鸟叫声一起扑面而来。福爷仰起头看天。朝霞打过来，落在门前的小河里，河中便有了金红色的波纹。

简单收拾一番，福爷戴上草帽出了门。

东西两丘夹南北平川，是家乡的地貌。一条由北向南的小河，从村前流过。小河岸边是垂柳，初秋下的柳树，变了颜色，绿中透黄。河西，沿堤排列的是新村的别墅群。别墅群后，一望无际的平田是甘蔗林。河东的沙土地，是蔬菜水果基地。甘蔗酿酒厂和蔬菜烘干厂就在河东平田中间。

山爹领着村民们在河西剥甘蔗叶儿。

河西的甘蔗林，长得有一丈多高，粗壮的甘蔗被叶子包裹，秋风拂过，泛着绿波。甘蔗是不忙着收的，趁着刚刚来的秋天，是要晒的。剥开紧裹的叶儿，露出秆儿，让秆儿晒晒秋阳，吹吹秋风，落落秋霜，秆儿就更甜，汁水就更饱满，出糖率就更高。

噗噗噗，一根根甘蔗叶儿被拽下。沙沙沙，拽下的甘蔗叶儿铺在地上，铺成绿油油的草原，铺成写给家乡的绿色诗篇。剥叶儿是力气活，粗中有细，需从根部剥向顶部，顶部留上五六片叶儿，得轻轻剥，慢慢撕。秆儿高的，还须踮起脚剥。秋阳高照，地如蒸笼，晶莹的汗水落入地上铺平的甘蔗叶儿里。

小憩时，山爹挑几根粗壮的甘蔗扳倒，让大伙儿品秋。一截截秆儿，一咬，满唇白，再嚼，满口甜，乐得大伙儿的脸皱成一朵朵秋菊花，连声说："好甜！"甘蔗是从南方引进的优良品种，乡亲们在家乡的土地上辛勤耕耘着。

甘蔗叶儿剥好，田野空荡了。地面是一片平静的绿浪，林立的甘蔗仿佛在秋风里哗哗啦啦地笑。

那边，福爷领着村民们在河东的蔬菜水果基地里收秋。

一个个大棚被揭开，秋阳下的蔬菜水果基地，就是家乡的一幅浪漫的油彩画。一串串的圣女果，绿的、黄的、红的，坠在枝叶间，大自然把秋天的色彩都涂抹给了它们。一簇一簇的火龙果叶子，仿佛绿色的瀑布，点缀着白的、黄的花儿，一个个咧开红嘴唇憨笑的火龙果藏在其间。

辣椒园也不甘示弱，"朝天红""线椒""水果椒"挂在枝头。

尖朝天、头向地的"朝天红"辣椒，一爪一爪地在枝头，闪烁着红晕，在秋风里起舞。"线椒"躲在枝叶中间，风吹来，摇来晃去。稀稀落落的几片叶子上，吊满一枚枚黄的、绿的、红的胖嘟嘟的"水果椒"。

乡亲们头戴草帽，轻轻地摘"朝天红"，放进篮子里。掐"线椒"的，满把满把地揪，满把满把的汁儿把手指都染绿了。摘"水果椒"的，一次只能攥住一颗，一揪，整个秧儿都摇晃。摘下的辣椒，是要趁着秋阳晾晒的，巧手的村姑村嫂把各色辣椒摊在地上，拼成一个大大的"丰"字，献给秋日的蓝天。

母亲最爱吃"朝天红"辣椒，总爱在自家的菜园里种上"朝天红"，炒菜、做汤都要放。母亲说，生活中不能没有辣味，有了辣味，生活就齐全了。我们最爱吃母亲做的"朝天红"捣蒜泥，放入豆瓣酱和五香粉，用热油一泼，香味就被激发出来，蘸馍吃，辣到心底，也香到心底。

秋风在吹，秋阳在照。蔬菜水果基地边是一片荷塘。莲蓬饱满了，一个个垂着头，在微风里密密匝匝，仿佛在向秋天致意。还没开败的几朵莲花，躲在田田的荷叶下，听水鸟在荷叶下唱歌，唱着秋天丰收的歌儿。

（原载《人民日报》2023 年 9 月 18 日）

金秋十月，家乡的田野呈现出一派生动活泼的丰收景象，这时，玉米刚刚收获结束，勤劳的人们顾不上歇息，又拿起镰刀和锄头深入田间地头，割掉红薯藤蔓，开挖长好的红薯。黄土地里，成堆的红薯被翻出地面，好像刚生出的娃娃，细皮嫩肉的，夹裹着泥土的芬芳。

老家人习惯把红薯叫红苕，家家户户屋外的围栏、竹竿、树杈、猪圈，挂满红苕藤蔓，那是猪儿的美食。屋里则是堆得像小山似的红苕，夜深人静了，劳累一天的人们还在忙碌。他们在挑拣红苕，把破皮的、虫蛀的和个儿小的挑出来，准备食用和打粉；把完好的和个儿大的晾在一旁，农闲时再放到红苕窖里去储藏。

红苕虽然是粗粮，但非常好吃，且吃法多样，不同的吃法，不同的味道，让人口留余香，心花怒放。

最简单的是烧红苕。把挑选好的红苕，放到柴火灶底下的草木灰里，或者红火炭里焙烧。过一会儿掏出来，拍打去灰，剥掉外皮，即可食用。这种烧红苕，热气腾腾，香气扑鼻，咬一口含在嘴里，好烫，却很爽。我最爱吃的是南瓜苕，皮薄，肉嫩，糖分多，颜色黄亮，那种香甜的滋味令人心醉。

烤红苕也是一道美食。把选好的红苕放到柴火灶的一旁，用明火烤，边烤边翻，避免烤焦。也可以放到火盆的侧边，慢慢烤，慢慢翻。街上有人推着烤炉，沿街叫卖烤红苕，他们烤得更专业，更有技术含量，烤出的红苕色香味俱全，很有诱惑力。与烧红苕相比，烤红苕干净，卫生，口味也温和得多，免得把人烫着。

蒸红苕是当主食的，不像烧红苕和烤红苕那样，只能作为零食。儿时在吕河老家，白米细面做出的美食是逢年过节时才会有的，日常吃的主要是红苕和玉米等粗粮。特别是吃蒸红苕的频率比较高，尤其到了红苕开挖的季节，则是天天吃，上顿下顿吃。蒸红苕简单，先把生红苕放在清水里洗净，再把净红苕放到锅里，添加少许底锅水，盖上锅盖，用柴火蒸。现在一般用煤气灶，或者天然气灶，也有用电饭锅蒸的。蒸熟的红苕，剥皮即可食用，味道鲜美，可以放开吃，尽饱吃，吃好后要喝点青菜汤，不然就会噎着。

红苕还可作为配料，洗净，切成块，放在开水锅里，与玉米糁一起煮，做出来的红薯玉米糊糊比单纯的玉米稀饭多了甜味、香味和黏合度，很好吃的。也可将切开的红苕块裹上玉米粉，放在蒸碗底部，做出来的粉蒸肉肥而不腻，香嫩可口，人见人爱。还可将红苕切成丝，用油、盐、姜末、葱段、辣椒丝清炒，制作成红苕丝卷饼子，味道不错。

将生红苔切成片，晾干，制成红苔片，能够长久储藏，长途运输。这种红苔片，既可以煮着吃，又可以蒸着吃，还可以磨成面，和成团，做出一种刀削面来吃。记得童年老家闹饥荒，生产队从河南购回大量红苔片，分给各家各户，作为救济粮，解决了乡亲们的燃眉之急。

将蒸熟的红苔切成条，晾干，制成红苔干，黄亮亮的，既好看，又好吃，咀嚼起来，甜甜的，皮皮的，有筋丝，小孩子们特别喜欢。我在超市看见过袋装的红薯干，还看见过袋装的油炸红薯片，前者香甜，后者香脆，都是人人喜爱的精美食品。

在老家，乡亲们还将红苔打成浆，提取红苔粉。这种白粉状的物质，用途广泛。一是用它制作凉粉，浇上辣椒、食盐、陈醋等调味料，既能当主食，又能当菜，香辣嫩滑，味道鲜美。二是用它烙饼，取红苔粉少许，放到碗里，添水，搅拌，倒进油锅里，滋啦一声，用铲子摊薄，翻面，出锅，一张香喷喷的软饼就到嘴了。三是用它挂粉，那时农村挂粉就像过事一样，往往要忙大半夜，天亮起床，屋外成排成排的粉条挂在栏杆上，很像少女的披肩发，很好看。红苔粉条颜色白中带乌，筋道，口感好，用它可以做出好多美味佳肴，如炒粉条、粉条炒肉丝、粉条炒竹笋、粉条炒豆芽、粉丝墨鱼汤、粉丝紫菜汤，等等。

红苔最大的优点是随遇而安，不挑剔。种植时，剪掉秧子，插到地里，它就可生根发芽。不仅如此，它的藤蔓就地缠绕，茎叶繁茂，仿佛为大地覆盖上一层厚厚的绿毯。它的果实很害羞，默默地藏在地下，悄悄地生长，不知不觉撑裂地皮，露出笑脸，好像在说：你以为我在泥土里酣睡呢，其实我天天都在长。若说田间管理，红苕是最粗放的；若说产量高低，哪种庄稼又能比得过红苕呢？有人写过《落花生》的文章，对花生的低调、不张扬赞赏有加。我却要写写红苕，它的低调，它的不张扬，比花生有过之而无不及，我喜欢花生，更喜欢红苕。

（原载《三秦都市报》2023 年 12 月 4 日）

立春过后，天气回暖，雪下得少了，雨水渐渐多了。一年四季，似乎只有春天的雨才格外令人期待、令人向往。

不同于其他季节的雨，春雨总是细细密密、星星点点，悄然飘落。春天的雨透着清新的黛绿色，像是为大千世界笼上了一层森林滤镜，那是属于春的印记。

雨水原本并没有颜色，它们落在哪里便加重了万物本身的色度。渲染、晕开、润泽，烟雨蒙蒙中，一切都变得沉甸甸的。冬日的枯寂与落寞被细雨拭去，植物吸足了水分，隐隐浮动着即将到来的春意。

春雨中，很少见到行人撑伞，因为人们并不烦恼它的存在。春雨轻轻柔柔，有几分温婉，又有几分俏皮。它沾不湿衣襟，淋不乱发丝。站在阳台上，看走路不疾不徐的路人，看被雨打湿的石砖，看热闹退去的街头，我们都回归了各自的平凡。

雨落花开

○ 段路晨

一场雨水，沉淀了自己的心。度过热闹的新年，收拾心情重新整装待发，想想今年计划完成的事、想要奔赴的远方、久久未见的故人，终于可以自由自在地出行，不受牵绊。

雨天是安静的，小贩的叫卖声、汽车的鸣笛声、车轮碾压的声音，城市的一切声响都变得清晰。在这慢下来的城市，车流也变得小心翼翼。阴郁的天气将白天与夜晚混淆得不明显起来，让一整天都处于一种清冷的状态，只有夜晚霓虹初上，在夜色中晃动的光圈会给这清冷底色添一抹温暖。

身处关中平原，缺少水的灵性，并不如江南春雨般浪漫。我们无法目睹"青箬笠，绿蓑衣"的美景，只能想象着"斜风细雨不须归"的滋味。关于春雨的味道，我的鼻头涌起的是黄土塬上夹杂着的植物的香气，那是麦草青青的清甜，是枯叶化冰的酵味，是我奔跑的厂矿大院北塬上的花季雨季。

如果将生命拉长，用二十四节气比拟，上中学的时候或许是雨水时节。这个年龄段少了童年时代的好奇与稚嫩，多了青春期的疑惑与叛逆，外表还是孩子面庞，身高却接近成人。在十几岁的发端产生的微妙反应，如同春雨轻轻地来，让人察觉不到变化，实际已从思想深处在改变。少年的未来有着无限可能，而每个少年都像是光秃秃的树木，不知经历了这场雨的洗礼后，是先开花还是先长叶。

人们都希望自己精心呵护、施肥打理的孩子先"开花"，因为那样才更明艳迎人、充满希望。可是慢慢生出芽苞的柳条也很美，只是花开得晚些。即便柳絮漫天令一些人害病生厌，但柳树白色棉絮状的花却有着别样的韵味。各美其美、各具所长才是人间百态。

生命的每个阶段、事物的每个过程都有跌宕起伏，也总能在二十四节气中找到对应。不同节气的鲜明特点本身就具有不同的情绪内涵，这是中国人的智慧与隐喻。

雨水中，有等待与憧憬。或是在水色氤氲的西湖，等一个千年难遇的情缘；或是在京华春雨的小楼，等一个杏花绽放的集市；或是在悠长寂寥的雨巷，等一个丁香一样的姑娘……人们在缥缈中流转着千年时光，悸动着无限情思。

春风化雨，润物无声，祈愿风调雨顺，人寿年丰。谚语说："雨水日下雨，预兆成丰收。"雨水节气降雨，预示着当年的好收成。民间又有"冷雨水，暖惊蛰；暖雨水，冷惊蛰"一说，指的是若雨水天寒凉，到了惊蛰节气才能变暖；反之雨水那天暖和，惊蛰时则可能降温。而"雨水阴，夏至晴"的意思则是当雨水节气天阴，夏至便会天晴。日出而作、日入而息的古人在周而复始的日子里总结经验，他们依托这些奇妙的物候现象安排农事、预测收成。这是我们中国的农耕文化，也是炎黄子孙对自然独有的细腻感知。

一场春雨一场暖，万物生长，自有它的时节。冰封大地的冬已经过去，姹紫嫣红的春还未到来，就在此刻积蓄起能量，不必着急也不必强求。不久之后，新叶会爬上枝头，小草会破土而出，春花会争奇斗艳，天空也会被风筝装点得五彩斑斓。

静谧终将被打破，等待终有重逢。雨落下，花总会开。

（原载《陕西日报》2023 年 2 月 16 日）

千层河遇雨

车快到千层河大门口时，我从车前窗看到远处高山尖的天空，有积雨云迅速隆起。它开始像一个巨大的白气球，被无形的吹气筒急速吹大，瞬间变成了灰黑的云团，像动画片里生气的怪兽，迈开四脚向上向前飞奔，刚刚还晴空万里的蓝天，迅速被这怪兽的躯体所覆盖。霎时间，车外飞沙四起，乌云笼罩，一片昏暗，给人以山雨欲来风满楼之感。果然，几分钟后，雨点打落在车的前窗，啪啪作响。打开雨刮器，哗哗左右来回刮着落在车前窗上的雨。

我这时的心情反而比较平静，没有去想下雨后能不能进景区逛的问题。我知道这秦巴山中夏天的雷阵雨就是那种说来就来说去就去的雨，仿佛一个人心情不好的时候，需要发一通脾气，起起伏伏，跌跌宕宕，来得快，去得也快。我现在旅游的心态就是想来就来想去就去，不再像跟旅

○ 胡树勇

千层河遇雨，神河源得妙

240

行团一样紧张兮兮疲于奔命，一切都是放松心情，一切都围绕着舒服自在，至少在饮食起居上做到我行我素。因此，这天下不下雨、打不打雷，都不会影响我的心情。

这是一个名叫千层河的景点，是本地开发较早的景区，那个时候给景区起名字，讲究既要文艺范，又要和景区的特色相吻合。比如这个千层河，河有千层，让人想象这里的河蜿蜒跌宕，蛮有吸引力。

天既然下着这么大的暴雨，进景区去看显然不行，我们就在景区大门外的廊亭里避雨。所幸，大门前面还有一个在这峡谷里算宽大的广场，也即停车场，站在小广场中间可以仰头环顾四周的崇山峻岭。

车停后，我们几步跑进车旁边的廊道。廊道四周空空荡荡，风可以进，斜雨当然也可以被裹挟着进来一下，找廊道靠溪谷一侧的椅子坐下，被狂风吹斜的雨吹不到这边。大风和骤雨不影响我们欣赏周围被云雾缭绕着的山，欣赏廊道外弯弯曲曲十分高大的树，欣赏廊道下面山谷中的清清溪流，要不了多久那清流也会被浑黄的山洪取代。

山风裹着阵雨啪啪打在廊道的边沿。山中的云在跑步向前，山中的风在扯拽着大树的枝叶哗哗作响，这些动作像一套组合拳，都来得那么快，那么迅速。

风雨虽然猖狂，但还好没有打雷，随之而来的降温正好消除了暑热，只是降温也降得那么快，感觉转眼工夫，气温一下子就从30多度的高温降到20多度！要知道这个地方的平均海拔高度都在1500米左右。

雨下了20多分钟后慢慢小了。半小时后，雨停了。

后来，我们进峡谷去游走，感觉良好，但没有门前遇暴雨那样印象深刻，刻意去追求的事物有时候反而没有偶然所得的事物美好。

神河源上那束光

车从绿树遮盖的盘山公路登顶来到神河巴山大草原，下车以后，零零星星的雨也已全住，天空乌云绽开缝隙，露出丝丝蓝天，虽然只有那么一丝丝一点点，但预示的却是天将要转晴。

盘山公路两侧都是密不透风的原始森林，树木高大，野性十足。所谓野性十足，是说那些树枝树干少有笔直的，大多曲里拐弯。

这是巴山高山山顶草原，山峦起伏，一望无际，远远望去草似乎很低，但走近一看，那草不同于川道里草坪上的矮草，而是一丛丛的，有二三十厘米高。

公路两侧的原始森林，到了山顶居然都不见了踪迹。放眼望去，没有什么成片的大树，甚至连一棵像样的大树都没有，那些矮树也多星罗棋布地分布着。显然这不是人为的森林砍伐，而是受了高山气候的影响，寒冷让很多树种无法正常生长，更不用说长得高大，最后只好被草原取而代之。联想到，人和人之间的交往又何尝不是如此，环境的变化给人的生活带来变化。

矮树在这广袤的草原里成为人们眼中的点缀，即使是一棵在山坳

242

里生长着的孤零零的矮树，也能自成一道风景。这是摄影的风景，用镜头取下这孤零零的独树，照片立即有了一种突兀的感觉。这也是文学想象的风景，那孤零零的树仿佛山间遗弃的小屋，是一个人从红尘世界返乡后的寄托。

雨过天晴后的大草原是最美丽的，让人的摄影兴趣陡增。这个时候天空大部分还被云层覆盖着，太阳却从云隙中钻出，照射在地面上，草原上形成一块亮一块暗的阴阳光差、光块斑驳的景象。这光线很好地表现了大自然的层次感，这种光线不好等到，只有雨过天晴后靠运气遇到。

那突然从云层缝隙射出的光芒突兀而明亮，像是一束希望之光，像是一束未来之光，像是一束历史之光。总之它那么清晰，那么引人，又那么神秘。

正如大巴山的历史总是透着一股原始的芬芳。

神河源上那面镜

在远离人间的原始荒原安置一面巨大的玻璃镜，很多时候不为照人不为照物，只是照天空。

人站在镜子上面有几分不踏实的感觉，仿佛自己的双脚没有踏在坚实的土地上，有种空虚感，有种不安感，有种神秘感。

当云层裂开，一块一块的云映在镜子里时，你会发觉这才是天空之镜的魅力所在。在山顶上，这面巨大的平面镜子一年四季默默地照着天空。白天，或者照着蓝天白云，或者照着云走雨往；晚上，或者照着漆黑天空，或者照着星河长空。白天的照映我看过了，不知晚上照映的星河可还壮观？

又想，平时，人照的镜子是一面小镜子，好比夫妻两人，每天在家里的言谈举止多是两个人之间的事情。而站在这面大镜子前，一个人想不认真做事都不行；但前提是他想要这面镜子，并且他得愿意在这面镜子前照自己，以此发现自己的长处以及更为重要的短处。

神河源上那把椅

在一座山头的蒙古包式房屋边放置有几把椅子。

我见群山逶迤，草原无际，就想在山顶上放一把椅子，想着坐上去会很享受。于是，我就把一把椅子拿到山顶一处空旷的地方，坐在上面，极目远眺，有种种感觉在胸中涌起。

是的，高山上一把孤零零的椅子，人坐在上面居然突然产生了不一样的感觉，首先是心旷神怡之感，接着还不断冒出诸如高大、自我、无限、遥远、空邈等念头和想法。

朋友立即用手机给我拍照，一看效果亮眼，立马招来其他人用这道具拍照。于是，大家轮流坐椅子。

我于是想，这把在别人家中摆放的椅子，突然被孤零零地放置在这大草原的山顶时，它是那样的突兀，那样的另类，那样的不可思议，仿佛被人侵犯。进而，我想到旅游的开发要遵循人与自然的和谐，许多时候不要把人的不切实际的想象强加在自然的头上，那样就会不自然、不协调。

（原载《安康日报》2023 年 3 月 17 日）

我爱红叶，喜欢在深秋里爬山登高，看家乡秦岭最美的红叶。

深秋，秦岭腹地的山山岭岭显得格外活跃，红艳似火的红叶装扮了秦岭，也醉了游人。远远望去，会误以为那是飘落的花瓣，走近看才辨清是椭圆的片片红叶，那样神奇，那样富有活力和灵性，不由得令人心怀敬意地接近，并为它独特的魅力所折服。

正是秋意渐浓时节，与几位朋友相约去爬家乡秦岭的山，去看最美的红叶，实为惬意的事。站立山根，仰望高耸的山岭，太阳从山那边升起，万道霞光把眼前的山梁染得一片通红，红装素裹，分外妖娆，秦岭如此多娇。

行进在秦岭深山里，山路弯弯，峰回路转，渐渐深入大山的腹地，秦岭秋景图向我们渐次展开。一泓溪流，一脉青山，一树红叶，一丛野花，都能引来我们热情而急切的目光。离开人声鼎沸的城市，大家心头都有一丝难以抑制的兴奋。呐喊着、呼叫着爬坡，阳光照耀在我们的身上，一时驱赶了深山里的寒意，使人心头火热起来。我们顿感精力充沛，鼓起劲往山顶上爬，漫山红叶的壮美景色映入眼帘。突然，空中掠过几声鸟鸣，让人心情舒朗，豪气勃发，喜悦难以言表……

秋天，成熟的果实丰满着带有醉意的秦岭，穿行在密林深处，山葡萄、野栗子、五味子……原汁原味，清香扑鼻。带一身野香，披一身彩装，爬坡在山间，身旁密密麻麻的叶子上燃烧着阳光，鲜红似血，生命的活力在叶片上跳跃展示着……

太阳当空照了，我正在红叶的包围中享受着温柔。铺天盖地的红叶装扮着山野，多情而热烈。太阳光直射时，满山的红叶瞬间火红起来，亮丽起来，生机勃发，含汁欲滴，撩拨人的心，让人心潮澎湃。角枫红叶、黄蜡木红叶、银杏红叶、满天星红叶、野葡萄红叶，还有漫山遍野叫不上名字的灿烂红叶，炯烂耀眼。此时，站在山顶的四周瞭望，联想起小时候看的电影《闪闪的红星》里一个动人的画面：满山鲜艳的映山红傲然绽放，冬子欣喜万分地扑进爸爸的怀抱。那真是一个令人叫绝的美丽画面，至今难忘。居住在城里，秋来闲暇，总爱站在阳台上看邻居家山墙那边的红叶。那是附在一面墙壁上的爬山虎，叶子全红了，薄如蝉翼，在秋风里红彤彤亮晶晶地摇曳着，十分吸引人。阳光照射下的红叶生机勃勃，不由得使人驻足默想，久久观赏……工作中的烦恼，也就在这静观的间隙被抛诸脑后，一时兴致大增。读中学时，语文老师有声有色地朗读杨朔的美文《香山红叶》，我常常为作者笔下诗意的香山所倾倒，浮想联翩。"满眼都是，半黄半红的，倒还有意思。""要是红透了，太阳一照，那颜色该有多浓。""越到老秋，越红得可爱。"虽然，那时我对文章中饱含的寓意理解不深，却记住了"香山红叶是北京最浓最浓的秋色"。

看着眼前远远近近的红叶，虽说未到"老秋"，"可爱"却是有的。近观，热烈，体验的是美好的心境；远眺，壮丽，体验的是浩大的阵势。单就这"阵势"而言，生长着红叶的树，因地理位置不同而各有风姿。

秦岭红叶，象征着奔放的生命力，给人的感受用"醉意"来形容丝毫不过分。于是，我们都醉了，醉在秋风里，也醉在秦岭红叶里。在山顶，我们不时调整摄影镜头，把醉人的秦岭红叶录入镜头里，也录入我们的心中。恰在此时，太阳穿透云层，给秦岭脚下的连绵山岭披上一道金光，满山满坡云雾飘荡，光彩奇幻，衬得满山红叶更是美不胜收。

秦岭层峦叠嶂，巍峨壮观，以博大的胸怀包容着万物，滋养着万物。这里的红叶树种多，枫树、漆树、柿子树……从九月到十一月，金红、朱红、紫红、火红……红得色彩鲜明。漫山遍野的红叶，是吸引游客的天然景致，来自大江南北的人们到秦岭观景、赏红叶，愉悦身心，既沉醉又着迷。这是最壮观的秋色画廊，堪称中国红叶之绝。

在城市寄居久了，容易产生一种无谓的厌倦。深秋，当我们走进"霜叶红于二月花"的秦岭，过滤数日，悠悠然恍若隔世，再返回城市时，不仅将带回大山绿色的梦境，也将带回秦岭红叶的热烈，从而重获精神上的振奋，激发工作的动力。

秋染秦岭，红叶入画，独具迷人的韵致。

（原载《西安日报》2023 年 12 月 14 日）

雨，淅淅沥沥，江河渐满。

环绕长安的八水中，有横贯东西的滔滔渭河。长安以开放包容的姿态接纳了涝河、沣河、滈河、潏河、浐河、灞河和泾河。纵横交错的水网编织出的丰腴之地，演绎着周秦汉唐的盛世繁华和历史荣光。

沣水泱泱，灵沼粼粼；碧水十里，诗意满怀。弯弯曲曲的沣河像一位身形美好的少女，娇俏地行走在广袤的天地间。她一路从秦岭走来，娇羞地走出沣峪口，接受高冠、太平、潏河的滋养，日渐丰盈。到了灵沼，她终于褪去娇羞，大大方方地展现在世人面前。

沣河的水是那样清，清得可以映照出蒹葭的倒影。"蒹葭苍苍，白露为霜。所谓伊人，在水一方。"那河边的伊人，正在临水照影，顾盼生姿，一朵嫩黄的花儿簪于发间。

沣河的水是那样柔，柔得像披在伊人身上的披帛。伊人纤手缠绕着那柔丝，纤足轻晃着那柔波，

在水一方

○ 宋鸿雁

呢喃着："青青子衿，悠悠我心。纵我不往，子宁不嗣音？"

沣河的水是那样静，静得可以听见花鸟鱼虫的对话。沣水之滨的伊人，微闭双目，风儿轻轻吹来，河水潺潺流过，露珠缓缓坠落。"关关雎鸠，在河之洲。"关关和鸣的雎鸠，叫亮了伊人的眼睛，叫醒了伊人的耳朵。

沣水之滨，灵沼之池，水草丰美，白荷初绽。池岸边，蒹葭蒙着雨雾，水枝锦披着紫衣，香蒲草舒展着茎叶，惹人怜爱。横卧于池水中的小舟，相依相伴的水鸟，自在的鱼儿，都让人神往。伊人俏立在池岸旁的柳树下，左手轻托柳梢，右手微微撩起秀发，风儿吹起她的衣裙，似要将那倩影画入灵沼中。

雨不知什么时候停了，灵沼渐渐升起了白雾，真似仙境一般。

池岸的巨石旁，一位老奶奶端坐在小凳上。她枣红色的衣裳虽旧，但洗得很干净，灰白的短发被微风轻轻吹起，额上的抬头纹像沣河的水波，眼角的鱼尾纹就是沣河中的小漩涡了。她的身上有太多沣河的印记，脸上打下太多沣河的烙印。

她两腿交叠，双手环抱右膝，目光静静地望向远方。周围的笑声、语声好似与她无关，她深深地沉浸在自己的世界中。也许她想到了儿时，想到春季吹柳哨，夏季赏荷花，秋季挖莲藕，冬季溜冰河。怎么一转眼就老了？发也白了，面也皱了，背也驼了。时间都去哪儿了？时间长了脚，走在柴米油盐酱醋茶中，走在一日三餐四季更迭里；走在蒹葭苍苍中，走在瓜瓞绵绵里。

我的镜头里有沣水碧波,有灵沼白雾;有柳梢拂水,有白荷争俏;有蒹葭伊人,还有哀哀父母。我悄悄蹲下,将沉静的老奶奶拍到我的镜头中。快门发出的咔嚓声惊醒了她,她微微向右转头,冲着我笑了。

我起身向老奶奶走去,慢慢在她身旁蹲下,将镜头里的照片给她看。她眼角的旋涡更密集了,嘴角的波纹向脸颊荡漾开去,嘴唇都快包不住牙齿了。

"老喽,脸都快成柳树皮了。"老奶奶自嘲着说。

我本能地回应:"不老,年轻着呢。"

我们边翻照片边聊天:"奶奶,你来逛诗经里?"

"逛么,公园建得这么漂亮,不逛它干啥呀!"她笑着回应我。

"奶奶,您是本地人?"我猜测着问她。

"那当然喽!"老奶奶用主人翁般的口吻说道。

"奶奶您是哪个村的?"

"我是斗门冯三村的。"

静了一会儿,老奶奶自言自语道:"想家了,我就来这里转一转,看一看。"

我握住老奶奶的手,想给她一丝安慰。她看着我,眼里有泪花闪烁,皱巴巴的嘴唇动了动,终是什么也没说,只是颤巍巍地抬起另一只手,抹了抹眼睛。

"那您可知道现在这个地方叫啥?"我想考考老奶奶。

"咋不知道!我成天上这儿溜达呢。这是诗经里,我身子背后是灵沼池。我们这地方有沣河。有水的地方就有灵气。我们这地方从周朝开始就有先人生活呢，你们成天念的诗就是从这里来的。"老奶奶打开了话匣子。

"对！好多《诗经》里的诗歌就是从这里来的，所以这里现在叫'诗经里'。"老奶奶很健谈，勾起了我的谈话欲望。

"现在我每天就带带小孙子，跳跳广场舞，逛逛诗经里，日子美着呢！"老奶奶笑着、说着，就像在和我拉家常。

是啊，这里曾经是老奶奶成长生活的地方。她在这里出生，在这里长大，在这里成家，在这里生儿育女。沣河是她的故乡，是她一辈子离不开的根，是她永远的魂。沣河不只是一条绵延的河流，还是《诗经》之河。

灵沼倒映着老奶奶那灰白的短发，身后翠绿的蒹葭映衬着她枣红色的衣裳，微笑的脸庞显现出淡泊宁静的光芒。她就像一尊历经岁月沧桑、经历沣水洗礼的母亲雕像，静静地、微微地笑着，融入灵沼，融入诗经里。

苍翠的南山笑了，奔跑的沣河笑了，静卧的灵沼笑了，滴露的柳梢笑了，掠过的飞鸟笑了，老奶奶笑了，我也笑了。

灵沼池畔的微笑，是最美的生活，更是醉人的诗意。

（原载《陕西日报》2023 年 8 月 10 日）

○杜琛

中秋月圆舞曲

一年一度，月亮如约又圆了。中秋佳节，是先祖们祭拜月亮、庆祝秋粮收获的时候，也是我和家人相约吃月饼的时候，更是千家万户团圆的时候。

每逢中秋月圆，我便会和小伙伴们抬头望月，争相寻找嫦娥、玉兔和正在伐桂的吴刚。在一个中秋之夜，年幼的我与父亲走在夜空下。我问他："为什么月亮一年只圆一次？"父亲告诉我："月亮每个月都圆一次。"我继续刨根问底："那是不是中秋节的月亮最圆？"

随着年纪不断增长，知识日渐丰富，我了解到，有闰月的那年，月亮不止会圆十二次。于我而言，月饼已不再是中秋佳节独有的美食。每当我品尝月饼的时候，想到的也不只是那一轮明月。

中秋之月留给了我们什么呢？随手在搜索引擎上一搜，便找到许多形容月圆的成语和描写月圆的古诗。古人在对待中秋赏月这一习俗上，的确比今人更为执着。我仰望明月，忆起那些诗句，恍惚间，竟不知那明月是古时的玉蟾，还是今日的玉盘？

月是故乡明。已经不记得二十年前外地的中秋之月和故乡的月亮哪个更圆，更不记得忙碌学业的我是否曾经在那一夜抬头望过天。只记得我会时不时地在深夜与远在大洋彼岸的父母打电话，虽然没有明确表达我对故乡与家人的思念，思念却如那一轮明月，圆了又圆。

人们常说"十五的月亮十六圆"，实际上月亮天天都是圆的。有心便会时时月圆，有情便会常常月满。中秋月圆已化作一种精神符号、一种怀古情思、一种心灵追忆、一种未来期许。普天之下，人们共赏一轮圆月。让我们与月宫中的嫦娥、漂泊在外的游子、未能团聚的亲友，带着无尽的情愫，一起跳一曲中秋月之圆舞曲！

（原载《陕西日报》2023 年 9 月 29 日）

○ 刘明

小城的冬天

冬至过后，这座灵动小城，才算真正地迎来了冬天。

清晨，南山多雾。黎明在鸡鸣狗叫声中醒了，田间的油菜和麦苗沾满了隔夜的霜。背书包上学的孩子们边走边聊天，路边卖豆浆的小店冒着热气，包子铺前围了一堆人。小城的冬天不算冷，城乡融合的小城不大，一年四季的早餐有芝麻馍夹菜、夹肉、夹麻辣烫、馄饨、豆腐脑、油条，还有油饼、酸菜拌汤、热面皮，品种不多，可是人们似乎早已喜欢上了这烟火的味道。

穿过中心大街，就可以感受到城市新区的风貌，生命力旺盛，青春气息永驻，朝气、灵动、年轻，风华倾城。待雾气散去，一眼可以望见月河，《水经注》中称"月河"为"月谷川"。东临恒水，南带月谷，倚巴山，靠秦岭，东西为横，南北为纵，恒河甘泉流入月河入口成为汉江的支流，这里因此得名衡口。河面不宽，水流很缓，沙中有金，水中有鱼。冬天的水也没有刺骨寒冷的感觉，水是温的，因为境内的地下温泉资源还身在闺中未开发。晌午的暖阳下，三五个乡村媳妇在河边洗衣服，笑声、水声老远就能听见。

诗人海子说："你来人间一趟，你要看看太阳！"

你要看南山远黛，暮染烟岚，轻拂云衣，水天一色；你要看雨帽听泉，山静林幽，微雨打荷，清风呢喃；你要看岭南竹海，层林叠翠，醉酒赏雪，时闻折竹；你要看千年古镇，二水交流，三渠沥润，千耦耘苗，天阔地远，纵横简洁，吞吐四方；你要看越岭遗风，连蜀通汉，雄关险道，月川沃野；你要看西部秦淮，陕南小院，火龙传承，烟火人间。

如果夏天热情、秋天成熟，那么冬天，则安静多了。

天一冷，人就懒。不愿出门运动，比起夏日的清晨，街上直到"进九"以后，人才逐渐多了起来。今年办年货似乎比往年早了些，改造后的中心大街，空中蜘蛛网般的电线没有了，沐着暖暖的阳光，每个人的脸上都洋溢着满足的笑容，忘记了这是寒冷的冬天。

小城不冷，但每年冬天还是会下雪。一场雪，就是大自然馈赠给"安康西市·灵动恒口"的一份礼物，大家忘了寒冷，瞬间变成了一群孩子。每逢大雪过后，上大东山望河垭去看雪，早已成了这座小城人们的保留节目。凤凰山下，银装素裹，分外妖娆。大人孩子纷纷出战，堆雪人、打雪仗，人们都沉浸在喜悦之中。老人们会说"瑞雪兆丰年"，来年庄稼的收成一定会好的；壮年的汉子则早已对"绿蚁新醅酒，红泥小火炉"向往不已，"晚来天欲雪，能饮一杯无"，此时的黄酒是他们的最爱。

这雪来得快，消得也快，天一放晴，空气则显得愈发清新，天空亦更蓝。

以过年的名义回到家乡的小城，那里是心灵栖息的地方。家人闲坐，围炉烤火拉家常。此时可以不慌不忙，享受冬日的好时光，品茗、聊天、晒太阳，回忆往年的冬天，还有那讲了一遍又一遍的陈年旧事，边听边打盹儿。不知不觉中，小猫呼噜噜睡着了，大黄狗也趴在地上懒洋洋地眯着眼睛感受阳光的味道。

老舍先生曾说过："一个老城，有山有水，全在天底下晒着阳光，暖和安适地睡着，只等春风来把它们唤醒，这是不是个理想的境界？"

灵动的城，这就是小城的冬天，飒爽的冬日。

（原载《安康日报》2024 年 1 月 26 日）

汉江是长江最大的支流，发源于汉中市宁强县的番冢山，自西向东而流，在安康绕城而过，绕出一派江南水色，滋润着风光旖旎的安康山城。

汉江水色秀，她从崇山峻岭而来，出了谷，流淌到汉江三桥开始变得平缓，江面宽阔，烟波浩渺，水流平静，倒影重叠。若是清晨走江堤，别有情趣！江北，卧在翠林中的安康博物馆、安澜楼和西城阁上缠绕着淡淡云霞；江南，龙舟文化园、汉江公园和江滩运动公园也被轻纱笼罩，黄鹂、斑鸠、喜鹊的叫声从树林中传出来，给汉江平添了宁静的美。

清晨的汉江如同一位披着面纱的女郎，朦胧柔美，如梦似幻，神秘温婉，时隐时现，倩影如画。汉江是安康人的母亲河，滋养着安康的大地，哺育着安康的儿女。生活在安康城的男男女女、老老少少，沐浴着奶酪般的晨雾，在美丽的汉江河畔锻炼，有的跳广场舞，有的健步走，有的打太极拳，有的唱歌，有的舞剑……尽情享受着这安适惬意的美好时光。

一年四季，汉水轻轻地吻过宽阔的河床，两岸的几座高楼、各具特色的跨江大桥与云霞一起倒映在水中，宛若蓬莱仙境。堤边百花绽放，百鸟争鸣，江畔公园里的一石一草一木一花都是精心设计的，每一处都是艺术的造化，每一处都独具神韵。

亲水广场沿江而建，以堤造园，堤园一体，相得益彰，临江观景，心旷神怡。春日，樱花绽放，花团锦簇；夏日，凉风习习，空气湿润，绿草茵茵，蒹葭丛生，随风起舞，竹舞剑叶，脆声微响；秋日，飞鸟划空，林亭尽染，碧波晶亮，雁起沙洲。江堤将水陆切割开来，也因此成就了这里美丽而诱人的风景。

站立江堤之上，汉江与滨江公园尽收眼底。黄昏时分，斜阳余晖洒在那一排排香樟、垂柳和桂花树上，翠叶摇曳，清影婆娑，构成一幅静谧安详的画面。夜幕降临，华灯初上，江面灯光璀璨，水光潋滟，交相辉映，恍若梦境。大桥将这汉江水截成两段，一段静静流淌，另一段在市民的酣梦里等待着黎明。

每天早晚，亲水广场人头攒动，热闹非凡。有的舞步翩翩，有的健步如飞，有的在秋千上荡荡悠悠，有的在健身器材上大显身手。迎面遇见了邻居王大哥，他年逾七十，身板硬朗，精神矍铄，我们边走边谈，他不无感慨地说："过去一黑天，就躲在屋里，不是打麻将就是喝酒闲扯，没有散心的地方，这下可好啦，一到晚饭后，就想来沿江公园逛一逛，既锻炼了身体，又愉悦了心情，改善了睡眠。"与我挥手告别后，他迈开大步继续健身去了。

"春山多胜事，赏玩夜忘归。掬水月在手，弄花香满衣。"皎洁的月光从灰蓝的夜空洒向江面，远处霓虹灯变幻的四桥倒映在江面上，形成了几道圆形拱门，又像几轮圆月，流光溢彩，如梦似幻。我目不转睛地望着汉江上的明月，不觉陶醉其中。

滨江公园最具有魅力的场所当数西城阁美食街，书画展览、安康毛绒主题展览和美食文化一条街让这里变得如淄博一样充满烟火气，每日游人如织，熙熙攘攘。

浓浓的夜色掩不住游人艳丽的服饰，也挡不住美食的诱惑。第八届安康富硒美食节在汉城国际商业街开幕，美味珍馐散发着香辣气味，各种风味小吃令人垂涎欲滴，商业街二三楼坐满了神采飞扬的年轻男女。把酒临风，和着清流涛声，小酌一杯，江畔的夜色无比温馨；或品一盏香茗，品尝一回日子的醇香。夜深了，游人渐渐散去。月光像朦胧的银纱织出的雾一样，罩在树叶上、廊柱上、靠椅的扶手上，人的脸上闪现出一种庄严而圣洁的光。

天南地北来安康的人，早晨都喜欢来汉江边坐坐，凝望清幽的汉江水，听听安康当地歌唱家周发猛高音唱响的歌曲《幸福安康》，听听江边洗衣的安康女子砰砰的棒槌声，看看烟波浩渺的江面上飞翔的各种水鸟，内心就变得宁静了。北方来的客人很少看过这么干净清亮的江水，也会对着汉江激动地吼上几嗓子。外地的游客脱了鞋，下了水，一边撩拨着江水，一边欣赏汉江女子洗衣。一位羞涩的女子，砸重了棒槌，惊动了沙洲上的一群水鸟，它们朝汉江的上游飞去，那里有一片柳树林，是它们繁衍生息的地方。驻足凝望，用心感受，任心自由飘飞在这宁静的汉江夜色里。

面对宽阔的汉江，人显得如此渺小。此刻，在汉江边上，放下所有的负累烦恼，浑然忘我，你是属于你自己的，以最真实的样子，笑看人生。你多么想变成汉江的一分子，化作一朵浪花，随波跳跃。此刻你醉了，醉在一江两岸边，醉在诗情画意中，醉在灯火阑珊处。

汉水也养育了强悍的安康汉子，虎背熊腰的汉子办事果断，敢闯南北。每年一度的汉江龙舟节上，汉子们勇立潮头，尽显风流。端午节比赛这天，汉江两岸人山人海，彩旗飘飞，万头攒动。看台上，观众们引颈张望，等待观看龙舟竞发的盛况。汉江一桥下面，但见二十几个龙舟代表队一字排开，蓄势待发。发令枪一响，百舸争流，一艘艘龙舟箭一般朝着上游冲去。龙舟上，领队的摇旗呐喊，鼓舞斗志；击鼓的鼓声如雷，振奋人心；敲锣的锣声阵阵，回荡在汉江两岸。十六名桨手排在龙舟两边，汉子们齐心协力，激流勇进。此时，一江两岸，七彩烟花升腾，把汉江装扮得五彩斑斓。游客们纷纷拿起手机或相机抢抓镜头，把精彩的瞬间记录下来。

快到终点了，锣鼓声更急，呐喊声更猛……最为壮观的是抢鸭子和捉鲤鱼。二十几条龙舟，分布在汉江四周，汉江中间是两艘载着绿头鸭子和鲤鱼的船，一声令下，鸭子、鲤鱼被投进汉江，二十几条龙舟一齐追赶鸭子和鲤鱼。惊慌失措的鸭子，朝左朝右朝上朝下拼命游去，龙舟就向左向右向上向下追去，鼓声、锣声、呐喊声汇聚在一起，闹翻了汉江。就要追到鸭子了，水手们扑通扑通跳进汉江抓鸭子，泅进水里捉鲤鱼，捉到了，又游回龙舟递给队员。有时候几条龙舟哄抢一只鸭子，龙舟撞在一起，又奋力转开。如今，中国安康文化龙舟节已成功举办了二十一届，安康的汉子们为省内外游客展示了安康博大精深的汉水文化。

汉江的夜色最美！游船如织，灯光闪烁，从一桥到三桥逆流而上，再从三桥顺流而下。游客们立在船头，看两岸江景，沐徐徐凉风，马达声声，波澜不惊，外地游客兴奋地唱起山歌，惹得开船的汉子也对起了山歌，一唱一和，逗笑了一船人。

安康汉水居，城因汉水而秀丽，汉水因山城而灵动。勤劳善良的安康人，为了一江清水供京津，像保护眼睛一样保护着汉江，让她造福着一方百姓。

（原载《陕西日报》2023 年 7 月 13 日）

登上烂漫春天的山岭，俯瞰群山环抱中碧波荡漾的瀛湖，大自然赋予安康的春水之绿，使人怡情养性。

春天的瀛湖，因常受雨水滋润与河流增溢，碧绿中泛着微微的牛奶白色，湖水上的光波，像是翡翠上的光泽，也仿若丝绸一般有着淡淡的层次，起风时，吹皱一湖春水，漾起粼粼波光，温情脉脉。春天的瀛湖，没有洞庭湖的波涛浩渺、水天一色，也没有喀纳斯湖的冷静淡泊、神秘莫测，瀛湖仿佛一位不谙世事的少女，显得有一点拙朴。

瀛湖位于安康市西南处，虽不是天然湖泊，但形成她的汉江却有着悠久的历史。人们在汉江上修筑水电站大坝时提升了水位，使一些山头变成岛屿，形成一派"高峡出平湖"的湖光山色。瀛湖行分洪、发电、灌溉之利，建成的电站大坝有"陕西第一坝"的美称。坝中雄踞的火山岩气势雄伟，夏季泄洪时地动山摇、雷霆万钧，让人顿生万丈豪情；坝上瀛湖湖光潋滟，游船如织，景点、民宿、农家乐充满欢声笑语。春秋在此赏景，盛夏在此纳凉，冬日在此踏雪寻梅，样样都令人向往。

春日里人们喜欢相约外出，寻景怡情，瀛湖就成为安康乃至省城人争相前往的一个去处，而我想描述一下，瀛湖春天里那些岸上的花。

野桃花、樱花和杏花是春天湖岸最早盛开的花，当它们盛开的时候，一片片淡粉色如锦似霞，映衬着碧绿湖水，传递着温暖的讯息。接下来的油菜花有些霸道，灿烂的金黄色铺满大地，大面积的黄与大面积深深浅浅的绿让大地变得绚烂无比，仿佛有一些美好的事情将要发生！甚至在夜晚，不小心路过丛丛盛开的花，便想起川端康成的名句"凌晨四点醒来，发现海棠花未眠"。春天的花总是无怨无悔地陪伴着我们。

坐小船悠然行进在碧波之上，当然不只是欣赏花，还能获得众多小确幸：船行进时激起的朵朵浪花，带来清新的气息；青草茂密的湖岸隐隐露出凫水的水鸟、野鸭的小脑袋，一受到惊吓，那些鸟儿立刻飞出去老远；波浪下面有很多鱼，偶尔可见深深潜藏在湖底的大鱼的神秘踪影，那些浪里白条般的小鱼欢快地在船周围倏忽来去。

山回水转，步移景动。瀛湖湖面宽阔，岛屿星罗棋布。瀛湖中心景区翠屏岛从空中俯览犹如孔雀开屏，因此人们称之为"翠屏"。金螺岛以螺峰塔为标志性建筑，以厅院亭廊为主体，构成清雅的苏州园林景观。金螺、翠屏等岛屿宛如翡翠上点缀的明珠，精巧别致的亭台楼阁、殿堂廊榭精致风雅，一株芭蕉、一格花窗、一块山石都体现出诗情画意，让人不禁感叹瀛湖虽地处秦地，却有江南十里的风韵。

靠临登岸，如果流连于码头之外的自然沙洲，便可感受细腻沙洲的柔软。与湖岸相连转个弯就是柳暗花明，这样的江村小景不由得让人掉入"桑叶隐村户，芦花映钓船"的静谧中去。沿坡而上，林木叠叠，鸟声啾啾，蔚然深秀，竹林中隐隐藏着白墙红瓦的农家，在高高悬挂的大红灯笼的映衬下，甚有秦巴之风。

因着秦岭的眷顾，安康气候湿润、雨量充沛，随着季节的变换，瀛湖的许多水果会依次成熟。红艳艳的樱桃、金黄的枇杷、紫红的杨梅、碧绿的李子、黄澄澄的柑橘，在不同季节，呈现出笑脸。湖岸四处生长着绿竹，竹子从茎到叶都嫩嫩的，远远望去连缀成片，湖风拂过，竹林翻涌着墨绿色、青绿色、嫩黄色的浪，一层又一层，涌向远方。

经过数十年打造，瀛湖已成为安康著名景区。近年，在陕旅集团安文旅公司的打造下，瀛湖旅游持续升级，形成了旅游标准化服务体系，安全、时尚、丰富。

在乡村振兴政策的持续推动下，瀛湖及周边形成了各种田园综合体，农产品研发、高端民宿、瀛硒岩茶的种植与开发等产业不断发展。

有人将瀛湖称为"西部千岛湖"，有人一直推崇"画里瀛湖，梦里水乡"，无论如何，拥有多面风光的瀛湖，以她的湖光山色，温柔地滋润着每一个踏足与凝望她的人的心灵。

（原载《安康日报》2023 年 4 月 19 日）

老姨从不会错过每一次赶集。与常人不同的是，她来集市，只为拾些便宜。街镇上总有老姨穿梭的影子，她似乎已成了整条街的"公众人物"。

按说，老姨月月享有国家补贴的养老金，日子也不至于过得如此窘迫，可她总是舍不得花钱。她常说，有钱了，也不能乱花，得攒着，往后的日子还长着呢。鲁迅先生在小说《伤逝》中写道："人必生活着，爱才有所附丽。"对于老姨，是先活着，其余的事再说。迫于生计，蔬菜区成了老姨经常光顾的地方。其实，捡菜叶的事只是偶有发生。集会刚开始那会儿，是没菜叶可捡的，往往是集会将散时，一些商贩急于处理掉不耐放的蔬菜，便吆喝着让利销售。老姨是最能把握时机的，若运气好，有时几块钱便可购得一大包菜，足以对付些时日；但若遇上天旱、蔬菜短缺，就只能靠捡了。

老姨是外婆姊妹几个当中最为苦命的一个，她身材矮小，脚板大，长相也不吸引人，一辈子没当过母亲，自视低人几等。自幼未习得养家本领，加之命运多舛，用他人的话来评价老姨，便是"人不能行"。老姨父倒是待她不薄，可惜过早地命归黄泉了。

早年，老姨将先头儿（老姨父和前妻的儿子）视如己出，百般呵护。老姨年老后，先头儿把她安顿在几间厦房里，水电倒也齐全，只是偌大一个院落里，只有几棵参天的桐树终日陪伴着老姨踽踽独行，她的身影愈显得可怜。

母亲倒是从未嫌弃过她这个"不能行"的姨。一年中，母亲总要看望老姨五六回，不是送菜送油，就是洒扫庭除，偶尔也会给老姨留一些零花钱。一开始，老姨是不肯收的。有一年腊月，母亲让我给老姨送一些新蒸的年馍，我带着豆沙包、菜包子和馒头来到老姨村里。见到老姨时，她正半跪在炕上往墙上贴年画，喘着粗气，显得颇有些吃力。我要上前帮忙，她说不用。快过年了，家总得有个过年的样子，老姨说。我问她光线这么暗，为啥不开灯。她说再暗也是白天，电得节约着用。忽然，我听见她的柜子背后发出沙沙的响声，我刚要挪开柜子，老姨拦住了。她说，不用看，是老鼠，是她的伴儿，有时半夜醒来，老鼠一响动，她就知道自己还活着。我"哦"了一声，不再说话。临走时，我照例把两百块钱塞到老姨手里，让她置办点年货。这些事情，以前只有我和母亲知道。

我很小的时候，老姨总夸我乖，说我老气，我问她"老气"是啥意思，她没有读过书，自然不好回答。老姨见我话多，又开玩笑似的问我是哪里来的孩子，这么多话！我风趣地回答：话（华）山来的！她听后更是笑得合不拢嘴。可能是因为老姨无儿无女吧，她格外爱我。老姨每年都要从她娘家不辞劳苦地背回一些柿饼、柿皮给我吃，她不会骑自行车，来回百十里的山路，全仰仗她的两只大脚片子。母亲担心我吃多了柿皮会咳嗽，巧妙地把柿皮藏起来，可无论藏至何处，都会被我灵敏的鼻子嗅到，只是不敢光明正大地吃罢了。柿皮，是我童年的一道美味。

一次，我姐自城中返家，在镇上碰见了老姨，当时老姨手里攥着几片捡来的白菜帮子。姐姐随即给老姨买了一大包菜，还往老姨爬满老茧的手里塞了些钱。越是可怜的人，越要对他们好些，母亲平日里是这么教育我们的。

和我相差九岁的妹妹嫁给了镇上一户做生意的人家。结婚那天，正好是集会的日子，街道上人山人海，好不热闹。而这次，母亲并没有告知她的几个姨。街上几个认识老姨的人说，那天老姨没有捡菜叶，而是刻意将自己拾掇了一番，从头到脚穿戴一新，一大早就兴高采烈地守在响喇叭、贴对联的新郎家门口了。太阳西斜，眼瞅着婚宴结束了，老姨才默默离开。在拥挤的人群中，她当了一回看客。

后来，老姨极少出现在街上了，时间使老姨变得更加枯萎了。

二〇一七年夏天，天气酷热，母亲骑电动车去看老姨。她还是像往常一样，坐在门口，只是不停地感慨天真热。母亲将老姨的厨房、房子一一打扫了，给老姨的炕上铺了新买的凉席，叮嘱老姨天气热，别乱跑，生活上需要什么尽管说一声。老姨不疾不徐地说，亲戚们都能看见（照顾）她，孙女娜娜更是听话，很孝顺，从没空着手回来过。看到老姨无恙，母亲放心地回家了。

隔了一天，吃早饭时，母亲隐约听见门口有人询问她的名字，说是报丧的。母亲放下碗筷，慌乱中跑出去探个明白。获悉老姨的消息后，母亲一时间哽咽难鸣，像失了魂。

老姨死了，热死了！

听邻居一位老人讲，那天中午，老姨抱了柴火打算做饭，走到门口时突然跌倒了，被人发现时，已没了呼吸。哎，可怜的人！苦命的人！为了一台七十块钱的风扇，往镇上跑了三趟，搞了几次价，都没舍得买。你说，这人脑子是咋想的？这么热的天，咋能连个风扇都没有！走了也罢，活着，对她来说太痛苦！

母亲已泣不成声，她的悲恸一半源于老姨的死，一半源于自己。

埋葬完老姨，先头儿收拾老姨床铺时，在褥子底下意外发现一沓钱，崭新崭新的，数了数，有一千多。

（原载《文化艺术报》2023 年 7 月 7 日）

村子拆迁后，安置楼就规划在村东的地里，包括了我们组的责任田。开挖地基时，却因发现多处水井、陶窑、灰坑等遗迹而停工。经过一番考古发掘，该遗址被确定为项羽所封的雍王章邯的都城废丘。这是迄今为止在渭河以南发现的最大规模的秦人城市遗址。

为此，我们的安置楼向西移了数百米，在建的高架地铁线路也做了适度调整，甚至我们组村民的祖坟都迁移了。

回到老家时，我专门去看废丘遗址，其实就是小时候玩耍过的地方。现在盖着绿网，揭开几块盖板，我看到了四五处古井。古井是圆形的，大圆套着小圆，大圆直径约一米，有一米深，下方是小圆，直径约半米，有三四米深，井圈箍着古代的砖瓦。

那是两千多年前废丘城军民的吃水井啊！刘邦还定三秦的最后一役，久围废丘而攻打不下，这些水井应该起到了很大的作用。

作为农业文明传统深厚的国家，中国人凿井的历史极为悠久，远古民谣《击壤歌》描写的就是上古唐尧时代农人的生活："日出而作，日入而息。凿井而饮，耕田而食。帝力于我何有哉！"中国人对井的感情极为深厚，有水井处自然就有人聚居，同饮一井水自然是亲切的乡党。王府井、甜水井等很多地方即以井而名。远离家乡在外谋生就叫"背井离乡"，游子走得再远，也难忘家乡那口井里的水的味道。宋人也用"有井水处皆能歌柳词"这句话，极言柳永词流行之广。我小时候有一部很火的电视剧，名字就叫《辘轳·女人和井》，在当时引起较大反响，妇女摇着辘轳在井边打水，这是农村生活中常见的典型画面。

即便到了二十世纪六七十年代，关中平原的农村人吃水依然是凿井而饮。

据爸爸讲，那时全村几百口人也只有三四口水井。那会儿家里兄弟姐妹众多，爸爸作为长子，经常要去二三百米外田里的大口井挑水。大口井是椭圆形的，约有一丈宽，两头各支一个辘轳，平时主要用于人力挑水浇地。村里自古以来便是人力灌溉农田，直到二十世纪七十年代才改用水车拉水浇地。

1968年那年，爸爸初三毕业，作为那个时代的"小三届"，已经无学可上，只好回到家里，有了时间，就和二弟一商量，与其跑那么远打水，不如就在自家院子里凿一口井。于是两人就开始挖井，也是上头大圆，下面小圆，边往下挖还要边用砖衬砌井壁（那时物资不流通，很难买到砖瓦），一直干了十几天，挖到五六米深的时候终于见到地下水了。做辘轳对木匠之家来说是轻而易举的事，支上了辘轳，绑好了井绳、水桶，就打上来了甘甜的井水，再也不用跑到村外打水了。于是，至少两条街的人都来我家的大老屋打水了。在近乎集体生活的公社时期，家里人来人往也没有什么影响，大家都是一样穷，一样淳朴，谁会讲究什么隐私呢？打水人多的时候，大家会自觉排队，亲切地聊着天，从来不会争抢或争吵。至于什么吃水不忘挖井人，连挖井人自己都觉得这是很小的事，方便自己，方便大家，根本毫无必要惦记这些。

老家的这口井一直用了十几年，后来因为水位下降导致井浅了，加上机井时代来临，村里的机井多了，老井于是就废弃了，最后平填了事。如果考古挖出这口井来，除了时间相差两千多年外，其他无论是形状还是深度，恐怕和废丘城的水井也没有多大的差别吧？其实，我在博物馆里看到秦代人的很多农用铁具，和我小时候的也没有多大的分别。农业社会，时间似乎流淌得很慢很慢，感觉只是生活在这里的人的面貌一茬茬在变而已。

1979 年分家后，父母搬到了二老屋，我就是这一年出生在这个家的。吾生也晚，没有见过大老屋的老井和辘轳。这个家盖好后，也要先打井，不过已不需要亲自挖了，那是村里打井专业户的工作，他们一般两三个人一起打井，主要用机械来完成。当时地下水位低，要打十几米深才能打出水。水井是手压井，用的是气压和杠杆原理，省力了许多。井口极小，又有橡胶活塞隔离空气，几乎连一根针都掉不下去，也安全了很多。于是几乎每家都开始用手压井了。

我上小学一年级时，同组有个村民因为急着结婚，觉得盖新房太慢，花钱也多，于是花了八百元买了我家的二老屋，把分给他的新庄基交换给了我家。我总算见证了三老屋从无到有的建设过程，也见到机械打井的全过程，并不像想象中那么容易。当然打的还是手压井，只不过要打二十多米深才能出水。记得当时打井人加上围观的人，站满了小小的院子，水终于打出来时，地上一片泥泞，但大家都一片欢呼。

手压井方便好用，也是我童年和少年时期最常用的取水方式。有一次做饭时，家里的手压井坏了，妈妈束手无策。爸爸在西安上班，只有周末才回家，作为家里的男子汉，我自告奋勇，学着以前见过的打井人修井的样子，拆掉手柄上的螺栓，提起活塞轴往下碰，碰着碰着居然连接上了。等到压出了水，妈妈惊喜得对我刮目相看，其实我知道自己只是歪打正着，但还是很高兴。

有一年夏天遇到干旱天气，水位下降严重，全村的手压井都压不出水了。村里人要走一两里路到田里的高灌井或小灌井（二十世纪七十年代用机械方式挖的深井）打水，我和姐姐扛着棍、提着桶，也跟在打水的人群里。当时灌溉浇地已有了水泵抽水，有电的时候还可以在水管接水，停电时只能摇着井上架的辘轳打水。而为了保城市用电，夏天农村停电很频繁。此前我只在学校里摇过辘轳，看着小口的深井已经有些害怕，何况是灌溉用的深机井，印象中又宽又深，我都不敢看桶到了水面没有。当你凝视深渊时，深渊也在凝视着你，真是那样的感觉。

按理说，水井是乡情的象征，水井的味道是令人难忘的味道，故乡的水井应该充满了美好的回忆。这些美好当然是有的，可我也无法回避一些数据和事实。据地方志书记载，二十世纪八十年代老家附近曾抽样检验水质，水质不合格比率相当高（特别是土井），氟含量普遍超标，这也是不少家乡人牙齿偏黄的原因，有个专业术语就叫氟斑牙。

我十五岁时去外地上学，十八岁时家里搬到了西安北郊，从此离开了家乡，喝上了自来水。虽然从小不喝生水，也不知道水的味道有无变化，但可以肯定的是，自来水是达标的饮用水。而村里的生活也在进步着，家家安装了水龙头，不少人家里还装了净水器。

家乡的水井，有时也让我感到害怕，甚至恐惧。小学校园里有一口水井，每次轮到我们班打扫卫生，要去打水时，我看到又低矮又光滑的井沿，都有点望而却步。

水井养活了很多人，但偶尔也会溺死人。还是我村那眼高灌井，有一年发生了轰动一时的情杀案，外村一位女子被情夫推到井里淹死了，尸体捞上来时，村人成群结队地去看，我也去了，却自始至终没敢看一眼。我的小学同班同学，就是买了我家二老屋的村民的弟弟，他大我三岁，六年级便辍学了。因为家里穷，不曾买过一件新衣，没有吃过一顿米饭，因为自卑，在田里瓜棚看瓜的一天晚上，他跳进了田边的水井里。那是一个万物生长、百花开放的春天，十六岁的花季，就这样戛然而止。这件事对我震动很大，由此我对水井更是多了一份恐惧。

看史书我们知道，战乱之时，弱势群体在走投无路之下，多选择跳井，而杀人者也多把尸体投入井中。大难后必有瘟疫，井水受到腐败的尸体的污染。看到一些村史的记载，清同治年间关中大地出现战乱，多少被攻破的村庄如此。两千多年前，刘邦围困章邯于废丘城时恐怕亦如此，待刘邦引水灌倒城墙，攻入城中后，我所看到的那些水井，恐怕也已经堵塞了。

当然这些是历史、社会、时代或个人的原因，水井本身并无过错。

随着社会发展的加快，很多村子包括我的老家已被拆迁，没拆迁的也有一些成了空心村。很多人感叹农村的凋敝，感叹利益面前农村人不再淳朴，怀念从前农业时代质朴的乡情。我又何尝没有过这种想法呢？可是，我也知道当时的城乡差别有多么巨大，多少人想跳出农门只恨途径太少；知道工业时代和信息时代对农人特别是女性的解放有多大，人的自由选择余地因此而更多，人的寿命因此而更长。仅从吃水的角度看，不管是自凿的土井，还是机械的手压井、灌溉机井，其实都有污染，甚至越早的污染反而越大。还是自来水公司送的水更安全，这是毋庸置疑的。

我常觉得，父辈与我们，可能是有史以来经历最多的两代人。从两千年来都沿用着类似的耕作器具、凿井方式，到步入工业化、信息化阶段，只用了短短几十年光阴，速度快得让人难免有些不踏实，需要等一等心灵的脚步，需要安抚一下不安的灵魂。因此，对以前平静甚至停滞的生活产生怀念也是情有可原的，所谓时光不老，岁月静好。或许是岁月淡化了曾经的艰难与不公，只留下了美丽的乡愁。

静有停滞的问题，动有让人眩晕的问题。有没有一种办法，让我们在动中体味静的美好?

疫情让人心神不定的时候，文章写到心力交瘁的时候，忽然想到那首《击壤歌》："凿井而饮，耕田而食。帝力于我何有哉！"想起贾岛的《戏赠友人》，道出了多少写作者的苦辛："一日不作诗，心源如废井。笔砚为辘轳，吟咏作縻绠。朝来重汲引，依旧得清冷。书赠同怀人，词中多苦辛。"想起家乡那些波澜不惊、润物细无声的水井，现在变成了更深的地热井，冬天给乡亲们供应暖气，带来温暖……

（原载《秦岭》2023 年第 3 期）

在终南山脚下有一个属于自己的院子，与青山绿水为邻，与清风明月为伴，不觉已四年了。

这个地方叫凤翔沟，传说是凤凰飞过的地方，后山有凤凰庙遗址，因此我们把这座山又叫凤凰山。

村子就坐落在山的环抱中，掩映在林子里，院子就在村子中央。

这是一座废弃的旧宅子，因为注入了我的灵魂，老宅似乎也有了灵性，涅槃成了一座美丽的小院。每每走入院子，隐约会感受到一束光，始终温暖而和煦地照着我。

院子成了我生命的一部分，几乎每个周日我都会如约而至。踏入院子的瞬间，我就感觉自己与红尘脱离了，也只有院子才是我真正的世界。在院子里，大脑不再思考，红尘中的事情，都想不起来了，心真的空空如也了，只想发呆、喝茶、弹琴，感受这里的一缕清风，静赏蔷薇的花开花落，蹲下来打理这里的一草一木，那种欢喜、自在、宁静，仿佛踏入了另一个维度，无法言喻……

好的环境是劳作的结果，在家里可以说我什么都不用干，但在这里，我是欢喜的，愿意去干，从室内的桌子、地面到室外的青石小径全部打扫一遍，不知不觉一个小时就过去了，但从不觉得累，可能是心里什么也没有想的缘故，也或许是骨子里的欢喜让我有了一种力量。在城市里大脑从未停止过运转，精气持续耗散，而在这里，收拾完的小院显得格外清新舒爽，我也如同竹枝上欢快的鸟儿。

中午在院子里简单地做点饭，带的都是半成品，简单而营养，主要是不浪费时间，我想把更多的时间留下来感受这里的清风、草木、阳光，安静地喝茶，安静地午睡。

院子里不仅有很多书，还有画案，可以读书，可以写字。清风可以替我翻书，猫儿可以替我研墨………

下午三点到四点，我的两个学古琴的学生就来了，侯姐姐右手弹得好，任姐姐左手弹得好，两人合起来那真的是完美。我给她俩说，古琴是用心灵来弹奏的，习琴就是练心，修一颗放松、自然、宁静、平和的心，以琴入道，并非一味地学习曲子。初期是为学日增，需大量练习，之后领悟到精髓要损之又损以至于无为，无弦琴依然可抚，若心自适，无弦也可，要能在喧嚣尘世中弹出平和高远的意境，这才是习琴的目的。

上课时间四十分钟，很快就过去了，我下课了，她们俩继续练习……

师姐小飞龙在院子喝茶发呆，等着我下课，下了课我又成了学生，师姐给我讲《易经》。

我和师姐师从台湾孔子学院院长孔维勤教授学习传统文化，平时师父不在就由师姐讲，师姐讲起来滔滔不绝。明年是九紫离火大运，离火在先天八卦中对应的是乾卦，代表天，寓示刚健；在后天八卦中对应离卦，代表中女，寓意文明。两个卦象合起来是天火同人卦，表示人要有大局观，同心同德、同心协力，不能自私自利。这个卦还表示中年女性将占主导地位。师姐耐心地讲，我认真地听。

我突然想到去年某月梦中飘来的四个字：顺徐紫炳。大多数人还不知道，为何是紫炳而不是紫火二字，后来才知道火有甲乙丙丁四火，丙火是纯阳之火，象征着太阳之火，照亮温暖众生。或许紫炳更为完美吧，想想梦中的这个事情也是很神奇的。

院子平时文人墨客来访较多，或许他们都爱寄情于山水，或许他们是带着对书院的敬意与好奇，书院不仅有埙箫古琴、袅袅茶香，还有诗词歌赋，涤荡了每一位探访者的心灵。

夕阳西斜，余晖洒满小院，这是小院最安静的时候，这时候我会静静地为自己抚琴，抑或带上我的爱箫去爬爬后山。后山有一大片杨树林，每个季节绿得都不一样，先是鹅黄，再是嫩绿，后是翠绿、黛绿、墨绿，再到最后成晦绿，直至变黄无光，像极了人的一生。

下雪下雨的时候更是另一种美，我会坐在玻璃房里，弹着琴凭窗眺望。外面的竹子随风自在摇曳，这时的院子静谧而又安详，于是我拨动了心底最柔软的那一根弦，声音仿佛从遥远的时空穿梭而来，若有若无，如丝如缕。

我的世界包含很多内容，在城市里奔走于尘土间为谋生计；在口腔专业里，我力争做一个技术精湛、医德高尚的牙科医生；而在院子里我什么都不想，只想我的古琴、我的箫，感受这随风飘来的空气的芳香……

这就是我的院子，我就这样静默地爱着它。

爱着这里的风，这里的竹，以及这里的空气中弥漫着的青草味道。

沉香行囊，共赴佳约，我在书院等风也等你。

（原载《文化艺术报》2023 年 2 月 2 日）

站在莲宝叶则之峰放声唱

○ 王玉峰

莲宝叶则是一个充满神秘色彩的地方，它有着令人惊叹的自然风光，有着令人心旷神怡的景色。在这里，我感受到了大自然的力量和美丽。我想唱出我的内心感受，我想唱出我对大自然的敬畏和感激。我想让全世界都知道，这个美丽的地方有多么神奇和美丽。

站在尊严的莲宝叶则放声唱，唱出心中的希望与豪情。让我们以莲宝叶则为基石，踏上辉煌的征途，走向光明的未来。

——题记

从四川省阿坝藏族羌族自治州红原县出发到莲宝叶则，导航显示142.5公里，全程3小时20分。我们这车五人主要由陕西省散文学会创联部长孙亚玲负责，为了这次甘南采风，她可是豁出去了，提了一台七座的新车供大家出行。车上除孙小群老师不会开车外，伍宏贤、田丽娜、孙亚玲和我四人都已经有20多年的驾龄了。

为了照顾女士，我和伍宏贤商量上午我开，下午他开。这样一来，路上显得非常轻松，大家精神头十足，一路有说有笑，有歌有唱。以陕北民歌《泪蛋蛋掉在酒杯杯里》《桃花开了等你来》等为主的百十首情歌，一首接一首地唱着，天上下着小雨，有点冷，但这并没有妨碍车里高涨的热情，大家兴奋地向神圣而不可侵犯的莲宝叶则出发。

　　导航的路线是国道，多处路段维护施工，路面大多坑坑洼洼。出了县城约 40 分钟，小群老师告诉我有能方便的地方停下车，我说知道了。可过了一个多小时，才看见路边有几排彩钢瓦房的公路维护站，我心想这里肯定有卫生间，她们下车也方便安全些。车停下后，孙小群及田丽娜老师急匆匆地下了车，我们三个在车上说，公路维护点肯定有卫生间，不要着急。

　　车上，我们边听着陕北民歌，边等着两位女士。有七八分钟了还不见她们俩上车，只见一辆辆大货车及轿车，呼啸着飞溅起泥水从我们车旁经过。终于等回她们两个，刚钻进车还没关上车门，她们两个就哈哈笑个不停。田丽娜说那个货车司机还行，在那停车等了一会儿她们。我说公路维护站不是有卫生间嘛，田丽娜说有广告牌挡着且路边草也高就没过去。伍宏贤说那货车司机肯定看见白晃晃的东西了，吓着了才没敢往前开。于是，大家笑得前仰后合，个个泪眼婆娑。还好到了 302 省道，水泥路面像是刚维护过，平整光滑，雨也停了。

　　莲宝叶则的景区路，弯弯曲曲，峰回路转，公路盘旋着向高山伸去。两车道在急转弯及会车时显得拥挤，有几次我差点开到了路沿边沟里。车在向 5200 米的高海拔攀升，稍有马虎后果不堪设想。这时我只有放慢车速，在没有会车时尽量行驶在公路中央，坚持两个原则，一是拐弯不超车，二是拐弯不压中线。这样在保持车速的同时，也保证了行车安全。车沿着山路基本上快到观览点，停车场周围有多块巨石，上面雕刻着"佛掌岩""蜀山源昆仑天梯""石头山"等字样，不一样的石峰山林展现在眼前。

环顾周围山峦，怪石远近耸立。有的像利剑直刺天穹，有的像驼峰错落有致，有的像雄鹰搏击长空，有的像恋人一吻千年，有的像猛虎斜卧草地……莲宝叶则鬼斧神工，充满着雄伟、雄浑、粗犷、豪放、阳刚之气。这些山峰奇幻莫测，带给我无限幻想。远处的扎尕尔措，湖面面积约 3 平方千米，像藏蓝的绿宝石吸引着我的目光。绕湖一圈踏青闻香，亦可转经祈福，亦可聆听鸟鸣虫嘶。阳光飞越长空从山顶倾泻而下，山峰被镀上一层金光，每当雨后，周围山体便倒映在池中，银光闪烁，形成绝美的金山银池奇观。落霞湖早晚霞光灵动，引人入胜，湖中水禽点水低唱，黄鸭拍岸惊飞。湖畔白塔雄姿挺拔，倒映湖中，湖光山色充满诗情画意，令人流连忘返。转湖时，不妨弯腰掬一捧圣湖之水，拭净灵魂的绮想，叩拜神山之巅，拂开心灵的天路。

站在莲宝叶则山上，我感受到了一种从未有过的自由和力量。我仿佛可以飞翔在天空中，俯瞰整个世界。这种自由和力量使我情感激昂，让我有了放声歌唱的冲动。我想唱出我的内心感受，我想唱出我对莲宝叶则的热爱和敬仰。

我歌唱你的雄伟。放眼望去山势雄奇峻伟，有着壮丽的峰峦，有着险峻的山路，有着清澈的湖泊。这里的山峰直插云霄，令人望而生畏，这里的山路蜿蜒曲折，令人难以攀登。站在高高的莲宝叶则山上，我感受到了一种无以言表的壮美，仿佛整个世界都在我的脚下，充满灵性，给我以无尽的启示。我想起了曾经读过的一句话："人生就像一场攀登，每一步都充满了困难和挑战，但只有经历过这些挑战，我们才能成长。"敢于挑战，不断尝试新事物，才能变得坚韧不拔，伟岸强大。

我歌唱你的神奇。站在莲宝叶则的高山上，我感受到了一股磅礴的力量。站在这里，我不禁想起了一句歌词："放声唱，大声唱，让心中的烦恼都随风而去。"是的，站在山巅，俯瞰人生，看世间沧桑，看人性光辉，看灵魂的高贵。在这里，每一座山峰都有自己的故事和传说，让我懂得了，要勇敢地追求自己的梦想，要勇敢地飞向自由的天空。

我歌唱你的俊美。莲宝叶则的山峰也让人感受到了它的俊美。我看到了许多美丽的风景，浓密的云雾缭绕在山间，似乎将座座山峰紧紧地拥抱在怀中。有时，阳光透过云层洒落下来，星星点点，闪闪发光。半山腰有青翠的树林、清澈的溪流，有山路两旁随风飘动的经幡和经文，还有那些悠闲的牛羊，大湖小溪点缀其间，清澈的湖水如同宝石一般，使人仿佛置身于童话世界，接受着大自然的恩赐。山石之上，绿树之下，我看到天空中一只孤鸟留下一道优美的弧线。它无惧长途跋涉的艰辛，只为寻找一个可以安身立命的家。它的坚韧与顽强，正是大自然的缩影，也正是我们人类应有的品质。站在莲宝叶则山巅，我感受到大自然赋予我们的美好时光，生命是短暂的，要珍惜每一天，让生命之花绽放出绚烂的光彩；要学会感恩，感恩父母、感恩老师、感恩朋友、感恩社会；要珍惜历史长河中的文化瑰宝，那些古代的文明、现代的科技，都是人类智慧的结晶，不仅要继承这些财富，还要将其发扬光大。

我歌唱你的壮阔。莲宝叶则的山峰还让人感受到了一种宏大的气势。这里的山峰气势磅礴，宛如青藏高原上的一朵巨大的莲花。花心是巍峨的峡谷，花瓣是奔腾的河流，花茎是曲折的小溪，而那根根花蕊，则是星罗棋布的湖泊。在莲宝叶则的北面有一座呈新月状的山脉，那里有十二座雪峰错落有致地排列着，雪白的峰顶闪耀着圣洁的光芒。南面有一片广阔的草地，草地上长满了茂密的针茅草和野花，还有许多银白色的羊群在悠闲地啃食。西南面有500多座突起的雄峰巍然屹立在天地之间，山下苍茫的草地和绚丽的花海勾画出了它的英姿。莲宝叶则山主峰犹如一座玉宇琼楼，屹立在群山之巅。它呈圆锥形，状如宝剑，直刺蓝天白云。山体虽被地震摧残得千疮百孔，但仍不失英武雄壮之态。在夕阳余晖的映照下，银灰色的山岩闪闪发光，仿佛置身于天宫仙境之中。山周围300多个波光粼粼的湖泊，与茂密的原始森林交融在一起。美丽的莲宝叶则，不就像一朵盛开的雪莲花吗？它把美丽带给人间，把美好带给天空。它是藏族人民英雄的化身，代表着藏族儿女勇敢、坚韧、不屈不挠的精神。

我歌唱你的四季。三月的莲宝叶则，沃土开始泛绿，冬眠的万物开始醒来。此时，雪峰依然晶莹耀眼，冰河依然坚硬刚强。但在土地的怀抱里，野草闲花却探出头来，渴望着暖阳的普照。天空蓝得纯净，没有一丝瑕疵，就像一条透明的蓝丝绒巾。几朵白云缓缓移动，一会儿像烈马狂奔，一会儿似雄鹰翱翔，一会儿若巨浪翻滚。偶尔会飞来几只雄鹰，它们盘旋在湛蓝的天空中，俯视着湖光山色。偶尔也会有成群结队的岩羊在山坡上出现，它们蹦蹦跳跳地跑来跑去，好像在向我们展示它们那顽强的生命力。莲宝叶则的夏天是多彩的，山脚下野花星星点点，黄色的蒲公英在微风中轻轻摇曳，仿佛在诉说着什么。还有那些紫色的野玫瑰、白色的雏菊、红色的龙胆……它们共同构成了莲宝叶则独特的风景。在这里听不到城市的喧嚣和嘈杂，只有风的声音、雨的声音和鸟的声音；在这里每一个生命都充满了活力，成群的牦牛在山下悠闲地吃草，小羊羔在母亲身边快乐地玩耍，雄鹰在空中翱翔……这些生命都在尽情地享受着夏天的美好。莲宝叶则的秋天是绚丽的，在清晨的霞光里，那雪山、那森林、那草原、那湖泊，都洒上了金辉，构成一幅美丽的画卷，碧波荡漾的湖泊映衬着雪峰与森林，真是"山峦起伏云锦绣，湖泊镜开碧玉盘"。莲宝叶则的冬天是凝重的，山川、树木、草地都穿上了洁白的新装，一个银装素裹的世界呈现在眼前，山峰带给人一种粗犷的美，山势雄峻，岩石裸露，巨大的山石经历了亿万年的风雪侵袭，依然屹立不倒，那种坚毅让人肃然起敬，此刻的莲宝叶则像一位羞涩的少女，把自己藏进了白色的羽绒服里。偶尔，也会有淘气的小动物跑出来在雪地里嬉戏打闹，而那些晶莹剔透的雪花就像天空给小动物的礼物。无论哪个季节的莲宝叶则都是美丽的，都是迷人的，让人陶醉的！

莲宝叶则的山峰赋予了我人生的启迪。在这里，我从山峰中汲取了力量和勇气，变得更加坚强和勇敢。这里的山峰告诉我：生活中会有许多困难和挑战，但是只要我们勇敢地面对它，相信自己，坚定自己的信念，就可以战无不胜。

站在莲宝叶则的高山上，我感到了一种从未有过的喜悦和激情，我想在这里尽情地释放自己的情感。在这里，我可以尽情地放声歌唱，让自己的心灵得到彻底的放松和解放。在这里，我仿佛听到了自己内心深处的声音："我想放声唱！"是的，这里的一切都让我感到无比的震撼和感动。

莲宝叶则的高山是一首充满激情的歌曲。站在莲宝叶则山巅放声唱，我唱出了豪情与希望。在这里，我感受着大自然的伟大和神奇，思索着人生的哲理与意义，踏上辉煌的征途，走向光明的未来，用歌声、用行动、用力量去创造一个更加美好的世界。

（原载《阳光报》2023 年 12 月 20 日）

年，是我们中华民族一年一度最为传统而隆重的喜庆佳节，同时也是我们中国人情感深处最直接的一种释放，是心理诉求得以满足的重要载体。

经历四季的更替、一年的忙碌，在严冬酷暑中跌打滚爬，感受成功的喜悦与失败的酸楚，只有年是幸福的添加剂、痛苦的稀释剂、生活的甜味剂。不管是面朝黄土背朝天，还是不畏炎寒若等闲，或是驰骋四海把梦圆，抑或是挥斥方遒指点江山，一到过年，大家便有了收获，有了幸福，不分贫富贵贱地体会着快乐。

因此，年，也是我们成长历程中最难以忘怀的记忆。

我是七零后，在我的印象中，年对我来说好像只有三个：一是1984年以前生产合作社期间的年；二是实行联产承包责任制以后到我离开家乡上大学期间的年；三是现在的年。

印象最深刻的还是第一个年，因为越是贫困

中的喜悦和满足，记忆越深。这也许就是心理学里讲的平衡思维：幸福和满足总是在对比中产生。

我们家姊妹较多，父亲在外工作，这在农村叫作"一头沉"，在当时既令人羡慕又令人尴尬。羡慕的是可以月月拿到国家发放的实实在在的钱，可以带回农村孩子很少见过的玩具、糖果、罐头等新鲜玩意儿；而由于父亲在外工作，我们家孩子小劳力少，到年底分年货便成了最为尴尬的事。

生产队年货及钱的发放是根据家庭人口数量及本年度的家庭总工分，按三七权重综合计算。由于日常生活物资包括粮食也是在工分中扣除，所以到年底，生产队会计的算盘一阵噼啪拨弄，我们家已成亏欠，就这还是用足了家庭人口数量这三分权重。因此为了不至于尴尬，每年发放年货的前几天父亲和母亲都会去找队长和会计做工作，好说歹说提前将钱交给集体才换回相对充足的年货和粮食（那个年代全社会都物资紧张，还处处限购，单单用钱不一定能买到所需的东西），也就不至于在全队分年货这种"大场合"显得狼狈和不堪。

小时候对年的期盼比对任何时期的任何事情都更为迫切。进入腊月，已开始扳着手指头倒计时，这种等待的煎熬，夹杂着更多喜悦和激动的复杂心情，甚至胜过了过年本身所带来的兴奋与快乐。迫切渴望它到来，但心里又明白，到来就意味着即将结束。就像对现在的上班族来说，周五是最愉悦的，周日是最不安的，尤其是周日下午。期待是美好的，这样可以将幸福拉得更长，好心情也会持续得更久。

过了腊八，孩子们可以跟着大人去赶集，买布做衣裳。这时候也是我们一年中最听话、最勤快、最懂事的几天，大家各怀心思，相互监督，互抓"小辫子"，踊跃邀功积极表现，希望大人能带着自己去集市。其实来回徒步奔波20多里路，无非也就是看看热闹，过过眼瘾，但一个油糕、一根麻花、一个羊肉包子或一碗油粉，对我们来说已是莫大的满足。

母亲原来是队里的缝纫社社长，裁剪衣服在方圆几里小有名气。腊月初十以后，我们家中人来人往，络绎不绝，这也是我打牙祭的好时机。母亲为乡亲们裁剪衣服不求任何报酬，前来裁剪衣服的人们过意不去，有时就随手带点小零小碎的吃食过来。我在家排行最小，母亲也最宠我，因此吃食基本都归于我囊中，哥哥姐姐们都说母亲偏心眼，为此很是不忿。现在父母年龄大了，我们过年说起这些还是会互相调侃，而父亲母亲总是会心一笑说："你们都是我们的心头肉，你们都平平安安就是我们最大的心愿。"每当这时，我的心里总是酸酸的。

腊月二十三是小年，安顿好灶王爷，生产队就陆续开始分发年货，我印象最深刻的是杀猪分肉及分发食用油，之所以印象深刻，可能是油水稀缺带来的强烈生理渴望所致。

那时候生产队基本都有自己的猪场，自己养猪，年底统一供社员过年食用。一溜搭好架子，支好四五口直径一米七八的大铁锅，各家各户开灶烧水，将沸腾的开水提至场院倒入大锅，热气腾腾，令人心潮澎湃。大铁钩、杀猪刀、褪毛工具、搪瓷盆子、凳子案板、大磅小秤一字摆开，杀猪匠悠闲地抽着社员争先恐后递上的香烟，眯眼瞅着黑压压的人群，显得格外不可一世。即便如此，每个社员也是毕恭毕敬，点头哈腰，笑脸相迎，因为谁都知道杀猪匠的一刀决定着自家的年过得怎么样。整个村子充斥着嗷嗷的惨叫和人们的欢呼与议论：这个三指膘，太瘦，这个四指半，不错……膘肥脂厚，是那年代对猪最好的评判，也是对饲养员水平最高的评价。

我们家十口人，分到的肉也就六七斤，除了自己过年要吃外，正月还要待客，所以不可能做生肉腺子或者炒肉吃，为了吃得更长久、时时有肉，每年基本都是加水和各种大料煮满满一大铁锅，当然是汤多肉少，不过做饭做菜加一小勺肉汤也是香喷喷美滋滋的。那几天家家户户肉香四溢，小孩子满村转悠仰鼻猛吸，恨不得多长几个鼻孔让香味来得更加强烈持久。

那个年代菜籽油非常稀缺，过年时都按比例分发两种油：菜籽油和棉籽油，即使棉籽油又苦又涩，但也数量有限，不可能敞开了食用。十几个上釉的土陶大瓷盆按序平稳摆放，里面盛满黄灿灿的菜籽油或者黑漆漆的棉籽油，每个油盆前坐一个被推选出来的公平的操作者，放一把勺子，挂一圈一两到一斤的油提子，每个人拿好家里最保险的容器，排在同自家私交比较好的操作者队伍里。虽是用提子分油，看似公平，但满不满、溢不溢、何时倒入你的容器还是很有讲究的，几提下来也有相当的出入。人群嘈杂哄乱时，分油操作者趁机掂起勺子，舀点油迅速地吸溜一下，满意地抹抹嘴巴，令人生妒。

腊月二十四开始打扫卫生，涂墙除尘扯蜘蛛网，这期间最有意思的是和泥水刷墙。那时候农村都是土墙，墙体用土坯堆砌，墙面里外用上好的白土和泥，按比例添加三五厘米长压扁的麦秸，全部涂抹平整就算完成。每年到年底为了显得干净崭新，就到村里土崖里寻找上好的白土块，拉回来粉碎或者直接泡在水里和成稠面汤一样的泥汤。刷墙者用塑料纸将自己裹得严严实实，用长木棍绑扎一个笤帚蘸上泥汤里里外外全部粉刷，晾干后平平整整、白白净净，不过刷墙的人已是泥汤遍布全身，只留下灿烂的笑容和欢快的身影。

腊月二十七年货已基本准备停当，开始年前的蒸炸工作。蒸馍、蒸包子、蒸米碗、蒸肉片，炸丸子、炸馓子、炸花生米、炸豆腐，摊鸡蛋饼等，该有的还得有，总量虽少但样数可不能少。

腊月三十上午开始贴年画和对联，年画有政策宣传分送的，也有在集市上一张两张买的，图案基本都是胖娃大金鱼等。对联也都是自己准备好染红的贴纸，由村里几个先生免费为大家书写，内容倒很丰富，上下联和横批朗朗上口，福满多多。那段时间先生们拿出平时珍藏的笔墨砚台，从早到晚，忙得不亦乐乎，写得越多成就感越强，帮助村民，无偿服务，累并快乐着。

这时候整个村庄已完全沉浸在对年的幸福期待中。下午两三点钟就是传统的祭祖上坟，香蜡纸钱准备停当，男人们先去坟地里祭奠逝去的亲人，清理坟头，点酒上香，烧裱送钱，磕头跪拜，请祖先回家过年，很是庄重，然后再去家族长者家里祭拜族谱先祖。从此开始一直到正月十五贡品天天更迭，新鲜诱人，香不断，蜡不灭。

除夕夜是过年期间最累也最热闹的日子。我们家族庞大，在村里属于望族，当然辈分也就最低了。有句戏言说，我们本家的人在村子见到本家以外的男人就叫爷，见女人就叫婆，一般不会错，虽有夸张，但也有几分意思，确实说明我们家族人丁兴旺。

我们村的除夕夜传统是小的都要去长者的家里拜年，即使是平辈也是如此。端一碟菜，拎半瓶酒（有名的酒以城固特曲为主，绵竹大曲已是好酒，西凤酒那就是奢侈品），按长幼顺序挨个儿拜访。虽是长者，主家也会准备得屋明院亮，拿出压箱底的好烟好酒，尽其所能摆出最丰盛的酒席热情招待。长者上桌吃肉喝酒拉家常，也会商定和宣布一些家族大事；大人退桌后，小家伙们像一大群蜜蜂见到久违的糖水，瞬间将饭桌围挤得严严实实。

所以说我对除夕夜，既期盼又忌惮。期盼自不用说，好吃好喝心情好；然而，一年都缺肉少油，除夕夜如此丰盛频繁的酒席好食让人难以抗拒，习惯了粗茶淡饭的胃肠恐难应付如此的油水，第二天积食的难受很是令我忌惮，也让我显得很是"不堪"。

大年初一大约五点就起床换新衣服，这是一年来唯一一整套的新衣服。天还未亮已是爆竹声声，振聋发聩。小孩子们小心翼翼地从炕头取出烘得脆干的鞭炮、大炮、二踢脚、蹿天猴、摔炮，从家里放到大门外，为了天天有炮放，还经常趁大人不注意，偷偷拆开鞭炮，一个一个装在口袋里，走哪放哪，互扔吓唬，塞缝炸瓶子，脚踩锤砸，真是又坏又危险，不过小孩子嘛，也图个少有的乐子。

轰轰隆隆，噼噼啪啪，在此起彼伏的炮仗声中迎来了崭新的一年。

大年初一早上我们这里很少吃饺子，基本都是吃浇汤长面，以肉汤作底，以煮熟后再切丁小炒的肥肉臊子、葱花、豆腐干和旗花鸡蛋饼作为漂菜，底菜配有木耳、黄花菜等。面条是手擀面，一碗只有一筷头面条，汤头香醇浓郁，面条细长筋道，好吃无比，一般人都可以吃十几碗。浇汤长面至今仍是我最爱的面食之一。开年第一顿吃浇汤长面寓意着今年头彩丰腴，底蕴深厚，长长久久，非常有讲究。

如果家里有祭祀亲人牌位的，这第一碗面必须先敬献祖先，碗上面放两根香作为筷子，片刻后如果香动或者落地，就代表祖先吃了我们的贡饭，来年一定会保佑全家顺利平安。小时候我对此虽是半信半疑，但亲眼所见，还是觉得很神奇。后来明白，热汤熏香，变形自落，不过可能大人们当时也明白此意，但美好的寄托总希望有美好的结果。家里没有供奉牌位的第一碗面必须顺碗边轻轻撒一点汤到院子，嘴里念念有词敬各方神灵后方可动筷，这些传统至今仍在遵循。

吃完早饭，就是晚辈给长辈拜新年，三磕头一作揖，祝福长辈新年快乐。小孩子最喜欢的就是磕完头有核桃花生糖果等零食吃，一家接一家，喜气洋洋，收获满满。

中午过后，人们开始了新年的交流互访，抽烟喝茶谝闲传，划拳喝酒抄碟子，打牌下棋掀花花……该放松的放松，该休闲的休闲。

正月初二开始待客走亲戚，这也是孩子们疯狂游耍、美美吃喝的好时期。由于农村好客拉亲，所以亲戚较多，有时候一天需要走几家亲戚。谁家浇汤面做得好，谁家中午的肉菜丰盛，谁家小吃食有"硬货"，谁家压岁钱发得多，等等，早已了然于胸。待客早上都是浇汤面，每人都能吃十几二十碗，这个过程持续时间长，上面扯汤的紧张有序，亲戚到家凑够一桌就开始吃。早上是持续的流水席，工作量之大、时间之长可想而知。家里亲戚多的人家，负责端盘的人"腿能跑断"，因此机灵的小孩子能躲多远则躲多远，等流水席差不多结束了才悄悄露面。

中午是吃酒席，凉菜、热菜、蒸碗样样不少，主食是馒头和菜汤稀粥，条件好一点的有鸡蛋大枣醪糟汤，中午上菜简单，"跑腿的"工作量小，所以孩子们倒是积极。十里八乡串遍所有亲戚，基本到正月初八就告一段落。在这期间孩子们晚上挑着各式灯笼聚堆欣赏，嬉闹玩耍。好的年景偶尔唱大戏，搭架子荡高秋，走村串镇耍社火，各种活动一直持续到正月十五，人们贫穷但快乐着。

随后我们也开始收心上学了，或跟着整理家务学农活；大人们也开始了那个年代周而复始、付出太多收获太少的辛勤劳作。

（原载《作家摇篮》杂志 2023 年第 4 期）

三月间，柳舞嫩枝，枝生绿叶。此时，还无旁枝斜出，枝龄约有二八少女之气。枝是独枝，叶是碎叶，疏疏淡淡，甚是空灵。如豆蔻，如及笄，青丝垂得随意自在。每个叶卷儿里，都泛着柳唇的淡香，泛着柳眼的灵气。

这个节气里的柳丝，争相秀出了春动的嫩叶，从木本植物的性理上来看，大约已性熟，不再青涩，皮与骨，各自有了独善存在的性能，只需给予外力，绝对是可以轻易出落、轻易分离的。

折一枝柳，一手拇指食指捏定，另一只手拇指食指轻拧，随即，拧动的手指便有了皮转骨定的感觉。这种感觉，不是随便什么人就能体会到的。这里是有一定技巧的，拇指食指拧动时，须掌握力度，若用力过猛，皮旋幅度大，必造成嫩柳皮质挫裂；若用力太轻，则柳皮旋不到位，皮骨不能完全剥离。

捏柳的手，因拧柳的手而动，往往是以退为进，来完成整个过程的。当拧到个人需要的长度时即罢。用剪刀剪齐头尾，捏住粗端的柳骨，拽住末端的皮尾，匀速用力外抽柳骨。瞬间，一条嫩白的柳骨被抽了出来，如龙筋青白，眩晃三月的东风。空壳的柳皮质软通透，可剪成长短不等的份额，每一截，用指甲刮掉口颈半厘米处的外层青皮，旋一圈露出翠绿的里皮，一管柳笛美美成矣。

在我小的时候，物质匮乏，愉悦精神之物只能从大自然里寻找。三四月间，衣薄日暖，花红草绿，欲寻一段声色以衬春景，唯柳笛可解时令精之饥、神之渴。柳笛吹起来，与燕鸟对鸣，神之大快也，往往三五成群，忘饥忘返，需爹娘声唤方知归家。

柳笛，产于春阳熏暖之时，质有地气阴沉之厚，因此，音里有柔绵之钝，不至于音太轻飘；声有天空阳升之洪，继而，音里恰有细挑之脆，不落于春的明媚。吹柳鸣笛，惯在笛管腹上剪几个孔穴，指头起伏处，不规则地有了音符的节律，声韵的启蒙也是在那个时候开始的。

那个年月，柳林甚多，沙厚林密。我们踏沙踩青，吹柳笛戏引各种鸟叫，那是再平常不过的事。尤以春日小雨过后，阳光穿柳落入沙草，时有地软黑乎乎黏履，唇间却吱吱扭扭吹一段山曲，彼乐非山野田园不能听取。

如今，田野沙堤少了，霞烟柳林少了，细雨鸟叫也少了，吹一管柳笛已成异类。曾经的那情那景，成了一种奢侈的想象。

春野的犁牛，空旋的鞭梢，父老的白头巾和旱烟袋，都与柳笛一起成了空远的文化遗产。非遗，遗掉的是一种自然的精神与自然界灵性的馈赠，正如我找不到阡陌上父老纯朴的笑脸，和温暖到心肺的问讯。

柳笛，我十分怀念那管吹起来嫩叶还在舞蹈的柳笛，那是一段纯真的岁月，是人性的质朴，更是一场人与自然和谐的灵动。

在如今城市的喧嚣里，更加想念那一管柳笛了，即使吹不来诗与远方，最起码也能吹来我不老的故乡……

（原载《陕西工人报》2023 年 10 月 27 日）

第五辑

汉江的重要支流月河从西向东穿越汉滨区恒口古镇，从北向南的恒河贴着古镇流过，滋润着美丽的古镇。古镇的月河、恒河上，古老的吊桥众多。悠悠的吊桥摇晃着沧桑岁月，摇过祖祖辈辈牛拉车、驴拉磨的日子，摇过日出而作、日落而息的人们的生活。如今的恒口古镇，狭窄逼仄的土路被宽阔的水泥路代替，摇摇晃晃的吊桥被一座座大桥取代，矮墩墩的土房变成了一座座高楼大厦和一个个漂亮小区。

20世纪80年代，月河两岸的人们靠搭石头和独木桥通行。每逢秋冬季节，河水逐渐变浅，黄叶红花倒映在水面上，再以蓝天白云为背景，俨然成了一幅水墨画。这时，调皮的野鸭子会欢快地在水面上游来游去，心情十分舒畅。

村民踩着石头溅起小水花，发出有节奏的"嘀嗒"声，再踏上独木桥，轻摇双臂尽量保持平衡，迈着稳健的步伐顺利过桥。别小瞧这独木桥，它极大地方便了河两岸人们的出行。独木桥很窄，每次只能容一人通行，所以人们会自觉排好队，南边人先过一队，再轮北边人过一队，两边一直轮流通过……独木桥吱呀吱呀地唱着歌，伴着人们的欢声笑语，陪伴人们迎接每一个春夏秋冬。

20世纪90年代初，随着城乡建设的大力推进，月河上架起了一座由高强钢丝、钢板建造的吊桥，也称悬索桥。该桥以承重拉力悬索为主要承重构件，铺上宽约两米的钢板，扶手也是极粗的钢丝绳索，南北行人可同时通行，小型非机动车也畅通无阻。一时间，吊桥变得热闹起来。一大早，从吊桥上走过的，有南边上街卖菜、出门上班上学的，有北边到村里开展工作、下村走访的，吊桥为人们的生活带来了便捷。

在清风拂柳的季节，很多老人喜欢到吊桥上走一走，听着钢板发出咯吱咯吱的声音。他们说这声音有年代感，仿佛回到了过去，回到了纯真年代。每逢过年，许多漂泊在外的游子回乡的第一件事就是到吊桥上走走看看，这就是他们梦中朝思暮想的诗与远方。听听月河流水的声音，吹吹带着鱼草味的风，似乎能洗去一身的疲惫。

如今的恒口古镇，成为安康市恒口示范区。在月河、恒河两岸，群楼林立，小区密布，园林罗列，一个璀璨夺目的现代化示范区坐落在青山绿水间。古老的吊桥被一座座跨越恒河、月河的大桥所取代。造型美丽、宽敞坚固的现代化大桥，更是一道美丽的风景线，流淌着新时代的韵律。

（原载《陕西农村报》2023年3月27日）

来看南山冷翠微

○郑长春

“花开美酒盍言归，来看南山冷翠微。忆弟泪如云不散，望乡心与雁南飞。明年纵健人应老，昨日追欢意正违。不问秋风强吹帽，秦人不笑楚人讥。”这是宋嘉祐七年（1062）重阳节，在凤翔府任通判的苏轼独自游览九成宫遗址，面对苍茫的终南山，遥想与九成宫、华清宫、玉华宫一样陨落在历史烟尘中的翠微宫时所写的诗句。

通过很多惊心动魄的故事，我们对充满传奇的九成宫、华清宫、玉华宫已有相当了解，但对神秘的翠微宫却知之甚少。“翠微”本是一个诗情画意的所在，提起这两个字，人们眼前便会浮现出幽幽山间那一抹淡绿来。《尔雅义疏》是这样形容的：“翠微者……盖未及山顶，孱颜之间，葱郁葐蒀，望之谸谸青翠，气如微也。”苏轼是我喜欢的北宋大文豪，从他口齿间轻吟出的这两个字，当有吐气如兰的雅韵，但此刻他所传达的是那淡淡的哀伤。这哀伤是那样的愁肠百结，也是如此的慷慨激昂！我翻阅大量史料才知道，这哀伤来自千古名君李世民。

据《大唐内典录》记载，翠微宫原名太和宫，是唐高祖李渊于武德八年（625）所造。贞观二十一年（647）四月，李世民为避暑，由将作大匠阎立德在原太和宫基础上主持重修，五月即成，命名为翠微宫。当时，翠微宫"笼山为苑"，正门北开，名云霞门，朝殿名翠微殿，寝殿名含风殿，旁有太子别宫；西门名曰金华门，内殿名善安殿。此宫建成后，进士张昌龄为其作《翠微宫颂》，深得李世民赞赏。此后，李世民每年都到此避暑。玄奘大师于贞观二十三年（649）四月陪唐太宗李世民至终南山的翠微宫。五月二十四日，玄奘大师在终南山翠微宫翻经院翻译出佛教经典《心经》。五月二十六日，唐太宗驾崩于终南山翠微宫含风殿，时年五十二岁。后翠微宫废为翠微寺，香火不盛，渐渐衰落。含风殿从此成为"含恨殿"，是留在唐人乃至后人心头的一处伤心避讳地，翠微宫就此陨落。

我们知道，唐代的长安，四海瞩目，八方来朝，因此汉唐七百年被誉为"世界文明的中华时代"。史学家钱穆先生说过，国家本是精神的产物，每个民族在自我身份认同遭遇迷茫与惶恐的时候，追溯过去的伟大与传统都是近乎本能的行为。从这个角度上看，我们就不难理解苏轼"来看南山冷翠微"的言外之意了。

其实，不仅苏轼来过，在他之前的房玄龄、杜如晦、王昌龄、李白、刘禹锡、温庭筠等文人学士都来过。他们都是因为一个人而陶醉于一个地方，那个人就是文韬武略的唐太宗李世民，那个地方就是得天独厚的翠微宫。

现在，我也怀着访古探幽之心慕名而来。在秦岭北麓的黄峪沟深处，停下脚步，崇山峻岭中一方竖着文物保护标志的大土台子便映入眼帘。附近村民说，此为翠微宫遗址，原来挖出过很多唐代砖瓦，已被回填保护，曾位于遗址上的黄峪寺村已搬至山下，随便在村口路边挖个小坑，便碎瓦片无数。我小心翼翼地透过密密匝匝的草木，依稀看见饱经沧桑的翠微寺还有两尊蹲狮，风格浑厚，颇似唐代雕刻，旁有明秦藩王宾竹道人朱诚泳之诗残碑一块，诗云"翠微深处翠微宫，避暑当年说太宗"，证明此处乃唐代翠微宫遗址。

翠微宫周围群峰耸峙，虽深居南山，却高远无遮，眼界开阔，可谓天造地设，"其地也，带秦川之眇眇，接陇岫之苍苍，东观浴日之波，西临悬月之浦。凤企穷奇之石，郁律钻天，龙盘谲诡之崖，穹窿刺汉；岂独岩松拨日，抑亦涧竹捎云；实四皓养德之场，盖三秦作固之所"。站在北门，俯首可见关中平原及长安城。若从长安城望去，翠微宫犹如白云生处高高擎起的一朵荷花，那片高山中的阔地，简直就是荷花瓣护卫着的一个莲蓬，而昔日翠微宫就高高地建在这上面，象征着皇家至高九上的威仪和神圣。"吾王昔游幸，离宫云际开。朱旗迎夏早，凉轩避暑来。汤饼赐都尉，寒冰颁上才。龙髯不可望，玉座生尘埃。"大诗人刘禹锡的《翠微寺有感》，描写的就是唐太宗游幸时的情景。诗仙李白也曾与友人在一年秋末从子午峪口西行，沿清华山而南，游览了翠微寺，并写了《答长安崔少府叔封游终南翠微寺太宗皇帝金沙泉见寄》，诗曰："初登翠微岭，复憩金沙泉。践苔朝霜滑，弄波夕月圆。饮彼石下流，结萝宿溪烟。鼎湖梦渌水，龙驾空茫然。"可以想见，当时的翠微宫有多么壮观！

"云树深深碧殿寒"，翠微宫建起后，确实不失为一处天然的避暑佳地。玄奘法师从天竺取经归来后，随唐太宗李世民居住在翠微宫翻译佛经，首次将著名的《心经》译成汉文。唐贞观二十三年五月，《心经》译出后，玄奘法师将之呈与正在翠微宫的太宗皇帝，当时太子李治也在侧，病中的李世民闻听经中"心无挂碍"，恨知道得太晚，连续听诵两天，第三天驾崩于翠微宫含风殿。那么，唐太宗晚年心里的"挂碍"是什么呢？

贞观二十一年，太宗疾病缠身。不相信长寿丹药的李世民，久病乱信医，最终迷恋上了长寿金石丹药。又过了两年，太宗李世民因吃方士炼制的仙丹，中毒太深而暴亡。太宗在临死前也像高祖一样，把长孙无忌和褚遂良叫到床前，托付后事，心里总是对李治放心不下。可想而知，唐太宗长期以来挥之不去的惆怅，不是郁结心中的那些不如意，而是"挂碍"他所开创的大唐事业后继无人。

原来，李世民到了晚年，逐渐发现自己正面临着严重的继承人选择问题。李世民的嫡长子李承乾相当不成器，他最大的爱好就是模仿突厥人，甚至扬言自己当了天子后，要做突厥王子阿史那思摩的臣子。后来，李承乾因为屡次受到李世民的斥责，险些发动叛乱。最终，李世民将李承乾免为庶人。除了李承乾外，李世民最看重的就是魏王李泰。然而李泰非常残忍，不顾念手足之情，甚至扬言要杀掉流放于房陵的李承乾。生死攸关时刻，李世民将计就计，将太子之位授予仁厚的李治。

事实证明，他所"挂碍"的接班人还算争气，没有辜负他的遗愿，后来李治在武则天的帮助下，继承了贞观遗风，完成了太宗最终的遗愿，将他所开创的基业推向了一个新的高度。

于是，翠微宫不仅成为一个可以调养身心的休养地、处理国家大事的办事处，更成为一个供皇帝运筹帷幄的指挥部。这时的翠微宫，真是一个盛大而高贵的所在。它的盛大与高贵，一时让多少文武百官"祗怪朝来衫袖湿，不知身在翠微中"。是啊，就算在避暑离宫里，日理万机的唐太宗也没闲着，在那里他下诏任命官员，安抚战乱中流落的各族平民，召集群臣讨论他能成大业的原因，一直到去世。唐太宗去世后，太子李治在公卿们的拥戴下，于翠微宫含风殿登上皇帝宝座，因皇亲国戚不忍再到这触景伤情的地方来，从此翠微宫便被增添了无限悲壮之气，慢慢被闲置荒废起来。

再后来，翠微宫改为翠微寺，其时间为唐宪宗元和元年（806），唐人有《题故翠微宫》为证："翠微寺本翠微宫，楼台亭阁几十重。天子不来僧又去，樵夫时倒一株松。"宋太平兴国年间更名为永庆寺，此后在历史的风尘中日渐湮没。由此诗可知翠微寺曾经的壮观之貌，但那种寂寥空旷、开始没落的情景也显而易见了。

青山依旧在，几度夕阳红。"想当年，金戈铁马，气吞万里如虎"，一个朝气蓬勃、奋发图强的王朝在世界东方如旭日升腾，"江山如画，一时多少豪杰"。然而，"风流总被雨打风吹去"，谁也无法摆脱命运的造化，"龙髯不可望，玉座生尘埃"。强悍的大唐如此，文弱的宋朝亦如此，怎能不让"来看南山冷翠微"的苏轼感怀？尤其是他笔下的那一个"冷"字，实在让人不寒而栗，其中所蕴含的情愫和意味，也许只有那抹淡淡的南山翠微才懂吧！

（原载《西安日报》2023 年 1 月 3 日）

作为一个背井离乡的人，我深知自己愧对先祖的亡灵；作为一个流浪天涯的人，千山万水阻隔了我回家的路。

我们一家四口西出阳关十多年了，没有回去过上一个团圆年，不能在清明节扫墓祭祖。任凭时光飞逝，日月变迁，我始终坚信生命是一条血脉涌动的河流。每个人一生中要认识成千上万的陌生人。偶然之间，我们牵了一个陌生人的手，男婚女嫁，在日出月落的光阴里生儿育女延续生命，在万般风雨里东奔西走，在多年辛苦中推动磨盘，最终叶落归根，融入脚下的泥土。一个幼小生命茁壮成长，一季青春岁月如花绽放，一道道年轮循环往复，一声声呼唤生生不息，一个家族的命运如此前赴后继繁衍接力，一个衰老的生命被送入墓园长眠歇息……渭北高原那个小山村，贫困交加的岁月里，父母亲养育了我们四兄弟。我们不敢辜负祖宗延续家族香火的祈盼，我们竭尽全力突出重围寻找人生的绿洲。

一个人的生命不仅属于你自己，你的骨头和血脉传承着先祖们的精神气息。我在想，年月日是一组与我们的生命息息相关的容器，也是一个收藏人生百年的博物馆。我们终其一生都在东奔西走，不管是否光宗耀祖，离乡的游子望断天涯思念亲人是一种人之常情。

　　在所有传统文化节日中，我最看重清明。

　　树大分枝，鸟大离巢。小时候在渭北乡村里跑来跑去，眼看着成群结队的燕雀飞过门前的杨树梢。后来的日子拖家带口，千山万水，一路颠簸。离开乡村那天早晨，我们恨不得插翅高飞……待到登高望远那一天，才发现自己徘徊在看似幸福但却使人归心似箭的远方。有道是——留不住的城市，回不去的乡村，是许多离乡之人瞻前顾后的无奈选择。远行者不可能返回故乡。故乡和别处一样，是一个让人爱恨交加的地方。

　　眼看着儿女们一天天长大成家立业，每个人都有属于自己的生活。有人原地张望，有人半途而废，有人跋涉万里。外出谋生的弟兄们各奔东西。村子里的年轻人一个个走南闯北，留守家园的多半是些出不了门的老人和孩子。西岭上的祖坟默默记录着一座小村庄的日出日落。

　　"清明前后一场雨"，这句民间谚语一点也不假。春风带绿草，春雨贵如油，正好赶上庄户人家"清明前后，种瓜种豆"的春耕点播。世界上每一个生命都有它的生死轮回，清明不需要悲伤叹息。清明节不仅是后辈人探望祖先拜谒祖坟祭祀亡灵的日子，也是我们与祖先之间一场隔世的约会。不管身居何处，我们需要记住自己生命的根脉源自故乡山河。故乡一场清明细雨，坟头纸钱灰飞烟灭。此时此刻，我们低声吟诵一首追远思亲的安魂曲……

每年清明前后，渭北田野上的麦苗开始拔节返青。这时候，系着蓝色碎花围裙的母亲会用擀面杖在案板上做出韭叶般的白面条和菠菜面。面条出锅后要在搪瓷盆里的凉开水中过一遍，再捞出来放在筛子里晾一会儿，随后浇上一勺熟好的菜籽油。黄灿灿的熟油拌着白生生的面条和翠绿的菠菜面，食物的诱惑让我们饥饿的肠胃痉挛不已。有时候趁大人不注意偷吃一口凉面解馋，麦面和菜籽油的香味渗入五脏六腑令人陶醉。我们在清明节沾了祖先的光，可以吃上一碗难得的凉面。清明节是一年里头一个看似简单却不能马虎对待的特殊日子。即使是乡村人家，在穷得揭不开锅的年月，也要想办法（哪怕是到邻居家借上一碗白面）做上一顿细面。因为我们要端着那一碗白面去祖坟上祭奠先辈的亡灵，同时告慰祖宗——你们的子孙后代烟火兴旺，一年四季风调雨顺，一家老小吃喝不愁。

正午时分，在大伯、父亲、三爸他们的带领下，我们堂兄弟五六个人跟在他们身后走向村旁的几处坟地。南安庄子、上洼地、西岭上几处祖坟里安葬了几代列祖列宗，每一位先人的坟头都不能遗忘。我们跪在荒凉低矮的祖坟前焚香烧纸叩头，长辈们用筷子挑出一些面条放在坟头的烧纸上，我们捡起几个小土块压住纸片，以免野风卷跑了烧纸和面条。

扫墓祭祖仪式结束，老少爷们儿站起来拍一下膝盖上的尘土回家。

我不由自主地转过身去看一眼渐渐远去的坟茔。春风吹过，麦苗泛起层层绿浪，祖宗的坟墓在大片麦田里像一座座小小的孤岛一样耸立着。相比城市公墓中那些拥挤在一堆水泥墓碑下的逝者来说，住在故乡麦田里的祖先们真是幸运。村子里袅袅炊烟于屋顶缓缓升起，东边鸡飞狗跳，西边羊咩牛哞，他们眼看着自己的儿孙在熟悉的村庄里过着幸福生活。他们看惯了一年到头春种秋收的欢喜与收获，他们是麦田里真正的守望者。

这时候，向阳的坟头上那一丛迎春花羞涩地吐出花蕊。几只胆大的麻雀忽地落在坟头，争食我们献给祖先的祭品。我眯着眼睛在平地而起的旋风里看见祖先们缥缈而至的亡灵，猜想刚才那些在坟头争食面条的麻雀是祖先们派来宣慰子孙后代的信使。他们知道来年清明节那天，会有孝子贤孙们踏青扫墓。

祖辈人活着的时候是家园田地的守护者。乡村墓园是一组永不消逝的精神密码。远行者在漆黑一片的暗夜迷失方向时，点点灯火会照亮人生征途。所谓亲人骨肉，不仅仅是我们繁衍生命传递香火的结果，也是人类结绳记事穿梭岁月的纽带。祖坟不仅是一座保存祖先遗骨亡魂的祭祀之地，更是人类精神家园的根据地。故乡小路渐渐被野草淹没，我们背井离乡，在风中越走越远，却始终没有忘记自己的祖坟安居何方。心里刻下一份备忘录，当清明雨打湿天空，我会站在远乡的山头，望着秦川渭水遥祭祖宗。我的掌纹里布满祖宗们蓬勃永生的悠悠亡灵。

"清明时节雨纷纷，路上行人欲断魂。"诗人杜牧一首《清明》把这个传统节日推向极致。

清明是亲人之间表达思念之情的一种精神寄托；清明是一个绵延不绝的文化符号；清明是我们缅怀先人的一种礼仪活动，祭祖扫墓其实是一场生者与逝者的亲情约会。生者与逝者之间隔着一层黄土。不论海角天涯，祖辈们总会庇护我们一路平安。千山万水，列祖列宗如影相随。清明时节，气清景明，踏青郊游是一年幸福生活的开端，这一天，后人告诉前人春暖花开、开犁播种的春讯，并作出五谷丰登的祷告。千山万水，乡村墓园记载着一个家族的兴衰往事。

西去千里之外，遥望渭北小村，我把每一年的清明装在心底。一位穆斯林朋友说，"亡人其实能够感知他的家人来没来到过他的坟前"。祈盼时光之手把我离家多年以来亏欠的人伦孝心好好攒起，让我在某个黄昏转身还乡时待在祖坟的荒地上，沉思静默。

没有一帆风顺的人生。青春勃发的年代，我们渴望鹏程万里。人生在世，我们要出一趟远门。对于我们这些没有宗教信仰的俗人而言，祖先就是我们生命中的神。

（原载《文化艺术报》2023 年 4 月 7 日）

一

长长的边防线上，夜幕逐渐扯下，钻出月亮和星星。凛风裹挟着雪花顺着雪山河谷呼啸，冷彻心骨。浩瀚星空下，彼此凝望，汪洋一般的夜里，哨塔是家。

寂静中，传来深陷进雪里的、沉重而缓慢的脚步声。我抬头看去，是近日在此地查岗的营长。

也许这里的每个干部都有一张相似的脸——眼睛发黑，皮肤皲裂，带着长年累月独自打拼的疲惫与沧桑，将青春献给了祖国边陲，被岁月搁浅。

度过平凡千日，走过万里孤独，没有人和他们一样。

营长走过来问我："新兵？"我点头。他又拍拍我的肩，指向远处的雪线，用手在自己腰侧比画。"看到了吗？等雪线升到这儿的时候，你就能回家了。守在这里，要耐得住寂寞啊。"我用力点头，露出憨傻的笑容。营长接着问："有对象了吗？"我羞涩一笑说："刚谈。"

营长眼神有些放空，似乎陷入了某种回忆，良久他才道："给你讲个故事吧。"

二

"那是我与妻子结婚的第三年，她已经怀孕近十个月。本想陪她到孩子出生，但我突然接到命令要到边防执行任务。时值冬日，边防物资紧缺，戍边战士所有的吃穿用度都要从内地运过来。来不及和妻子好好道别，我便登上了前往西藏的车。

"雪花飞扬，汽车颠簸在充满碎石沙砾的路上，尽头是一座座连天的雪峰。远处的山坳里，土坯砌成的平房前飘着一面国旗。到了边防站，地上的积雪已经没过膝盖，空气更加稀薄，朔风要把人掀翻，好在物资终于送到了战士们的手里。

"这里的战士们和你一般年纪，双眼澄澈，面庞黝黑。他们守着这山、这树，落在边防，攀附着最深处的根。

"夜晚的高原气温在零下二十摄氏度左右，我身上虽然裹着迷彩大衣，却像裹着一层薄纸。边防连队床铺有限，附近的藏民便热情地招呼我们住进他们的土坯房，还送来羊毛毡。

"此时电话响起，那边传来母亲的声音，她说妻子生下了一个女儿，母女平安。我激动得说不出话来，切成视频电话打过去，先看到母亲的脸，然后她把镜头对着妻女，面色苍白、有些虚弱的妻子对我笑了下。辛苦了，真的辛苦了，对不起没能在她最需要的时候陪在她身边。

"而我的女儿，被裹在小薄被里，手指含进嘴巴，眼睛眯成一条缝，懵懂地看着周围的一切。我多想穿过屏幕，把她小小的身体抱进怀里。

"她们是我生命存在的全部意义，我完全控制不住自己的眩晕与战栗，我听到自己的心在狂喜地跳跃。

"老乡屋里烧着牛粪火，我的脑子已经被某种热流浇得发烫。"

三

座座雪峰在月光下显得晶莹剔透，穗状的雪串挂在树上。听说栖息在残枝上的渡鸦，一生见过这里的许多事情。

数月前，我们驻地的一位战友，只是因为没有做好运动前的准备工作，就出现了突发情况。

他身体素质相当好，是我的班长，已在西藏当兵五年有余。他写过四次戍边申请书，最后一次用血书写成，终于如愿来到这里。那个春节他本该回家探亲结婚的。但因为某次打篮球时，他想跳起来抓球，身体却突然蜷缩痉挛，瞬间跌倒在地，我们这些小战士都吓坏了，赶忙将他送到附近的医院。还好最后没什么大碍，我们都松了口气。

高原有湛蓝的天和洁白的云，也有自然最美妙的奇景，但对我们来说，与残酷恶劣的环境对抗早已成为常态。就像感冒发烧在内地根本算不得大病，但在高原地区，若不及时医治，很有可能严重到出人命。

营长慰问完班长后，我看到他转过身去，久久凝望着遥远的天边，我猜不到他在想什么，但想必，他已经历过太多这样的事。

听营长讲他的妻女，这个冷硬的中年男人脸上，终于露出了些许柔情。

"后来呢？"我问营长。

四

"旌旗猎猎，雪水映照着寂静的夜空，头顶不时有几只岩鹰和老鸹盘旋。从我最初为它们计数开始，这已是第十五个冬天。它们奋力地飞升，因为心灵还算年轻，所以不管到哪儿，总带着激情。我开始思考时间，想象着它是如何流逝的。秒变为分，分变为日，日变为年，只朝着一个方向永恒流动。

"后来……我还是没能回家看望妻女，我在边境出任务，一待就是二百二十一天。我错过了女儿的满月礼，错过了她开始蹒跚学步，错过了她叫我爸爸，我错过了太多。

"茫茫荒原，举目望去，一片雪白，我分不清哪里是天，哪里是地。狂风似要把牛马吹到天上，粗壮的树木就要被连根拔起。

"巡逻边防点位结束后，回到营房，我整个人都怔住了。妻子正扬起嘴角，面带微笑地看着我。她一路披荆斩棘，穿越风霜雨雪，抖落满身风尘，终于站在我面前。

　　"相对无言，我瞬间红了眼眶。那些藏好的思念和眷恋，再也遏制不住。

　　"我从妻子手里接过女儿，看着怀里的女儿，完全不知所措。她的小脸蛋粉嘟嘟的，眼睛湿漉漉的，我抱着她轻轻摇晃，笨拙地哄她睡觉。

　　"'生日快乐'，妻子对我说。连我自己都忘了那天是我的生日。我一手揽着妻子，一手怀抱女儿，像拢住了整个世界。妻女的到来，就是我而立之年最好的礼物和惊喜。

　　"下了一夜的雪在晨间停住，曾经游荡的牛马没有归来。耳边长久地响着妻子温柔的声音，睡梦中听到女儿咿呀着叫我爸爸。久别重逢的一家三口，在高原之上，就是家的全部含义。

　　"有关回忆的淤青，是一只鸟眼中飞驰而过的山林与漫野。月光在窗台堆积，星星从夜幕缓慢渗出，风一次次吹过手心，没有留下任何线索。

　　"从此，我多了一个留在这里的理由。守妻女，挡外敌，只为更多的家庭能幸福圆满。"

五

微风从高高的巉岩上宣告黎明的到来。

我憋着眼泪，它却不争气地往下掉。营长又拍拍我肩膀说："你对象不容易，我们这些戍边军人无愧于国家和人民，但总归对家庭有亏欠，你要加倍对人家好。"

我频频地点头，又一次看到营长转身独自离去。他对这满山遍野的热爱，比荒漠更孤独，比大地更桀骜。

行走在边防线上，在我与风声的喘息之间，还有自己踩在雪上清晰的脚步声。

雪还在下，高原无休止的独白里，什么也没有，但我突然想起了女友银铃般的笑声，我知道她就在家等着我。

（原载《解放军报》2023 年 3 月 20 日）

秦腔是我的家乡戏。打记事起，她就萦绕着我，熏陶着我，激励着我，温暖着我。

较早的时候，村子里几乎家家户户的墙上都挂着一个纸喇叭，每天定时播音，隔三岔五总要放上几段秦腔戏。一开始，我和邻居的小伙伴搭上梯子，爬上土墙把纸喇叭翻来翻去，怎么也看不见舞台在哪里，怎么也找不着唱戏的人儿，怎么也想不通那个小东西怎么会唱出戏来。每当晚上听戏的时候，裹着小脚的奶奶便盘腿坐在炕上，把我搂在她的怀里，眯着眼睛陶醉在秦腔里。纸喇叭里的秦腔唱完了，我们就缠着父亲在堂屋教我们唱戏。在父亲的教习下，我们都能不跑调地唱上好几段。父亲的朋友每次到来时，总要我和姐姐唱戏，我们就躲到房子里去唱，父亲的朋友一句"唱得不错"，足以使我们美滋滋地过上好几天。

有段时间，学校里兴跳集体舞。村里的小伙伴们一到晚上便集中到村子北头一间磨房里练习。

在把学校规定的几段集体舞跳熟练后，有人建议"我们唱戏来"，立即得到了大家伙儿的响应。于是，磨房变成了唱戏的小舞台。小伙伴们围坐在四周，中间腾出一块空地，然后学着大人的样子唱戏、走台步。没有道具，就从家里搬去椅子当"龙案""龙椅"。没有服装，就拿爸爸妈妈的大衣服当"官服""绣袍"。男孩子喜欢一边口念"锵锵锵锵"一边挥刀催马当武士，女孩子最爱踱着碎步袅袅婷婷扮小姐。现在回想起来，小伙伴们唱的戏实在不能叫作戏，但在大家的眼里却是最美、最好看的戏。

后来，村子里装上了高音喇叭。喇叭一般挂在村子里几个不同方位的大树上，村主任家小院的树上肯定是要挂一个的，不仅为了便于工作，更是身份的标志。每当夜幕降临，劳作的人们从田间返回，一家一户升起缕缕炊烟的时候，随着村主任一声"社员同志们，社员同志们"，高音喇叭就开始广播了。在通知完需要乡亲们知道的事情后，村主任便会进入程序似的播放村民们耳熟能详的秦腔戏。而在该放的戏都放完了之后，一些村民仍然觉着不尽兴，于是村里戏瘾大的后生、媳妇们便跑到村主任家里，对着麦克风唱自己比较拿手的秦腔唱段。由于他们嗓门大，从不拿架子，乡亲们点啥他们唱啥，所以深受大家喜爱。"马蹄笼"便是他们中的佼佼者。虽然他的大脑袋长得像马蹄一样不够好看，但他的声音却是最透亮的，他唱的戏也是大家最爱点的，他简直成了庄户人的偶像。那天，"马蹄笼"结婚了，乡亲们在他家里狂唱了三天三夜，为他们心目中的秦腔"腕儿"贺喜。

改革开放后，乡里建起了露天剧场，时不时邀请城里剧团下乡演出。每到唱大戏的时候，十里八乡的乡亲们像过节一样，一个个打扮得利利索索，铆足了劲过戏瘾。特别是那些老人们，后半晌便拎上马扎、怀揣馍馍，相跟着往剧场去占座位。我们中学就在剧场门口的马路对面，那时的我面临着跳出农门的高考冲刺，学习相当紧张。但每当剧场的锣鼓一敲响，我的耳根子就痒得难受。那天下午，实在憋不住了，我就拉起同学来康红躲到剧场戏楼后的砖摞子中间，边看书边等待夜幕降临看戏。剧场工作人员清场时，我们俩极力屏住呼吸，好不容易没被发现，结果当工作人员离开后，我们正准备起身溜进观众中间时，康红一不小心将一摞子砖头碰倒了，几个砖头砸向我的脚面，右脚立即起了大血泡。然而，那天晚上看了一场彬县剧团演出的《游西湖》，我就把疼痛忘得一干二净了。

那年我上了军校，穿上了国防绿。部队是年轻人的天下，喜欢唱戏看戏的人并不多。但幸运的是，我的身边总有几个爱唱爱看秦腔的"知音"。军校管理特别严格，我从每月十几块的津贴中抠出钱买的小收音机，平时只能放在学员队干部那里锁起来。到了周末，我有时找个理由要来收音机，戴上耳机，躲进被窝，拧到秦腔台，好好地听一回秦腔，那酣畅淋漓的秦声秦韵，仿佛一下子把训练场上的摸爬滚打和课堂上的学习疲累都冲淡了。到部队工作后，有秦腔戏的时候，我有时忙里偷闲凑到电视机旁，和几个秦腔迷一起哼着秦腔的高亢韵律，感受秦腔的深邃意境。再后来，我添置了随身听、家庭影院等，看秦腔、听秦声更加方便了，秦腔经常和着"一二三四"的节奏在我的脑海里回响。

转业到地方单位工作后，由于受现代传媒的冲击，秦腔发展一度陷入低迷，但这丝毫未减弱我对秦腔的迷恋。我买了任哲中、李爱琴、马友仙、商芳慧、孙存蝶等艺术家的秦腔唱片，上下班边走边听，那叫艺术享受。陪母亲去戏曲研究院看《血泪仇》，高大上的秦腔真叫人过瘾。在家附近公园的"秦腔亭"下，时常有十几位志愿者组成的业余乐队在演奏，"马路"秦腔爱好者你方唱罢他登场，我有时会被牢牢地吸引一两个小时不挪窝。在古城西门外的秦腔茶社，台上忘情表演，台下喝彩搭红，小舞台的秦腔演出犹酣。在每晚《夜话秦腔》的广播节目里，欣赏名家唱段，聆听秦腔故事，关注秦腔命运，我时常听到午夜，几年来从未间断。有人讲，听秦腔吵得慌，但我却从中听到了静，那是一种消除浮躁、净化心灵之静，是体悟人生、品味生活之静，是感受艺术、陶冶性情之静。

是啊，几十年的耳濡目染，秦腔已经渗透到了我的骨子里，深深地扎根在我的心里。我爱秦腔！

（原载《视界观》2023 年第 3 期）

如果从诗歌追溯草木，一定得从《诗经》入手。

与每一种草木的乳名相遇，都似血脉的一种回归。手指慢慢在它的名字处停留，会发现车前子原来被唤作"芣苢"，茅草花着一个单名"荼"，野豌豆原来是"苕"，还有"薇""蔚""苓""蒿""葛"等，它们都紧承家族的意脉，被冠以草字头，绵延至今。

有的人偏爱草字头的字，偏爱得近乎执拗。细想，这些草字头下隐以发声的字，借着一株植物又多了另一层意思。在《诗经》的原野上，草木格外鲜活，爱情那么动人，在朴素的劳作里，总会有人拟几分诗意，漫过葛覃涌过卷耳，以音律的形式，穿过风的暖，透过月的影，君兮知兮地漫歌于原上。更有清俊人士，临灯拥简，墨迹晕开，将太满或过瘦的相思，呼应到笔间。

翻开字典，读草字头的字，像久违了一段段隔世的曾经。它们原是我们最初的命和生活的朝向，踩不住泥土之上的草木，如何学得会涉过荆

○ 倪 涛

人本草木

棘向你皈依？其实，本不用挑字拣句，不用揣摩用意，它们就那样抱朴守拙安然地生于斯长于斯。那些早已入土为安的歌者，长眠于草木繁盛的时代，沉睡的灵魂或许丢失了天涯，但安于一隅的信念，谁又敢说不是与每个春天等高，它是人类历史发展到一定阶段假以草木对灵魂的某种救赎吧？

人间草木满含着慈悲，救人于病苦。每一种草木皆能入药，调万物于平和之中。我对中药房里那些长长的抽屉常常充满了好奇。一味最常用的当归，总能让人浮想联翩，它像是生命脉管里缓缓流淌着的血，厚重而稳妥。最浅显的感觉是，它既已入药，病该隐去了吧，病人该回归如常。或者，疾病不外累积的沉疴所致，若是先天不足，当如归去，若为后因，当回归本真，无论哪种，人生都是朝着一个方向奔跑，当归，当归，入尘入土。再看药理，补血和血，味甘而重。那背着药箱的郎中，他身上弥散着的药香，兴许也会在某一个时刻为一个有缘人指点迷津。

想起歌曲《当归》里的歌词："把多少傲骨还给岁月，才拾得柔情散落的碎片。刀光剑影里的缠绵，意会时早已放下了刀剑。幸未蹉跎红颜，亦未辜负流年。"虽然此当归不是彼当归，我愿意"曲解"许多草木，汉字之下的草木，哪一味不是江湖？哪一味不关生死？相佐入药的草木被配伍，熬成苦汁，不等入口，拿着药方念那些草木之名，病便似好了一半。

那些被刻在药箱上的名字，每读一遍都会唇齿生香，再兼药理，虽然觉得玄而又玄，却一瞬间，甘愿匍匐于其间，五味杂陈的同时，荡涤一回周身。

如果有一天站在田野间，面对那些叫得上或叫不上名的野花野草，怎能不心生敬意呢？旅游的过程中，曾与一大片皂荚相遇，会想起置于皂盒里的手工皂和丰富的泡沫；与云杉相遇，会想起宣纸和老墨，还有成都西郊的浣花溪、松烟与胭脂，最美的是印在松花纹路上的娟劲小字；与古榕相遇，会想起经年盘卧其中的怪石，以及石上的青苔，那苔色有种欲上人衣的清美，最终捕捉到物我两忘的生命的厚重感——它们不再只是植株，我们不再只停留于肉身。

人间草木里，能上升到禅境的估计非茶莫属了吧？它除了秉承着远古的信息和脉搏外，还把人这个主体带进来，真真是人草合木，茶禅一境，在那么久远的过去就已被人悟到。

《红楼梦》里，林黛玉说自己是个草木人，每次读到这一句，心里便生无限悲悯。这种悲悯与她前世是一株绛珠仙草没有瓜葛。细想，我们何尝不是行走于天地间的各种草木。又想着，以草木为衣，为食，为药，为日常。从此他安心种田，我以字为引，这样的时刻一定不远于魏晋吧。

（原载《劳动时报》2023 年 6 月 15 日）

山是一道岭

○ 阮杰

是山却不叫山，那山叫岭。那是众多山脉中影响中国几千年繁荣兴盛的一座神奇而独特的山脉，那是举世闻名的秦岭。她静静地横躺在中国大地的中心位置，北看黄河咆哮，南望长江奔腾，却怀着一颗包容的心，将南北物种纳入自己的怀抱，给祖国大地一个缓冲，有条不紊地孕育出华夏文明。

在中国人的内心深处，总有着对山川、河流、草木的敬畏崇拜之情，远古的人们更是以最虔诚的姿态去为这种无上的信仰举行各种祭祀，以求得其对生者的护佑和对逝者的关怀。山川有灵的观念深入人心，并一代代传承下来。山的沉稳，水的灵动，这浑然天成的自然崇拜开启了我们祖先原始的心智，演化成了中华民族最质朴的哲学。

作为山脉，秦岭见证了数亿年的历史。秦岭在国人的心目中不只是一座山，还是一种观念、一种长江黄河分水岭的象征。秦岭是个传奇，从北麓上山，陡峭的山崖上怪石嶙峋，植被几乎垂直分布，也就有了"一日看四季，十里不同天"的说法。南坡则山水相映，一派南国景象。秦岭因所处的地理环境特殊，以及由此而带来的南北气候变化、人文景观、生活习俗等方面的不同，被称为我国地理南北分界线。秦岭巍峨高大，绵延千余公里，这里是生物多样性密集的区域，是野生动物繁衍生息的一块乐土，可以说是天然的自然博物馆。

与秦岭相伴相生是我的幸运，遥望月明星稀的夜空，不仅欣慰，还有许多感悟。"终日看山不厌山，买山终待老山间。山花落尽山长在，山水空流山自闲。"王荆公能一语道破爱山者的心事。我想，爱山，爱的是山的富饶美丽、博大雄奇；敬山，敬的是山的深厚和深沉。当你走进深山，会忘记人间的一切喧嚣烦忧，惊叹这天地造就的景观。当你登上高高的山巅，举目四望，苍苍茫茫，山连着山，山连着天，天地合一。远处偶尔传来的几声鸡鸣狗吠，升腾起的几缕袅袅炊烟，使空旷的大山显得更加寂静。在那儿坐一坐，躺一躺，呼吸一口清新的空气，接受一下山风的抚摸，你的精神会顿时为之一振。人与自然相生相融，万般感受尽在其中。在这里，有一种幸福的感觉，回归自然，回归生态。

宁陕天华山是秦岭的支脉，现在是国家森林公园，以万亩红桦林和千亩杜鹃花闻名，天华山龙潭瀑布尤为壮观，还有溶洞景观，可以供人攀岩、探险。这里层峦叠嶂，山奇石怪，林海茫茫，云雾缭绕，可谓"举头红日近，回首白云低"，别有一番自然情趣。漫步山林，处处都有曲径通幽之处，人人都可找到中意的画境。景色的四季变化，更为山增添了无穷魅力，如果顺着山路登顶，则可观赏到不同于秦岭北坡的高山草甸，那里百花争艳，灌木自然形成，可谓鬼斧神工。

秦岭也是南北民间习俗的分界线。在秦岭北麓的关中农村有很多有趣的现象，如"凳子不坐蹲起来"，特别是早上，在村口老槐树下爱圪蹴着"晒暖暖"。男人们大多会端一个大粗瓷碗吃饭谝闲传，有人把这种场景称作"老碗会"。每人一老碗烧得稠乎乎的苞谷糁，有的盖着一坨子浆水菜，手弯子夹着两三个杠子馍或蒸馍，也有日子过得殷实一点的用碟子端着油泼辣子加腌蒜薹。"老碗会"的主题永远是婆姨、孩子、猪娃和田里的庄稼，社会的趣事当然也是打趣逗乐的一项内容。吃着各自碗里的饭，看着别人碗里的菜，如果比别人的好，自然心里有些自豪，比别人差的觉得没面子只有叹息。庄稼人心里想得最多的还是庄稼，风调雨顺了，饭场上喝个苞谷糁都有劲，吸溜的声音跟唱歌一样。此情此景，活生生演绎了关中最有特色的谜语："红杠子，挑白旗，呼噜呼噜进洞里。"而"陕西八大怪"主要指的是板凳不坐蹲起来、房子半边盖、姑娘不对外、帕帕头上戴、面条像裤带、锅盔像锅盖、油泼辣子一道菜、秦腔不唱吼起来，它们分别对应的是八种只有在陕西关中地区才能见到的风土人情。

秦岭南坡则呈现出不同的风俗和景象，由于山大人稀，城镇或房屋大多依山而建。人户有的单家独院，有的三五户同村而居，各吃各的饭，各进各的门，除了红白喜事聚在一起忙活外，平时很少见到扎堆逗趣。农田里多半种的是玉米、洋芋、大豆之类的农作物，每到收获季节，夜里会响起嘟嘟嘟的木号声，山谷四应，山风传送，雄浑有力的号声传得很远很远。山里人知道，那是守号人在吹号筒。所谓"守号"，就是山民在坡地高处，挖一块平地，伐木搭建三角形的木架，绑上一层树枝或竹竿，上覆茅草，此即号棚。待到地里黄豆鼓荚、苞谷灌浆的时节，每天黄昏男劳力腰上别着弯刀，背上背着包，上坡到各自的号棚里，生一堆篝火，夜色浓重时，间歇性地吹响号角，威慑野兽，避免粮食被糟蹋。

在山城宁陕，站在子午河旁，沐浴着从秦岭深处吹来的风，似乎听见了竹喧归浣女的笑声，闻到了五郎关迎宾大道上桂花盛开的香气。晴朗的夏日，从悠然山湿地公园到上坝河国际狩猎场，再到筒车湾4A级景区，游客奔走在云雾缭绕的山水中，谈笑风生，别有意趣。身处其中，听淙淙流水、嘤嘤鸟语，看野花遍地、动物穿梭于林间，尘世的浮躁顿时飘走，此时此刻，只有静谧的美。

山是伟岸的，连绵不断，蓊蓊郁郁的森林给山坡穿上绿装，牧羊人的身影出现在蜿蜒的羊肠小道上，顺口的小调还在山间回荡。站在山腰上向远处眺望，人心一下子敞开来，那些琐事杂念，被迎面而来的风倏地涤荡掉，只剩下松涛哗哗的响声在耳边回荡。秦岭，以其举世无双的魅力，成为我最美的家园。

（原载《安康日报》2023年10月27日）

少年时，我不懂秦腔，却喜欢跟着父母上庙会看戏。小孩子敬嘴，跟着去心不在戏，是思谋着借机吃根麻花，或喝碗糊汤，但跟着跟着，耳朵里却灌满了戏词唱腔。那时而高亢激昂、时而婉转含蓄、时而哀怨凄苦、时而壮怀激烈的曲调，有着非常强的代入感，最后竟让我迷恋得嘴里哼、心里唱，动情处还禁不住手舞足蹈的。

秦腔，别称"梆子腔""陕西梆子"，起于西周，源于西府，成熟于秦，是中国最古老的剧种之一。它的曲调雄浑高昂、跌宕起伏，苍凉悲壮、哀怨忧伤，融入了秦人沉默不屈、坚韧倔强的性格特点，又蕴含着秦人长情厚道、柔肠百转的浪漫情怀，如脚下的厚土、眼前的城墙，有历史的厚重，亦散发着岁月的芬芳。

音乐是戏曲的灵魂。秦腔乐器里，除了咿咿呀呀的二胡、板胡外，我就喜欢听善变的笛子。我不会演奏，但在看戏的过程中，会刻意捕捉和聆听它的声音。那感觉就像置身花海里，耳旁是蜜蜂的嗡嗡声，间或又会从树枝上落下几声清脆的鸟鸣，让人心生涟漪。笛子这乐器看似简单，音色却可粗犷、可悠长、可婉转、可缠绵。在戏曲里，它不仅适用于渲染故事、表达情感，还能刻画描绘人物的内心世界。

前段时间，我听竹笛演奏《秦腔即兴曲》，就非常入心。该曲意境深远，情绪激昂，有思念、有孤独，有渴望、有无奈，有迷茫、有不舍，仿佛在诉说着黄土地两千多年的沧海桑田，诉说着芸芸众生活着的艰辛和不易。

秦岭巍峨，渭水汤汤。苦难深重的西北大地上，自古就生活着一群苦苦挣扎的人。他们生性倔强，不善言辞，但不是一截沉闷的木头。多少缠绵，多少思恋，多少幽怨，多少伤感，都在那一声声嘶吼里；多少倾诉，多少期盼，多少拼搏，多少磨难，都在那一曲曲倾诉里。秦腔忠实地记录了他们的奋进和不屈，是他们骨子里生就的歌声。

西村的三伯小时候生过病，病好了两条腿就一高一低的。成年后，他父亲托人为他说了一门亲。三娘的娘家在咸阳北原上，早年那地方干旱贫瘠，有门道的人都朝着水草丰美、旱涝保收的渭河谷地走。三娘的父亲不想让女儿一辈子手扳辘轳喝咸水，就应了这门亲。

接三娘回家那天，是初秋的一个早晨，路边的荞麦，细碎繁密的白花开得正艳。三伯望望天、看看地，从腰带里抽出管笛子，歪着头，横在嘴边呜哩哇啦地吹了起来。那天，他吹的应该是首欢乐曲。但远离家乡的心酸、对未来生活的迷茫，却让坐在驴背上的三娘听得眼泪长一行、短一行的。然而听着听着，三娘却擦干了眼泪，收回了纷乱的心绪，心底竟打算跟着这小伙子好好过日子。三娘的眼光没有错，几十年里三伯瘸着腿种地、打工、跟戏班出门赚钱，风雨同舟的日子被他用笛子吹得余韵悠长。前年我打他家门前过，这对耄耋夫妻正坐在门口晒太阳。三娘头发雪白，在脑后挽了个圆纂儿，套上黑丝发网，插一支紫檀木簪子。三伯穿着对襟上衣、宽脚黑裤，白底黑帮的老式布鞋精致得像工艺品。三娘轻声问一句，三伯耳聋，凑近了答一句，两人神态祥和得好似活神仙。

今夜月光皎洁，微风拂面，树枝筛落的光影似鸟雀栖落在打谷场，弹弹跳跳，动静相宜。护城河岸，又传来了熟悉的竹笛声，时光也倏忽穿越回绵绵远古。那来自北方高原彪悍的风，吹乱了我的乌发，苍茫的黄土地上尘土飞扬，面涂油彩的庄稼汉们伸开双臂仰天长啸。那一刻，我觉得听的不是笛声，更像是一段不可捉摸的人生际遇。

年少不懂秦腔情，鬓白才知秦音亲。历经过风雨漂泊、酸甜苦辣，你会感到秦声秦韵就是一壶老酒，能抚慰和滋润皲裂的灵魂，能抖掉人一身的风尘疲惫。

（原载《陕西工人报》2023 年 4 月 8 日）

○ 王仁菊

桂花落香

秋日的平利小城是香的。院落是香的，街道是香的，河畔是香的，迎面而来的行人也是香的。因为空气是香的，肆意弥漫的香气把一城山水都染成了桂花味儿。

一树树桂花，自西郊的彩虹桥沿坝河两岸一路开到县城东头的龙古村，沿途的居民小区、文化广场、街道两旁次第开着桂花。如果你有兴趣再往上或往下走，迎接你的仍是桂花，只是略稀疏些，间隔长着些其他花木。金桂、银桂、丹桂，一树接着一树，米粒似的花瓣锈成一疙瘩，压得枝头纷纷垂首。

晨昏漫步在小城的河滨步道或小广场上，金风习习，花影婆娑，哪怕是匆匆穿过街巷，也常被幽幽花香熏得微醉，神思有些恍惚，还有些莫名的欢喜。若遇晴好周末，偷闲在河滨路上走一遭，阳光温软地笼罩周身，天空蓝得没有一丝杂质，只一些闲云似水如烟。秋风慵懒，幽香袭人，风把香气聚拢又吹散，倏忽一阵急风，点点花瓣簌簌飘落，伸手接住，凑近口鼻使劲儿吸一口，可能就按捺不住盗心，恨不能偷一枝香，藏在眼睛看不到的地方，暗自欣悦。

时常会遇到一些老人，拿了大张素净的白纸，四周压上石子或小竹栲栲放在树下接落花，这是讲究且有闲情的人。另一些人则直接把落花清扫收拢了带走。当然，更多的落花还是被清洁工人连同落叶一并清扫了去。

桂花是入了《本草纲目》的，含有丰富的芳香物质，能生津、辟臭、化痰、治虫牙痛等，还可做成桂花茶、桂花羹、桂花粥、桂花糕、桂花酒……只是这些吃法都颇为讲究，盛行于南方。平利人虽有风闻，却并不太会做，常见的用法是配饭或当茶饮。茶饮顶简单，把鲜桂花洗净风干后备用，饮用时取适量开水冲出香味即可，也可与茶一同泡饮。配饭就更简单了，随意抓一撮鲜桂花放在水米里一起煮，熬粥或做白米干饭都是相宜的。

平利地处秦头楚尾，四季分明，物产丰富，单是饮品，品类就不老少：绿茶、红茶、绞股蓝，还有常见的保健中药饮片。平利人的性情也是南北兼容，既不像北方人一味粗犷，也不像南方人一味温婉，对桂花这样的物什并不十分稀罕，秋里漫不经心地拾掇一点，想起来了泡上一杯茶或配个饭，吃个味儿，不甚依恋，但久不沾染心里又欠欠的。

我素喜桂花，尤喜桂花落。刚刚识得桂花为何物的年纪，不懂嗅赏它的幽香，更不通晓诸般食用药用的好处，只一味觉得桂花落了，就有桂花饭吃了，那透着桂子香气的新米饭是无与伦比的美味，有菜没菜都能吃上两大碗。

我的老家位于县城最西边的老县木瓜沟，不知源于何种讲究，当地人信奉屋周不栽桂，理由是花贵人不贵，桂子会夺了人的贵气。整条沟里，就沟垴的老茶山西侧生着一棵极大的丹桂，枝干道劲，浓荫如盖，三个壮小伙也合抱不拢，树身似鸡皮一样粗粝，隐隐散发着庄严肃穆之气。这棵树长在三不管的荒山上，远离人户，挡不着哪家的贵气，加之也没大的用处，是正经的"散木"，悄然就长成了气候。对自然强大者的崇拜，大概是人类的遗传密码，人们对这棵有古气的桂花树崇敬有加，把那一片山地叫作桂花垴。

每年秋里，老茶山上丹桂飘香，经久不散，那才真真是香飘十里！

娃们不识桂花的诸多好处，对那花香也并不十分贪恋，但心里极为喜欢！桂花开了，稻子就黄了，树上的甜枣、地里的甜秆儿，还有各样的杂粮豆子也都熟了，吃了好久的苞谷糁、浆粑汤、面疙瘩，早就馋新米饭了。颗粒归仓了，白米饭同家下的果木敞开了吃，杂粮卖到供销社，油盐就能吃得大方些，学费有了，没准儿还能添身新衣裳，再不济也能得双鞋或袜子，女娃们还能多得一段红头绳。更令人高兴的是，娘老子的脸色好看了，他们拌嘴的时候少了，说起话来有了笑模样儿。地里的活也没那么忙了，当娘的有时间盘些好吃喝，当老子的逮着机会把烟虫酒虫喂得饱足，娃们不时就能得些油嘴儿，心里的欢喜搁不住地往外冒。

桂花初落，有心的妇人们便指使娃们去树下拾落花，她们自己是从来不去的，只说树成了气候就有了灵性，不敢冒犯，又说这般古气的大树自会有长者慈心，不会责难不懂事的娃们。娃们手上拾着落花，嘴里就泛起桂花饭香，忍不住吞口水。妇人们得了花，用井水淘洗净了，晾干配新米煮饭食。做饭时抓一撮，扔进水米里，白米饭里就有了淡淡的桂花香，新米的香味也更浓郁几分。

　　我顶爱吃这样的桂花饭，总是自告奋勇去拾桂花，往返七八里路，一气就能跑到，还总勤着帮母亲淘洗晾晒。年年盼着桂花早点开、早点落，又总担心它落得太快，操不完的心！如今想来，那或是最浪漫的等待了，等桂花开，等桂花落，等桂花饭端上桌，一秋又一秋。

　　小城自哪一年遍植桂子，未曾留意，惊觉时已是香溢满城。整个秋天，感受着花香在空气中流动，就记起桂花埫拾得的那些落花，盘算着新米又该归仓了。偶尔遇到老人们等桂花落，心里总暗暗猜想，他们是用这桂子泡茶、熬粥还是做白米饭呢？新米大抵是早就备下了吧。

　　我的夫家在城东的长安，与老县相距四五十里地，长安地界的讲究恰恰相反：兴门前栽桂，言之为"开门见贵"，取富贵之寓意。长安与县城接壤，这满城桂子，大抵也是取开门见贵之意吧！

（原载《西安日报》2023 年 11 月 23 日）

是在家附近的艺术园区里发现的这簇花藤，细小繁密的花朵如一帘瀑布正从这座私人画苑的矮门屋顶直泻下来，波叠浪涌，灿眼烁目，直怕它跌落地面，不由得想伸出手去接住。

屋门突然吱呀一声，主人从里面走出来，互相愣了一下，还是忍不住上前询问："这是什么花呀，这么茂盛？""木香花！"主人简短应答，脚步匆匆。本还想多问，人却已走远了。

我站在那里挪不开步。哦！木香花，这是个陌生的名字，以前从未听说，可这花簇分明在哪里见到过。近前仔细观察，花瓣纤小，朵不盈寸，若一粒粒纽扣。色呈米黄，淡雅素朴，又玲珑剔透，一柄上多朵花成伞形攒在一起，花枝间密密匝匝，挤挤挨挨，繁茂得透不过气来。花虽不甚起眼，但那种盛开的姿态却令人瞠目。这是怎样的一种盛放啊，像一群傻丫头，嬉笑打闹，不管不顾，要将屋院吵翻天；也似一张张灿烂的笑脸，天真纯粹，烂漫不拘，你推我搡笑作一团，为什么事乐开了怀! 没有必要藏着掖着, 天生的胆子大、性子烈, 一旦盛放就管不住身收不拢心, 一朵花尚未谢, 另一朵已绽开, 不知歇息, 不知疲倦, 就这么笑啊笑, 开呀开, 把春天作为生命的秀场, 开就开它个轰轰烈烈, 爱就爱它个掏心掏肺。春光不尽, 花期不止。

如此蓬勃旺盛的生命力一下激发了我对木香花的认知欲, 回到家急忙上网、翻书, 查找寻觅。果不出所料, 木香花乃属蔷薇科, 为蔓生攀缘类植物, 难怪乍一见错以为是株金蔷薇, 可细看却比蔷薇繁茂得多。李渔在《闲情偶寄》中感叹: "木香花密而香浓, 此其稍胜蔷薇者也。" "蔷薇宜架, 木香宜棚者, 以蔷薇条干之所及, 不及木香之远也。木香作屋, 蔷薇作垣, 二者各尽其长。"据说木香花善攀爬, 枝条长可达六七米, 即使攀附一棵大树也能将花开得满树满枝, 颇有喧宾夺主的气势。另外木香花与荼蘼花形类似, 不过木香花的姿容香气要更胜一筹, 然而众人皆知蔷薇、荼蘼, 对木香花却知之甚少。

忽然想起, 与木香花的确有过一面之缘。记得那年与朋友一起去乡下游玩, 朋友将我们带至一处草莓园, 说是其表嫂所种。主人是一位圆脸微胖的中年妇女, 待人热情和善, 行事泼辣爽快。她种的草莓个儿大味甜, 我们每人都采买了一大篮子。临离开园子时, 我突然发现旁边一间土坯垒起的小屋顶上, 一蓬黄花正开得热烈恣肆、碎金飞溅, 不觉惊叹起来。问女主人那是什么花, 她笑说是从别人地里折回的几根花枝, 随手插在屋旁, 不承想这花好活易养, 才几年工夫便开得铺天盖地,正好给小屋做了花顶棚。不过只知道养花,忘记问花名了。

回来的路上，朋友告诉我们，其实他的表哥早几年在建筑工地出工伤已去世了。表嫂带着两个孩子后来又嫁了人，不承想那男人两年前跑运输又出了车祸，瘫痪在床。如今表嫂不仅要拉扯自己的两个孩子以及男人以前的孩子，还要照顾卧床的男人和一家人的生活，其艰难可想而知。大家感慨着表嫂的苦命，我却想起她笑容明朗的脸颊，似乎在那脸上看不到失意和凄苦，更多的却是温暖明亮。她勤劳质朴、热情豁达，靠双手将两个草莓大棚经营得有声有色，孩子们也被她调教得乖巧懂事、学业优异。生活虽然不曾厚待于她，但她没有怨天尤人，而是不放弃、不妥协，无论经历怎样的风吹雨打、艰辛磨折，始终像那簇热烈盛开的木香花般，努力绽放自己，奉献自己，活出最绚烂的生命形态。

其实木香花的价值不仅在于可供观赏，其花甜香味醇，刚开一半时即可摘下熏茶，芳香持久；也可用白糖腌渍后制成木香花糖糕，其美味与玫瑰花糕不相上下。且木香花朵含芳香油，可配制香精作化妆品用。其根和叶还可入药，有止痢、止血之功效。木香实非凡俗之花可比。

我想，于万千花海中能与木香花相遇相知，喜甚！幸甚！

（原载《知识窗》2023年第6期）

屈指算来，我与武隆山有缘已二十余年。不久前，故地重游，感慨良多。

武隆位于重庆市东南部，地处乌江下游，属武陵山和大娄山峡谷地带，面积约三千平方公里。其西、北、东分别与重庆境内的南川、涪陵、丰都和彭水接壤，东南毗邻贵州省的道真、务川两县。

一进入武隆，映入眼帘的就是山和水。人们居住于乌江两岸，临水依山，平整宽敞的广场很少，走上两三步便是向上或向下的百级台阶或长长的斜坡。武隆的水，有着乌江画廊般的美丽。其中的小河清浅见沙，出没于山间石缝和灌木丛中或乔木根底，玩耍嬉戏般惬意地小跑游走，左顾右盼地奔向乌江的怀抱。

这里的山，仿佛唐代美女般丰满富态，半山以上飘着云气，白雾如同宽袍大袖，或铺满山腰，或遮住山顶，或沿着山谷漫步，或围着山的一周久久不散，将远处的山顶和树木罩得严严实实。随着气流的涌动、风儿的吹拂，白雾走走停停，如烟蒸腾，翩跹袅娜，使人想起临近饭点飘满村子上空的炊烟，或随着风曼妙地律动，或直直地干霄入天。白色的团雾游在山顶，有的云黑白相接、绵延数公里盖在山脊上，装点着崇山峻岭和天地日月。有的云雾贴着树一个劲地飘浮，仿佛满山遍野的树木花草被围猎，云气如撕棉扯絮般，又似在你来我往般的躲闪中捉着迷藏。重峦叠嶂，放眼望去，景色渐渐变淡以至模糊，和从天而降的云雾烟岚融为一体，浓雾和山峦过渡得水乳交融。不知是山峦浸染了云雾，还是云雾抹在了山峦山巅，大山似乎隐去了它的锋芒和峻拔。行走在山腰间，晴空万里，太阳从山顶照下去，笔直的一道道光线在山影的背景下又多了一层层画面，和弯弯曲曲的山峰构成一幅绝美的艺术画，这大自然的造化竟如此神奇。

乌江两岸，崔嵬的崖壁如同巨幅的图画，岩石呈现着青、灰、白、黄各种颜色，有序排列，间隙偶有一道道墨黑如碳的纹理，倾斜着压向水面，层层叠叠，整齐划一，纹理清晰可见。从山顶下来的流水常年冲刷着崖壁，垂下一道道印迹，与山石皱褶或平行或交错，如水墨画一般。两岸耸立的石板，如同现代工业化的模子预制出来一般，上下斜着延伸至山顶和水面，有的几十米，有的几百米之长，规律而好看，有的温润湿滑犹如生着一层包浆，仿佛天工神匠垒砌而成，工艺精湛、漂亮。

从光秃秃的石头上长出一株树木来，晃晃悠悠，迎风摇曳。这小树临渊而望，不知道它的小心脏是否畏惧胆怯。想着我在高岸探头望向江面的情景，脚后跟颤抖，小腿肚子发软，整个人仿佛要跌入江水，头晕目眩，不止胆怯，心都差点要跳出来。乌江静静地居于两山壁立陡峭的悬崖根部，中咀渡口上游五百米有一处标杆，显示水位二十八米，相当于十层楼的高度。它静静地躺在峡谷之中，平铺着，如墨绿色巨型玉石，浮着温润、微澜的縠皱，漾着淡淡的浅浅的曲线，山的倒影是更深的绿，仿佛黑墨炭块一般，水下暗流汹涌，小小的漩涡下潜藏着巨浪。

我们一行在乌江的中咀码头坐上了船，看着夹岸，巨型层岩浑然一体，斑驳陆离，是天然的地质公园，一眼可见其本质、接力和结构，也叹服于大自然的永恒亘古和伟大。就是这伟岸锁住了滔滔江水，其虽深不可测，但表面平静如镜得有点温柔。船费每人两元，五分钟就渡过了这处乌江天险。

沿着折来折去的之字形小路，上到了渡口岸上的村庄。这应该是一个被弃用的集镇。沿着江岸一边的房子零零星星，岸崖上垂直立着几根细细的砖砌柱子，柱子上搭着水泥板铺成小小一方平台，支起了两三层简易阁楼，顶上瓦间长满了野草，葳蕤杂乱。路另一边高低错落、参差有致地筑满了房子，密密麻麻、**重重叠叠**，有门面房，有储藏室，立体效果如同积木般复杂，上下左右、前后正反面充分利用，可以想见十几年前公路桥梁未通时这里的繁华景象。房子依着山势地形，做着挖方填方的取舍腾挪，仿佛不规则的山崖坡地上戴着四棱见线的宋代官帽一般。上边是平平的屋顶，时不时就可以看到山民搭就的屋舍茅棚和鸡笼猪圈。总之，梯形几何构图元素是其建筑特点。这里工匠巧夺天工的砌石工艺水平，足以作为非物质文化遗产代表项目申报、传承。

山是丰饶的，山路旁长着巨大的榕树，高可达天，遮住了几户院落。其虽古老，依然生机盎然、高大雄伟，树干遒劲如同蛟龙，枝叶旁逸斜出，全身爬满了藤蔓，寄生着蕨类和苔藓。它生长极快，可用野蛮来形容。木质弯曲稀疏，不能叠屋架梁，有的根须长成了树干，仅可砍作柴薪或栅栏之用，主要还是为生态绿化和大山做些许点缀。

沿着水泥混凝土浇筑的灰白色乡道向里行进，路边设有简易的垃圾收集点，显得孤零零的。路两旁的树木虽粗细不一，但一律向上直溜溜地生长，直刺苍穹，即使藤蔓缠绕、苔藓满身也无暇顾及。山中野生植物满目尽是，如喜树、鹅掌楸、鸡屎藤、串果藤、蜀五加、勾儿茶、水杉、云杉、红豆杉、栓皮栎、金银木、象鼻花、山胡椒、重齿当归、羽叶山蚂蝗和细柄野荞麦等植被，种类多达百千。零星的房子附近，我看见似古木横卧、黝黑生苔的层状石板上，有一绺绺梯田，也有零星石块垒起来的一片片簸箕大小的田地，上边长着烟叶、南瓜和红薯等。烟叶顶部的小花粉红嫣然，南瓜吊在路边，红薯繁茂个儿大。这里的苕粉远近闻名，行销全国。已经收获的一堆枯黄的玉米秆，高高伫立在石缝间。

远远看见几个妇女或洗着衣服，或摆弄着地上的红薯，或莳着几米见方斜坡上的田畦，土里布满了大小不一的石块宕渣，种田之艰可想而知。狭窄的路旁摆满了废弃的瓶瓶罐罐和泡沫箱，里边种着小小的时蔬，油绿的小叶间杂着虫眼小洞，当未施农药，健康有机。山里的日子似乎紧巴巴的，但温馨充实。

村子里看不见几个当地人，五六十岁以下的几乎都出去打工了，大多数房子无人居住，看着破旧不堪。村道冷冷清清，虽有着当年繁华的痕迹，可毕竟流水东去，一派苍凉。我想，这方热土要不了多久，或许就会被优化改造，或者退耕还林，或者实施整体拆迁，将稀稀拉拉的现有住户迁入城镇，让这里的山水更加秀美。想想，释然。

（原载《西安日报》2023 年 9 月 17 日）

318国道，全程5476公里，是我国最长的一条国道，它的起点为我的家乡上海市黄浦区人民广场，终点为喜马拉雅山南麓的中尼（尼泊尔）友谊桥。

在友谊桥上方有一夏尔巴村落名叫立新，夏尔巴是一个未曾识别的民族，夏尔巴在藏语中意为"来自东方的人"。四十多年前，我和六个来自江西的知青曾在这里插队两年，七百多个日日夜夜，我们经历了许多大事小情，单说大田劳动第一天就令我至今难忘。

我们知青点地处立新村村口，有一对夏尔巴母子住在我们隔壁，在我们下方有一片梯田式的玉米地。玉米已抽穗灌浆，夏尔巴人要去玉米地干活必然要从我们门前通过。为玉米地除草和修补被雨水冲垮的田埂，是我们到立新村干的第一桩农活。那天，我们看见村民三三两两手拿镰刀和饭碗，从我们门前经过，我们也依葫芦画瓢，拿起工具，不顾达娃组长让我们再休息两天的劝阻，打着手势与夏尔巴乡亲们结伴来到玉米地里。

玉米地呈"非"字形排列，梯田宽与田埂高成同比，两米宽的梯田必有两米高的田埂与之相伴，两坡的凹洼有一条土道。在把脚放平都很难的陡坡上能开垦出如此一大片梯田来，着实令人震惊。玉米地四周的原始森林遮天蔽日，玉米地里的杂草也足有一米多高，我们跟在达娃组长身后，割了一会儿感到这样干不行，割草不除根，过不了几天这草还要长。于是我们男的把镰刀丢在一旁改用手去拔，这里的草根扎得很深，要用双手才能将其撼动。达娃组长可能是看到我们双手抓草身体后仰的模样，笑得前仰后合。

"小吴、小吴，不要拔了！还有小余、小牟，这么干不行！你们这样拔不了多大一会儿，双手就会打泡，还是回去用镰刀割。"我们看着发红的手，想想也对，站起身突然发现周围竟然没有一个男人，清一色全是女人，这不是瞧不起我们吗？这割草是妇女干的活，我们几个大老爷们儿在这干算啥。"达娃组长，男人们都在那里修田埂，我们应该在那儿干！"我把镰刀插到后腰，招呼着其他三人离开了妇女割草队。

达娃组长看到我们离去，笑着大声喊："四个大男人，当心点儿！"到了那里，单增主任和边巴顿珠还是安排我们割草，不过这次割的不是玉米地里的草，而是石头田埂内长的草。在靠近山岗尽头的一行田埂上，我们看到两垄被糟蹋的玉米，玉米秆被折断，未完全成熟的玉米棒子有的被撕破了皮，有的被野兽啃过后扔得遍地都是。边巴顿珠

349

俯下身，仔细查看地面凌乱的"足迹"，捡起被啃过的玉米棒，脸上露出了神秘的笑容。

"前两天，猴子和狗熊都来过这里，看到玉米没熟，就顺着这儿下去了！"顺着边巴顿珠的手势，我们看到悬崖前方果然有一路倒伏的杂草。"边巴老师，你说这狗熊还会不会再来？"余德海早已按捺不住，有些急吼吼地问。

"我猜它还会来！""那它什么时候会来？"余德海听说狗熊会来，喜形于色，我们仨也摩拳擦掌，准备跟这只狗熊大干一场。"什么时候会来？"边巴顿珠手指地边的石头房笑了笑，欲言又止。

石头房前站着几个妇女，金惠丽也在里面，她正朝我们挥手。"可能是叫我们回去吃饭，大家边走边聊吧。"边巴顿珠告诉我们，这个石头房子是看猴子和狗熊用的，每年玉米成熟，村里就会派人在这里值夜，有枪的拿枪，没枪的就敲锣打鼓点火把，整夜吆喝，为的就是把偷玉米的野兽吓走，要不然这一点玉米哪经得住它们糟蹋……在大家的软磨硬泡下，单增罗布主任答应我们参与值夜看玉米，边巴顿珠也答应从工作组拿出一支步枪让知青点使用，并让余德海当晚到工作组取枪，还配了二十发子弹。余德海拿到枪后俨然成了这把枪的主人，知青点也顺势把捕获野味改善伙食的任务交给了他。

中午饭，我们享用了夏尔巴人独特的风味食品——"贡折"。贡折是用玉米做的，将玉米捣碎成粉，放入铝锅的开水中，然后用木耙子搅拌，边搅边撒粉，越搅越稠，冒了泡煮熟了就可食用。贡折类似于陕西人吃的搅团，只不过陕西人吃搅团的浇头是酸菜辣椒汤，而夏尔巴人的浇头是藿麻羹。藿麻是一种带刺的毛茸茸的常绿植物，俗称蜇人草，夏尔巴人用竹夹把藿麻的嫩芽采下，放在烟下熏，熏走小虫子后，再放上盐巴、辣椒熬成糊状。

饭前洗手是夏尔巴人良好的卫生习惯，但他们只洗右手，重点是大拇指、食指和中指。夏尔巴人吃贡折不用碗筷，盛贡折的器皿是一个十二厘米左右的铝盘。吃饭时，他们用三个手指头捻起一小坨，蘸蘸盘里的藿麻羹送入口中，见他们人人吃得有滋有味，我们几个左看看右看看就是下不了手。有一个叫多杰的小伙子似乎看出了我们的心思，砍了两根毛竹，做成七双筷子送到了我们手里。

几个江西人应该没有吃过这个玩意儿，他们把贡折放进嘴里，不停地嚼，越嚼越没有味，越嚼越难以下咽，我听见金惠丽问姐姐金惠珍："这东西好吃吗？""挺好吃，好像盐少了一点儿。"金惠珍用筷子不停搅动碗里的贡折，连头也没抬一下。"姐，你在骗人，我感觉怎么像在吃糨糊，淡了吧唧的没有一点儿味道。"金惠珍朝四周看了看，拉下了脸，压低声音说："不要瞎说，人家都能吃，难道就你娇气不能吃。"金惠丽碰了一鼻子灰，坐在一旁，把碗里的贡折夹成一块一块的，就是不往嘴里送。这哪能行！第一次和夏尔巴人一起吃饭就这个德行，岂不丢我们知青点的脸吗？再看看其他几位也比金惠丽好不了多少，个个紧锁双眉，好像吃饭比吃药还难受。

为了维护我们知青点的形象，我不得不现身说法，来一个旁敲侧击:"惠丽,吃贡折不能嚼着吃,要像吃药片一样吞服,就像我一样……"我做了一个示范动作,把一块贡折放进嘴里,牙齿没动,喉结在动,把贡折直接咽了下去。"这样吃,贡折才能有滋味,才能吃出藿麻的清香,小妹,不是人家做的东西不好吃,而是你不会吃,这种东西我在老家吃过,陕西人把它叫搅团,你若不信可以试试。"金惠丽听我说话的声音越来越大,明白了我的用意,知道我不是针对她一个人,而是说给大伙儿听的,她不好意思地笑了笑:"既然你吃过,为什么不早说?""我咋知道你们江西人连这个东西也没有吃过!"随后,大伙改变了吃饭习惯,变细嚼慢咽为狼吞虎咽,我们男的还盛了第二碗,烧饭的阿尼拉(姑姑)伸出大拇指,直夸我们是好样的。

当天晚上,我们四个男的点着马灯,手拿脸盆,胳肢窝夹着一捆干竹筒,随着村民开始"巡逻执勤"。巡逻就是绕着玉米地转圈,转一圈约需两小时,在两次巡逻间隙,留在石屋或草棚"碉楼"的村民就会到外面吆喝几嗓子,敲打一阵子,不管有没有响动,都要抓起身边的石头土块朝不同方向投掷。

忙活了三天,玉米地平安无事,不知野兽是被我们的虚张声势吓得不敢再来,还是另觅到了美食,对玉米已经不屑一顾。早中晚三班竟没有看见一只猴子和狗熊,对此我们颇感失望。

第四天凌晨,有一只不知死活的狗熊出现在我们的视野里,它对大伙儿的大呼小叫和投掷的石块不以为意,大摇大摆径直朝玉米地中央走来,正好被埋伏在附近的边巴顿珠和余德海逮了个正着,两人同时开枪将其击伤。"想跑，没门儿！"我们值夜班的五六个人紧随其后，跟上去追击了十几里地，才将毙倒的狗熊弄回村内。全村人饱餐了一顿味道鲜美的狗熊肉，"熊"口夺粮初战告捷。

四十八年过去了，我和我的第二故乡虽相隔千山万水，但我们心相通路相连，套改宋词里的两句就是：我住"国道"头，君住"国道"尾，日日思君不见君，共走一条路……

（原载《作家摇篮》2023 年第 4 期）

梨花风起，缕缕哀思，又到一年一度清明时节。

小时候，弄不明白，老辈人为什么在意这个时节。我的老家远在商州，前半月，父亲就筹划着回老家。那时，日子苦，上坟的钱都得提前准备。父亲把挖药材卖得的钱数了又数，钱总是不够，就得想办法借钱。这时，父亲免不了和母亲争吵，大概是母亲对上坟这事不那么重视，总认为日子艰难，能不回去就不回去了。再说，老家还有两个叔父去上坟。但父亲态度坚决，上坟的事谁都不能代替谁，他宁肯不吃不喝，也要凑够回老家上坟的钱。于是，在那些日子里，父亲就想法借钱，后又挖上几棵山外生长的小柏树，扛回商州去。父亲和二叔带上大哥或堂哥他们，三更半夜，带着母亲烙的锅盔馍，翻山越岭，赶往远在秦岭腹地的黑龙口。

他们凭着两条腿，走在崎岖的山路上，艰难地跋涉。疾风骤雨，也阻挡不了他们回家的脚步。到了老家，已是夜深人静。天亮后，父亲和族里人又赶往十多公里外的韩峪川的祖坟祭祖。

商州清明祭坟，与关中道上大有不同。清明节前三天，家族庞大的，就有严格约定，必须统一行动，过了约定的日子，就不能再上坟了。而关中道上，大多是在清明节当天祭祖，也可以提前进行。

爷爷去世后，去韩峪川老家祭祖就中断了，父亲和叔父只祭着我爷爷奶奶的坟茔。

后来，四叔父病逝，三叔父没有成家，孤苦伶仃地住在商州老家。父亲为了照顾三叔，把他也迁出了商山。老家山坳里也就留下爷爷和奶奶的坟茔。父亲在世时，多次有把坟茔迁出山外的想法，碍于种种原因，后来也未实现。

父亲患病去世了。没有了父亲，上坟这事也只有叔父坚持着，从未间断。叔父头脑浑，想事简单，但对父母孝顺忠诚，是我们小辈学习的榜样。无论是清明回家上坟，还是重要节日祭祖，他都坚持始终，雷打不动，执着前行。

二十世纪九十年代初，叔父要我陪他回老家祭坟。他严肃地对我说，他老了，感觉腿已明显不听使唤了，回老家祭一次就少一次。我们小辈再不回去，到了下一辈，恐怕连坟茔也找不到了。

他的话触动了我，我就安慰他："您年纪大了，以后就不用坚持回去了。"

"那不行！我要亲自带上你，给你交代清楚。你爷的坟，有几块石头下雨时滚落了，正好你回去，叫上你几个老表们帮忙砌好。"

于是，那年清明节，我就随叔父、堂哥回老家祭坟。骑上摩托，在曲曲折折的流峪道上疾驰，路越行越险，但我并不惧怕，倒觉得是一次愉快的旅行。

见到了久违的亲人，感受到了浓浓的亲情，与表兄弟们一起，向着我家从前住过的沟岔里走，艰难地往沟上爬。

上到了沟垴，看到对面山坡的坟头上插着白色的清明吊，在风中飘荡，鞭炮声声。烧化纸钱，磕头，人们神情凝重，一种敬畏祖先的庄严感，在我心里升腾。

我肩扛镢头，几个表兄弟手拎祭品，叔父边走边给我们讲在这儿居住的陈年往事，如何遭遇如麻乱世，如何尝遍人世苦楚，如何艰辛度日，爷爷奶奶如何不幸离开人世。

听着叔父的叙说，其他人很少说话，一桩桩艰辛的往事使人心酸不已，我们也对上辈人更加崇敬。

一阵山风刮过，天空飘过一片阴云，一会儿还飘洒起小雨。我觉得，清明的雨似雨非雨，似亲人离别，哀伤的泪淋在身上，忧在心头，滋生出许许多多的念想。

我们动手先把坟头疯长的荒草割掉，修整树枝，把垮掉的石块捡起，一块一块垒好，添上新土，先给我爷爷祭坟，再跪到我婆的坟前，挂上清明吊，烧化纸钱，燃香，磕头。叔父双手合十，非常虔诚，嘴里念叨着："今年，给您们上坟，咱田家又添了新人了……"

"风雨梨花寒食过，几家坟上子孙来？"上完了我爷和我婆的坟，

356

下到一个平台上，再上我四叔父的坟……一切按辈分从高到低进行。

上坟完毕，我们站在山顶上，透过层层烟雨，俯视上山的人们，眺望那些埋没在荒草丛中的坟茔。不得不佩服老祖先的智慧，他们把一个平常的日子变成一次教化，指挥着红尘中的芸芸众生自觉不自觉地跪在坟前，一代一代地坚守。我在想，远道而来的我们祭拜着自己故去的亲人，这个礼仪能给活着的人们一丝触动，让子女们知道自己从何而来、于何而去，认清生命的来处和归途。

离开时，叔父再次告诫我们，一定要记着每个坟的位置，别弄错了。弄错了，是睡不安宁觉的，在梦中，亲人就会责怪。

听着叔父的叮咛，我下定了给爷和婆按时祭坟的决心。我会时刻铭记老辈人的虔诚，并会将这份虔诚不折不扣保持到底。

年年清明，岁岁祭坟，祭拜的初心不变，祭拜的人却在变，一辈接着一辈。想到这些，眼泪就涌出我的眼眶。

十几年后，叔父、母亲、二哥先后故去，亲人变成了故人，新坟变成了旧坟。健在的大哥大姐也已年过古稀，曾经在一起的温暖、幸福的时刻，定格成了永久记忆，使人活在了深切的思念里……

记住了亲人的坟地，便记住了一脉人的来处。多少年来，抛开一切事务的缠绕，我都要坚持回老家祭祖，带着我的侄子侄女及儿子们前往。

每年清明节，子女们就筹划着回老家祭坟，开启我们家族的清明行动。子女们争先恐后买一大捆黄纸，带着祭品，带着虔诚，我们踏上回家的路。

回到老家，我们一起上山，上到半山腰，我就气喘吁吁，孩子们都在劝说我不要上山去了，让我看着他们上去就行了。

在子女们的劝说下，我就甘愿驻足在坡下，仰望我爷我婆的坟茔，心中有着莫名的悲伤。

记得前几年回来上坟，就在此地，年过古稀的大哥执意要爬上山去，给爷和婆焚烧纸钱，我再三劝阻，也未能挡得住他。

今天想来，此时我也是那种心情。但看着小辈们执着前行，我的心中感到极大的欣慰。来一年少一年，祭一次少一次，人生就这样残酷地轮回着。

清明几处有新烟，满坡哀思与尘埃。看着山上香烟袅袅，听着鞭炮声此起彼伏，我又一次意识到清明是责任、是感恩，是哀思、是心静，是思接千载、神游万仞，是传承、是教育。清明，更像一种精神。

（原载《渭南日报》2023 年 3 月 29 日）

一

"天地有大美而不言"，我总想，庄子讲这句话时，应当是站在岚皋或者一如岚皋这样的山河之间的。

在岚皋，天幕中的蓝不沾染一丝杂色，缓缓飘动的云朵亦白得纯粹，蓝与白的映照下，青山滴翠，岚水透亮，一切都是原汁原味的自然美。原汁原味，虽朴拙，却自然生动。那岚河的水，它的柔美，它的清澈，它在前进中百折不挠的奔流，都是自自然然的；那山峦间淡绿的、翠绿的、深绿的木叶，它们的色彩是自自然然的；那大田里甜香的西红柿、生翠的旱黄瓜、挂着红胡子的玉米棒子，都是自自然然的；还有我所认识的岚皋文人，他们在清风中写诗、品茶、著文，把生活挂在高远之处。高远是远离喧嚣的简单，他们不张狂、不造作、不孤独。他们沉静、安稳，见人说话脸带纯笑，声含谦逊。他们活在原汁原味的世界中，拥有可触可摸、自由自在的生命本色。他们不争不抢，做最好的自己，做最真的自己，他们的纯真和善良，也皆是自自然然的。他们如得道的高僧，佛经已通达每一寸肌肤，他们看山是山，看水是水，他们用小说、用散文、用诗歌写下岚皋最秀丽的山川，他们用手中的笔安静地把大美岚皋送到世人眼前……

脚行处，散淡开放的无名花，保留着时光最真的容颜，草芥无形，大河有道，不妨让我们亮开嗓子，和着自然天光打一曲《锣鼓草》，打出人间活泼泼的生活禅。

哎！薅草莫薅吊颈草，

一颗露水扯活了。

薅草要薅米筛花，

十人见了九人夸。

哎！说要来就赶快来，

莫在后头紧到挨。

老的挨起黄肿病，

少的挨起"摆子"来。

……

二

一排排小洋房掩映在青山绿树间，树有核桃、板栗、夏桃，最抢眼的当数李子。没有亲眼所见，你无法想象一棵李子树的果实会有多繁密，它们一簇簇、一堆堆在大大小小的枝叶间各自伸展。树身不高，枝干粗壮，树皮略有皲裂，每棵四五分枝呈椭圆状散开又合拢，像我这样的小个子不用踮脚，抬手间就可采摘果实。摘下来的李子不用清洗，直接享用，皮质薄脆，果肉醇厚，香甜中带着淡淡的酸爽，忍不住吃了再吃，大家戏谑我是苦李子甜李子吃得忘了自己。怎么不是呢，当大自然的甜美顺着喉管滑下胃肠，人间所有的艰涩便了无影迹！

树道尽头已摆好了中午的便餐，本地蛋蒸饺、酸辣土豆、腊肉焖豆角，再来一碗土豆蒸米饭，不妨先深深吸一口这人间烟火，再埋头享用。风尘，便挽留了唐诗宋词，放逐四野的蛙鸣鸟唱，听流水润泽草木魅影，指尖描过山山峦峦，心房顿时飘荡起岚烟。

饭后，再过李子树丛，一鹤发童颜的老妪挽着整齐的发髻，着干净衣衫，笑盈盈端坐矮木椅。禁不住上前私聊，老人家耳聪目明，谈话毫不费力，她乐呵呵地告诉我，今年已 81 岁了，有 7 个子女均在外务工，自己独居在家。我连连惊叹，问平时生活起居怎么办？老人答曰："没问题啊，全部自理。"同行的本地村民也说老人家身体一直不错，常下地干活，吃的瓜果蔬菜都是自己亲手种植的，儿女们谁接也不去，她就喜欢岚皋这一片山，就喜爱岚皋这依山傍水的农家小院，还有那时时散发着清香的泥土。她安静地听我们谈话，仰着红润的脸看李树。生命的翔舞在她额头淡淡的皱纹间漫卷开去，自由地与万物往还，和光同尘，处尘不染，守住生命那份纯美与恬淡，像极了一尊无量佛。

她生活的村子有一个美好的名字叫花里!

三

茶道的核心是"和真清静","和"就是平常心,就是对一切持有平等的观点,泡的不是茶,不是水,不是茶水,是茶汤。"静能生慧",安静在泡茶中,一切都"静"在现实中,茶空间就是自然。"清"是净心,在一注一顿一泡中如实看见自己的心。"真"要停止外在的臆断和所图,达到真知,见到真性。

在御口韵茶园讲习茶厅,国家技能大师姚华一字一句讲茶道,示范冲泡的每一个步骤,细心指导着御口韵新招的年轻茶艺师,我们看得心热,禁不住当一次执壶者。折茶巾,观茶,嗅茶,拨茶入荷,静待泉水静心,这一开始的几个步骤,姚老师做起来优雅自然,我却感觉茶巾怎么折都难看。拨茶入荷时,她的手阴阳起落,轻轻旋转,画出半圆,我试了试,怎么做都直来直往,了无雅致。在众目注视下,我继续往下进行,双手呈太极状推动壶身,将壶把手放置在右边。"悬壶高冲"勉强过关,可"压腕回旋"却让我难出一身大汗,姚老师一再鼓励,一遍遍演示,我也没能顿悟。定汤,出汤,落点有韵,我更是差之十万八千里。姚老师不疾不徐,慢慢教导,一一给大家斟上我平生第一次正式冲泡的茶汤。"啜饮,峰回路转,回甘……"茶如人生，人生如茶，每一个瞬间都是现在进行时，每一个瞬间都来不得半点敷衍。

放下拿起，拿起放下，这是茶道两个外化的动作，更是心的起起落落与高山仰止，是拿得起且放得下的智慧。在一缕缕茶香中，我慢慢轻嗅草木之香气、生活之韵息，从每一片茶叶中体悟生活真实的动感。姚老师问："茶泡开了，你的心打开了吗？"是啊，茶泡开了，我们的心打开了吗？

南宫山是有道的，御口韵是茶艺也是禅道，山脚下的时光是缓慢的，足够我们用来聆听山涧里的清泉叮咚，温柔而宁静地做一回自然人。茶园高处，炊烟安静袅然，直到变成白云，融入蓝天。风轻抚衣衫，我们关闭手机，悠然而从容地唱一曲"茶之歌"，应着歌声，曾先生饱蘸笔墨，"禅茶一味"沿大山层层飞展开去！

（原载《陕西工人报》2023 年 7 月 31 日）

从西安向东出城，在白鹿原北坡底下，沿着滔滔的灞河逆流而上，近山脚下，抬头仰望，簧山山顶云雾缭绕，一座八角塔高耸入云，塔尖若隐若现。辋峪口到了。

秦岭祖脉，和合南北，泽被华夏。秦岭北麓，有著名的七十二峪。峪，如其字，为山之间的谷地，是地貌的代名词，耳熟能详的有清姜峪、西骆峪、子午峪、蓝峪等，这些峪曾经是古道的通途或重大历史事件的发生地，被历史烙上了深深的印记，闻名遐迩。

辋峪也是七十二峪之一。不过，辋峪是因《辋川集》而被后人向往所以驰名。唐代诗人王维在长安为官，厌倦了京城尘网的樊笼，"中岁颇好道，晚家南山陲"，于是寻找到终南山下这处溪流潺湲、回旋若辋之地，置有别业，在这里独行独居，修禅悟道。在这里，他写下了《辋川集》。"湖上一回首，青山卷白云。""返景入深林，复照青苔上。""明月松间照，清泉石上流。"此后，辋峪也被称为辋川。《辋川集》二十首诗作，在山水的包裹下描绘了辋川的田园风光、山水景致，记录着天地自然的不朽，也将情感、山水、神话典故融合在一起，营造了一种梦幻朦胧、亦真亦幻的辋川胜景，后世称"辋川二十景"。诗作传后世，辋川为众人所知，更让喜山爱水之人心驰神往，纷至沓来，人们不辞车马劳顿，前来探寻和体味诗中有画、画中有诗的独特美景和山水韵致。我亦慕名前往。

辋峪的山川口很狭窄，南北两山相夹，仰头望天，仅能看到巴掌大窄窄一绺的天空，这天然形成的名副其实的峡谷险道。数万年来，沧海桑田，风吹雨淋，皆化作大自然的鬼斧神工。这里两岸山崖陡峭，如刀斧砍斫而成绝壁，时有悬泉飞瀑，飞漱其间，危乎壮哉，妙趣横生；崖下辋川河由间隙而出，急湍的河水在弯道处冲刷撞击着阻拦的巨石和山体，溅起数尺高的水花，然后扭头向另一侧低矮处汇集，轰隆隆的水声在山谷回荡；河谷另一侧，蓝葛路东透西迁，蜿蜒曲回，盘旋而进。约莫七八里路，过了山口，里面豁然开朗，群山环绕着川谷，川谷居住着人家，屋舍俨然，农人耕作，炊烟袅袅，孩童嬉戏，鸡犬相闻。

我踏入千年以前王维的那片诗画山水。

祖脉出美景名不虚传。山脉阴阳，各有地势。南北气候在这里交汇，冷暖锋遇，风雨交加，霡霂雯雾，十里不同天，五里各冷暖。走进辋川的第一个村子，村口即有辋川二十景之"白石滩"标示牌。两山之间，夹有一块小盆地，从两侧山涧流出的潺潺小溪，投入了辋峪河的怀抱。这里水面宽约二十米，水流较缓，清澈见底，大大小小的白石静卧河床，任凭河水冲刷回旋。村舍沿河依山自然落成，村舍与河之间，有少许平地，多种植有白皮松，间种着菜蔬瓜椒，时值初夏，雨水丰沛，绿油油的长势喜人。公路两侧的民居建筑，多为关中小院，一家一院，临河地势低的朝着公路的一侧，搭筑了连接公路的混凝土踏板，和路连接在一起，有着吊脚楼的韵味，彰显着独特的地方特色。一幅幅题写着《辋川集》诗句的山水画，绘在沿街的墙面上，沿路移步向前，时有阵阵清风吹起，轻雾便将我裹了进去，衣衫却微微潮润了。"山路元无雨，空翠湿人衣。"我感觉发梢都熏染上了这里山水的诗画气息。

秦岭峪里，最不缺少的是山和水，有了山水，大自然就充满了灵气，无论走到哪里都充满了诗情画意。时光知味，岁月沉香，辋川因王维而被世人追寻，王维也因辋川而被后人传颂和惦记。

继续往辋峪深处走，河口村、官上村、白家坪，秀美的田园风光，别致的民居建筑，辉映着诗意，空气中弥漫着青草混合着农家炊烟的清香，那是一种令人无法抗拒的田野独有的气息，淡雅中有一丝浓郁，浓郁中藏着一种神秘，浓得不张扬，淡得很含蓄，只需一个深呼吸就足以让人爽彻心扉。不远处的山坡上，一场微雨下得植被披上了一抹缥缈的薄纱，朦胧中透露出苍翠惹人心醉。两侧山谷里，黄鹂啼鸣，布谷欢唱，此起彼伏。

我徜徉在这如诗似画的山水里，睁大眼睛去寻找着诗句中的孟城坳、鹿柴、欹湖、柳浪、金屑泉、白石滩、北垞、辛夷坞……身体行走在山水间，灵魂则与王维在对话，一行行澄澈空灵、轻盈恬淡的诗句，在脑海里掠过；在欹湖的旧址，我掬起一捧清泉，洗濯疲惫苍颜的尘灰，凉飕飕的感觉沁入身心；我捡起一块石片，扬手一掷，滴溜溜旋转着的小石片贴着水面飞向对岸，一圈圈涟漪向外散开，有如墨笔在洁白的宣纸上轻轻一点，晕染开来一幅幅绝妙的画卷。

农家烟火，谷麦禾黍，别有情致；定定望天，偶有山风起，拨云见日，白云随风，盈盈游荡。此般种种的曼妙意趣，也只有亲临品鉴，方可体味此间的熨帖欢欣之感。站立在欹湖旧址，风霜雨雪的沧桑岁月已让这里演变成河床和农田；辋河边的那棵王维手植的古银杏树，穿越了千年的光阴，年复一年地在碧绿与金黄之间更替，诉说着这里的前世和今生。我似乎闻到鹿苑寺飘来的幽渺檀香。时光的指针飞转，一回眸就是千年。一汪绿潭，是流水的宿地，终南别业的一屋一树，《辋川集》的一笔一墨，沉淀着王摩诘一生的厚度。

辋川，让人望得见山，看得见水。花开花落，云卷云舒，慰藉着我的心灵。我静气凝神，都市的喧嚣与杂念在这一刻被清零。

"随意春芳歇，王孙自可留。"返程的脚步再慢一些吧，出了辋川，西边就是灯火喧嚣、车水马龙的长安。

（原载《西安晚报》2023 年 10 月 14 日）

我与横山，只一场初见便有了无限的眷念。

我生活在关中，对陕北的认知，几乎都来自文字或影像资料。延河、无定河、宝塔山，山水流韵的陕北民歌，腰鼓、秧歌、白格生生的羊肚手巾以及"可怜无定河边骨，犹是春闺梦里人"的诗句，一直以来都是陕北于我固有的记忆。记得早年去内蒙古时，自南向北两次纵穿陕北全境，遗憾的是却未做一日停留。这两次身临其境的印象叠加——那沟壑密布的黄土高原、广袤无垠的戈壁沙漠、断断续续的古长城遗存，陕北的记忆之河便在我脑海中奔流不息了。

第一次真正深入陕北是在横山（区），时值全国脱贫攻坚战收官之际，我要去采写相关扶贫的文章。我一直身处横山之外，这正是他们所看重和需要的，用新鲜视角写横山和横山的扶贫。在横山的六天里，我每日早早起床洗漱吃饭，而后按照日程安排辗转于乡村，到贫困户家里去采访，去感受和交流，晚上回酒店整理当天的录音

○王炜

横山的眷念

和资料，往往要忙碌到深夜才能休息。那段时日，我真切地感知了横山，写了近两万字的文章按期交差。

时光飞逝，两年多来，我经常会回忆起在横山的时日，并随之生发出诸多感想。

自古以来，横山是北方游牧文明和中原农耕文明交汇融合之地，腰鼓、民歌、剪纸、说书自横山发源传承至今。横山古为边塞，原名怀远，因与安徽怀远县重名，后更名横山。横山地名缘于横山山脉，此山系贯穿横山全境，起于六盘山而赴黄河，西掠宁夏东迤入陕，巍巍然绵延千余里，所经地域众多，唯独一地借其巍峨而名，这就是榆林的横山（区）。

有人说，到横山便可一日看尽陕北。横山处于黄土高原和毛乌素沙漠交界，是黄土高原身躯最为浑厚的地方，是陕北唯一一个具有煤、油、盐和天然气的区域，各类储藏量虽不是很多，但种类最为齐全。人说土厚因而藏宝，黄天厚土的陕北能源蕴藏丰富，被誉为"中国的科威特"，横山遂成为"科威特"的"科威特"，成为陕北众多区县的代表。不仅如此，横山的地貌特点，也最能代表陕北：沟壑丘陵镶嵌于黄土高原，雄浑壮美；风沙草滩漫布于河谷山川，广袤苍茫。这千般地貌、万种形态，横山全有。

地蕴宝藏，在此基础上进行扶贫开发，难怪横山在全省率先摘掉了贫困的帽子，这也与横山扶贫项目丰富多样不无关系，高原苹果栽植是其中一个重要项目，由此我想到了人民作家柳青。早在二十世纪五十年代和七十年代，柳青曾两次向有关部门建议在陕北发展苹果产业，可惜当时都未能如愿。柳青心系人民和家乡，有着朴素的人民情怀，有着超前的经济思想，更有着对党和国家的一腔忠诚和热忱。几十年后，苹果种植已成为陕北多地的一项经济产业，不知有多少陕北的父老乡亲因此摆脱贫困，过上了更为富足的光景。人们唱起了信天游："金山银山，不抵家里一个苹果园。""东奔西跑打工忙，苹果树上有银行。"每年金秋收获时节，横山的父老乡亲们都望着红彤彤香甜甜的苹果喜笑颜开。

二十世纪八十年代，澳大利亚羊因产量大、繁殖快，在陕北牧区大范围推广。就此，作家路遥说："我不相信全世界都成了澳大利亚羊。"他坚持立足本土，倡导现实主义写作，以澳大利亚羊隐喻了当时"现代派"和"先锋派"引发的文学创作潮流。正因为这份坚守，他才写出了杰作《平凡的世界》，也征服了这个平凡的世界。

在路遥的家乡陕北，乡亲们大多养山羊，他们性情固执、坚韧，祖祖辈辈坚守在这块贫瘠的黄土地上，世世代代偏爱吃山羊肉，基本上不吃肥膻的绵羊肉。

横山人祖辈主要养山羊，近年才养白绒山羊。这种羊肉质细嫩，肥瘦相间，鲜香低脂，很是合我胃口。这对在血脂指标临界徘徊且馋嘴的我来说，是再好不过的肉食。在横山的几天，自第一顿饭开始，顿顿少不了羊肉。最后一天临走前，我提议吃面食，陪同我的同志很爽快地说："好！那就吃羊肉面。"我哑然失笑了。无奈，横山人好客，餐桌上不是夹了羊肉块送过来，就是招呼你吃黑肉（炖羊肉中的瘦肉）。陕北羊肉数横山。早在秦汉时期，横山地域"水草丰茂，羊群塞道"，畜牧业之发达闻名全国。如今的横山，戴着"全国畜牧百强县"的桂冠，羊子养殖成为全区的主导产业之一。横山人世世代代一路坚守，守出了一个发羊财的大产业。

横山竟然种植水稻！匪夷所思的是，数万亩稻田里居然还养螃蟹！这可是在干旱少雨的黄土高原啊！若非亲眼所见，打死我也不会相信。

横山缺雨，但不缺水，水流湖泊滋养了高原万物。横山境内有大小河流115条，最著名的是因流量不定、方向不定、清浊不定而得名的无定河，流经横山近百公里，流域面积约11平方公里。金秋时节，无定河流域数万亩的滩涂稻田里，有着难以计数的悠闲地吹着泡泡的螃蟹，以及游来游去的活泼好动的小鱼小虾。据说，螃蟹对生存环境有着无毒无污染的苛刻要求，竟然能在这里生存，我百思难解。

横山干旱少雨，昼夜温差较大，土壤光照充足，高原黄土洁净的程度令人难以置信。听人说，过去在横山农村，婴儿和瘫痪的人会用炒过的黄土做"尿不湿"。无论大人小孩，手上、身上划伤出血了，随便抓点黄土捂上，就可以止血消痛。这是怎样神奇而又圣洁的水土啊！长河落日，大漠孤烟，在朝霞和夕阳中，如今的无定河与众河流交汇相融，携手滋养了山川高原，滋养了万千生物，何止这小小的螃蟹和鱼虾呢。我释然了。稻香蟹肥，水中映稻，稻中有蟹，稻蟹共生，构建了黄土高原上少见的自然奇观。每每秋风吹过，稻浪翻涌，远处的村庄似乎也荡漾起来了，一排排太阳能光伏电板掩映于屋舍之中……这美丽和谐的新农村画卷，怕是任何一个丹青圣手都难以描摹的。

历史，是由英雄人物和人民大众共同创造的。横山自古英雄辈出，人民大众也是无名英雄。正如有人所说，横山人无论是领导干部还是放羊老汉，其骨子里普遍有一种与生俱来的英雄情结，有一种征服苦难的时代担当。他们有着倔强粗犷的性格，在恶劣的环境中练就了博大的胸怀，在挑战和战胜苦难的过程中锤炼出坚韧的品格，凝结成乐观、豪放的人生态度，还把苦焦的岁月酿成酒，把生活的苦乐唱成歌，干啥都有板有眼，具有满满的仪式感。

我见到的贫困户中，有一个人在政府资助下，把两头牛养成十多头牛。他望着自家大小十多头牛，脸上开心的笑容令我难忘。还有一个是移民搬迁户，他在自己宽敞明亮的新家里，热情且有些不好意思地给我递上便宜的纸烟。还有一个拄着双拐的，因车祸致残致贫。他告诉我，儿子已经大学毕业，能自己挣工资了，他将申请脱贫，不再向政府要一分钱的扶持。他说了一句让我难忘的话："那些钱应该给更需要的人。"

现在，我经常会想起在横山的那段时光。想起高原土地上的果园、红葱、绿豆、水稻和螃蟹，想起宽幅梯田上在秋阳下闪闪发光的蔬菜大棚，想起那成片的光伏电板，想起那经常堵路的羊群和赶羊的乡亲，想起那丰收后打响的老腰鼓，想起那恣意流淌的无定河。它一路滋养并将继续滋养黄土高原上世世代代的生灵，它已从"无定"变为"确定"，它给了这方土地一个灿烂的现在和未来。

（原载《西安日报》2023 年 6 月 5 日）

我一直都迷恋着西安城墙小南门下的烟火气，喜欢钻进人群里，去看这座城市的繁华与热闹。

即使是在早晨六点多，爱人一声呼唤，"想不想到城墙早市吃早饭去？"我和女儿都会揉着惺忪的睡眼，欣然点头，齐声说着："好呀，好呀！"一跃而起，就急忙洗脸刷牙。

我们愉快地钻进了公交车，不到七点就站在了城门下，沿着朱雀门，从环城公园绿树环绕的小径，一路绕着碧绿澄澈的护城河行走。我好奇地四处打量着公园里的人群，大部分都在锻炼身体，也有拎着蔬菜和早餐的老人经过。正好是暑假，很多年轻人都漫步在公园里，手里拿着好几份早餐。还有人坐在公园的石阶上几口吃完早餐，随即匆匆忙忙赶去上班。

来到勿幕门下，穿过古朴沧桑的城门，里面的喧闹声就汹涌而来，直接闯入了我的耳朵。沿着城墙根就可以看到菜场，还有热闹的早餐摊位点，众人拥挤着，很多小食摊前都排起了长队。

爱人指着左边说："你们听，一口的东北腔。"然后指着前面，"这里一听就是四川口音。"我疑惑地看着爱人，女儿就笑了："老妈，现在是暑假，正是旅游高峰期。"我终于明白，原来这里排队的人以外地游客居多。

女儿拉住爱人的手，指着一个黄底红边的招牌喊着："老爸，我想吃这里的甑糕。"这时候，爱人就嘚瑟开了："这里的甑糕分好几种，比如这个甑糕，就只放红枣，而另一家的甑糕不仅放红枣，还有芸豆等其他食材。女儿，那你究竟想吃哪种呢？"女儿低头想了想："我想吃有芸豆的甑糕。"然后我们就来到一家摊位前，爱人指着地上的小凳子说："你们找地方坐吧，我去排队。"

买完甑糕，爱人又拉着我们走到油茶麻花摊位前，我和女儿看着摊位老板用圆滚滚的大肚子壶麻利地倒出一碗碗油茶，然后放入麻花，送到顾客的面前。我们坐在凳子上，一边吃着软糯香甜的甑糕，一边手捧着纸碗，用塑料勺子一点点舀起还在冒热气的油茶，放入嘴里还很烫，吹凉后再吃，里面有花生、杏仁，带着面香和麻花的香，各种香味冲击着我们的味蕾。女儿直呼过瘾。

我喜欢四处看摊位上的招牌，有的制作成古代锦旗的样式，有的竖立着大大的牌子，有的拉着红色的横幅。有一个蓝色的牌子吸引了我的注意力，上面写着"我在西安小南门早市等你"。

我正在欣赏琳琅满目的招牌，就看见一些人扛着"长枪短炮"，忙碌地穿梭在人群里，到处拍摄街景。更有一位女孩拿着手机，对着镜头讲解小南门早市的情况，我经过她的身边，就听见她向粉丝介绍着："这里处处可以感受到西安城市的烟火气，这里汇集着我们西安市各种不同的小吃，让你不用到处寻找，就能在古老的城墙下感受我们西安人的豪爽和热情，还有来自西安的美食诱惑。"

（原载《西安晚报》2023 年 8 月 22 日）

我站在返潮的堂屋里，听着厨房里风箱的吧嗒吧嗒声，心里焦灼万分。已经是晌午一点多了，饭还没有做好，隔壁小孩已经嚷嚷着上学了。饭再不熟，我真的要迟到了。想到这里，我没有了耐心，一下子冲进厨房。

烟熏火燎的厨房里，四姐坐在灶洞前，正在用力拉动风箱。灶眼里的火舌蹿出来，贪婪地舔着锅沿。母亲弯腰曲背，在案板上擀面，肩头搭着一条毛巾，不时扯下来揩拭一下红肿的眼角。看到这里，我心软了，埋怨母亲做饭晚了的话语瞬间吞进肚子。

不知为什么，我家厨房烟囱老是不通畅，特别是吹西风的时候。每次做饭时，厨房里总是烟雾缭绕。整天围着锅台转的母亲，天长日久，早已被做饭时的烟气熏坏了眼睛。这段时间秋雨绵绵，柴火潮乎乎的，不易点着，更容易捂烟。令人气恼的是，放在打麦场的麦草垛被没完没了的秋雨淋得透湿，每次烧锅做饭时，连引火的麦草也没有，只好揭开炕席一角，抽一把铺炕的麦草引火。眼见席子下边空了一大片，晚上躺在那块地方，身子骨硌得慌。这时，母亲往往叹口气，念叨着啥时候才能有间宽敞明亮、不熏眼睛的大厨房。

小时候，我家只有三间半坐东朝西的单边溜厦房。最初，厨房在靠北的那间房里。小小一间，开间还高，抬头就能看见架在屋梁上的檩条。锅灶盘在厨房西北角，烟道通向北边山墙。母亲一天到晚在厨房里出出进进，身上系着家织的深蓝色粗布围裙。正月里，住在西安三桥的姑姑带着我表哥来了。小小的厨房派上了大用场，风箱欢快地呼拉着，厨房里飘溢出诱人的岐山臊子面的香味。

稍大一点，厨房又挪到了这排厦房南头的房间，跟中间的堂屋通着，下了炕就能直接走进厨房。西府人把这种布局叫作连锅灶。我趴在炕边，一眼就能看见母亲做饭。这回，锅灶盘踞在厨房西南角，烟囱则垒在南边山墙，一进大门就能看见。放学后，还未进家门，走在村街上，我就看见家中烟囱里炊烟袅袅，直上蓝天，鼻腔里吸进一缕熟悉的饭菜香味，下意识咽了咽唾液。我冲进厨房时，饭已熟了。熬好的玉米粥在大铁锅里冒着气泡，清香四溢。酥软的油饼黄灿灿的，碗里的臊子肉红艳艳的。我高兴极了，狼吞虎咽。母亲慈爱地看了我一眼，照例忙活着洗碗、抹案板。

我上中学时，家里在院子西南角贴着围墙盖了一间土木结构的厨房。那年月木材紧俏，盖房的建材不容易搞到手，于是，父亲就地取材，砍伐了长在后院的几棵大刺槐，以充大梁，又在沟边找了一些枯死的小树，架在屋顶上。家里没钱买瓦，索性苫上茅草。那是一间简陋不堪的厨房，它是父亲凭一己之力搭建起来的。放学回家后，我也主动搭把手，用和好的麦草泥抹墙时，发小宏强兴冲冲赶来帮忙了。我们一边干活，一边说笑。不到一个月，这间麦草苫顶的厨房便投入使用了。新厨房用了没几天，便出问题了，下雨时雨漏得厉害。那天中午，母亲下好一锅手擀面，正用笊篱捞面时，屋顶上的一片泥土直戳戳砸进锅里。母亲抬头看着上方，气急败坏地用笊篱敲了几下锅边。所幸这间厨房烟囱通畅，母亲的眼睛没有遭罪。但它毕竟是简易过渡房，不到两年，厨房又搬回厦房南端那个房间。

若干年后，家里情况好了，在院子南头盖了一座两边淌水的大瓦房。两大间房子，窗明几净，宽敞舒适。缓了几年后，七十多岁的母亲操持着在原先的地址上盖了一排坐东朝西的厦房。不过，这是一长溜砖混结构的大平房。厨房设在南头，白瓷砖贴了墙面，灶头干净卫生，就连灶王爷也是绘制在一整块瓷砖上的。可惜，父亲谢世已经多年，母亲一个人独守着这个焕然一新的老院子，毕竟有些落寞。因此，每隔一个多月，我就带着儿子回老家。那时，母亲拌好了面，我用放在墙边的压面机压面。手摇压面机并不太重，我摇动把手，压了一遍又一遍。自己压的面条就是筋道。母亲早已炒好臊子面底菜，炝好了汤，就等着下面了。虽说家里人不多，但祖孙三人的臊子面喷香可口。那一刻，做了一辈子饭的母亲舒心地笑了。老家的院子因儿子银铃般的笑声，也变得生机勃勃。

几年后，母亲住到了县城，还是一个人住。这间位于多层楼房底层的房子带有厨卫，开门就能走到大院，挺方便的。母亲起初用蜂窝煤炉子做饭。由于窗户太小，煤气味太浓，我们有点担心，便给母亲买了电磁炉，这样省事干净。但我们心里还是有点愧疚，因为不能时常守着母亲尽孝。那次，侄儿昊昊给我传来一张照片。照片中，母亲在她的小屋里，一个人包饺子。那一刻，我心里一阵激动，欣慰于母亲独自生活的热情。每次回家，我总叮嘱母亲，如今不缺钱，想吃啥就买啥，小区外面的小饭馆一家挨一家。母亲却说，她习惯自己做饭吃。

2012年春节，我接母亲来宝鸡过年，亲自下厨给母亲做饭。可叹她的病已到晚期，饭量极少，一顿竟然吃不下一小碗鸡蛋挂面。那一刻，我心戚然。

事实上，天下母亲都一样辛苦。那些年生活在乡下的母亲更是如此，忙了地里忙家里，扔下权把拿起擀面杖，整日里忙个不停，拖着疲惫的身体操持家务。做母亲的这一辈子的主业就是给儿孙们做饭，日复一日，困在油烟味呛人的厨房，黑了面孔，枯了头发，长了皱纹，粗了双手。可淳朴善良的乡下母亲依然无怨无悔，烧锅做饭，精心伺候家人。在母亲们看来，做饭是女人的天职，是自己心甘情愿、自然而然必须做的家务。于是，她们在小小的厨房里蹉跎年华，在油盐酱醋的消磨中日渐老去。我们真该感恩母爱，感恩一生困在厨房里的母亲。

（原载《城市经济导报》2023年10月20日）

四月，春风微微，草色朦胧。难得的一个假日，与友人驱车赴乡下拜访一位先贤。一路上，同行者有诸多的猜测，也碎片化地把先贤推到我面前。没有见到先贤的尊容，我总是不语的。只看到花草树木、清水绿山在车窗外飞速滑过的场景，把捆绑了一冬的心情放飞在大自然中。

在古周原广袤的乡野里，有一棵粗壮的大树静静地矗立着，从千年的风雨中走来，从岁月轮回的光阴中走来，在又一个春日，把自己满身的光华和芬芳默默地献给这片沃土。树上洁白繁密的花儿在空气中飘荡着沁人心脾的花香，令嗡嗡嘤嘤的蜂儿喧闹其间。四州八县的人，像赶赴一场约定的盛会，带着虔诚、祈祷、祝福，静悄悄地会聚在大树下，接受穿越千年的精神洗礼。

当我靠近它时，满树的繁花瞬间闯进了瞳孔，留在眼底的影像难以找出余白。一棵水桶般粗壮的大树，树冠遮天蔽日。与其他发芽、吐绿、展叶的普通树木不同，它盛开的是一簇簇白色细密的小花，花瓣由紧密到稀疏，你靠着我，我挨着你，有的刚刚睁开睡眼，有的兴高采烈地绽放，有的举着星星点点的火焰，有的摇头晃脑，似乎在宣示一个新的季节的到来，一个新的时代的到来。

站在树下，一股股清淡的花香包围了我，置换着胸腔内城市钢筋水泥、高楼大厦、火锅烧烤、汽车油烟的残留。它比法国香奈儿香水更柔情，比英国迪奥牌香水更迷人，比涂脂抹粉的女人更诱人，我一时陶醉在这淡淡的芬芳中了。

不断地按动相机快门，总觉得把它的风姿拍不够、拍不全、拍不完。我傻傻地看、拍。成群结队的游人中，有情侣有夫妻，有文质彬彬的城里居民，也有乡下老农，有爷孙婆孙，也有轮椅上坐着的人。

讲解员甜美的声音把我的思绪带向三千年前的西周。我的周围似乎变成了无边的田野，一望无垠。一位皇室贵人携随从在田间小道上前行，田野里劳作的农人三三两两偶尔起身张望。这队人马停在一棵大树的树荫下歇息。有人来报，民间几户人家为耕界吵骂。这位贵人依树而坐，细听缘由，慢慢分解，约莫一个时辰，原本满脸怒气的农人便一个劲儿地点头称是，下跪作揖，口口声声责怪自己的不妥，并与冤家握手言和。快近午时，贵人一行以干粮充饥，以瓷罐带着甘甜泉水解渴，又沿着乡间小道向另一处茅庐的方向施施而行。

"这棵树是召公勤政爱民的象征，是'甘棠遗爱'的蝶变。人们敬仰召公，首先瞻仰的是这棵历经千年的甘棠树。"讲解员清脆响亮的声音，把我的思绪从遥远的西周拉了回来。

在"甘棠遗爱"展馆，一件件遗物，一个个贵族与百姓亲密接触的感人故事，一帧帧惟妙惟肖的图景，又把我带入古国神游。

西周成王时代，有两个闻名遐迩的大贤人，一个是周公，另一个是召公，他俩都是周成王的叔父。他们以河南陕县为界，把周朝所辖的地区一分为二，周公驻洛邑（今河南省洛阳市），管理东半部及东部诸侯；召公驻镐京（在今陕西省西安市长安区西），管理西半部及西部诸侯，到乡下巡查成了他的主修课。那时道路崎岖，雨后泥泞遍地，只好以步丈量着周原之地，用心感知着百姓的脉搏。他在田间地头处理民间事务，听闻百姓心声，也奖励农桑，山山岭岭都留下了他的足迹，村村寨寨常现他的身影。那时黄河经常泛滥，气候干旱成灾，召公就在甘棠树下与人一起商量救灾的办法，动员青壮年自救，带人攀山越岭，寻找水源，常常早出晚归。一天，他来到崤山一带，太阳已落山，为了不打扰百姓，就在甘棠树下搭一草棚住下。地方官吏要百姓腾出房子让他歇息，召公马上制止，曰："不劳（我）一身，而劳百姓，不是仁政。"于是，召公就在山野的棠树下休息，摘吃棠梨果子解渴充饥，并告诫地方官吏，这甘棠树真好，浓荫蓊郁，果实甜酸可口，百姓劳作累了，可以歇息解渴，要让百姓好好保护它，不要乱砍滥伐，把它当作柴薪。

有一次召公巡视南方，大约在汉水上游的一个村庄，走访当地百姓，并为他们解决了一些生产、生活中的难题，百姓大为感动。许多年过去了，百姓把召公曾歇息过的一株甘棠树视为敬物，祖祖辈辈妥帖保护。民间的文人便将这等感人之事编成歌谣，后来，朝廷派采诗官到乡下征集歌谣辞赋时将之收录其中，《诗经》就有了《甘棠》一诗。

"蔽芾甘棠，勿剪勿伐，召伯所茇。蔽芾甘棠，勿剪勿败，召伯所憩。蔽芾甘棠，勿剪勿拜，召伯所说。"大意是说：茂盛又浓密的甘棠树，不可砍也不可伐，召公在树下歇过脚。茂盛又浓密的甘棠树，不许剪也不许折，召公在树下打过盹儿。茂盛又浓密的甘棠树，不能撅也不能弯，召公在树下露宿过。这首质朴的诗歌述说着人们对这棵历经沧桑的甘棠古树的珍爱。

昔日的甘棠古树曾被大风刮倒，当地人围墙保护，忽一日，树干断裂。令人没有想到的是，在多方呵护下，枯木逢春，竟萌发了新枝。人们爱甘棠树、护甘棠树。这棵有着灵气的树，从千年炊烟和烽火中踉踉跄跄地走来，如今浓荫蔽日，参天繁茂。

每当四月间，春风和煦的日子，洁白的花朵一簇簇、一层层似云锦般漫天铺展，空气中也洋溢着一种清新雅致的盎然生机。清风徐来，裹挟着花草的低吟浅唱。"这梨花……在和暖的春光下，如雪如玉，洁白万顷，溢光流彩，璀璨晶莹。"王谦元在《忽如一夜春风来》中把这梨花描写得传神如画。李白在《宫中行乐词》中也淋漓尽致地道出梨花美轮美奂的景致："柳色黄金嫩，梨花白雪香。"南朝梁范云也对梨花赞美不绝："昔去雪如花，今来花似雪。"

遥望满树的繁花，召公树下听讼，为民解忧，犹如一缕春风拂过百姓的心头。

召公为周文王的庶子，在众多历史记载中，鲜见有关他的只言片语，更罕见对其功绩的着墨。而当今人们看到的史料，大多为后世文人从民间采集或根据一些民谣编撰的。

古时最早用结绳记事，后来在竹板上刻字记事，这些只有皇室贵族才能做到，平头百姓的喜怒哀乐早已在岁月的河流中流逝殆尽。后来发展到青铜器铭文，凡遇着事，皇室贵族会不惜财力铸鼎或以酒食器皿浇铸记事。老百姓处在水深火热之中，躲避战乱、瘟疫等天灾人祸，没有心思和条件记录日子的凄苦。处在社会最底层的人，生生死死，如蝼蚁般不为人知。至于皇亲国戚，那历朝历代的官员，口口声声说为百姓，每天除了花天酒地、醉生梦死外，没有几人能俯下身子到民间寻访百姓疾苦。就这样，他们还让采诗官为自己歌功颂德，生怕漏掉了一世难得的功名。中华上下五千年，主持朝政的皇帝宰相无数，他们主政长则几十载，短则几月余，能被文字记录下名姓已实属不易。他们到底为百姓做了什么、做得怎样，天知、地知、老百姓心里明明白白。后人不忘先贤，在历史的烟尘中吹沙见金。能让世人代代铭记，不因岁月的涤荡而被忘却者，必是人心中最敬仰的圣贤。

阴晴圆缺，潮起潮落，日月轮回，岁月不老。过往的人事在时光中不断被氧化和锈蚀，有时甚至模糊不清，难以分辨。在人生的走廊上，躯壳呱呱坠地，带着响亮的啼哭、葡萄串似的眼泪投入亲人的臂弯，两手空空来到这缤纷璀璨的世间，来到仅仅是"到此一游""生不带来死不带去"的天地间，遑论个体的成长、蜕变、成形的过程，遑论循环往复的白天黑夜。穿针引线般活在日子里的人，一生大部分时间都处在一小块天地间，也都无一例外地要走向皱纹、回忆、病痛、不甘和衰老，直至终点。三皇五帝也逃不过岁月的轮回。人人都要变老，人人都会变老，人人都在变老。所谓的老，就像家门前的渭河，并非静止状态，它是动态的、流动的、醒着的。老，用它的耐心，滋补、喂养和荒废着时间。在身体年轮倍增的多年以后，我渐渐洞悉，在衰老的途中、衰老的背后，死亡从来都不是一个否定词，而是一个不断延伸的过程。

有位书法名家说，书法几乎是世上最消耗精力和成本的行业，穷尽一生，最终可能一无所获。二十世纪八十年代至今，书坛中所谓"名家""风云人物"，基本上都成了过眼烟云。那些能够被记住的人，除非是绕不开的。历史的长河中，当代只是弹指一瞬，只是流星划过的一刹那。俗话说，"三十年河东，三十年河西"。三十年是岁月沉淀的一个里程碑，更是对人生的一个注脚。"五百年后最公正"，实质上，百分之九十九的人，连三十年都撑不到。如果三十年后还有人记得你的名字，记得你的一件作品，那就是小赢了。一个人能得到最终的价值认定，需要经过时间的蒸煮，最后剩下的才是精华。

世事无常，活人艰难，内心越发柔软、坚韧、通透。人生就是减法，就是要不断在别离中成长、成熟，最后走向死亡。有的人活着，却已经死了；有的人死了，依然活着。他的灵魂永久地贮存在亲人、街坊邻居的心中和普天之下，生生息息，是为不朽。

抬起头，再细观一树繁花，再遥望巍峨挺拔的秦岭和连绵不绝的千山余脉，再看向古周原蓝天丽日下座座新民居、栋栋高楼。我的目光没有走远，我看见的是甘棠树下的累累果实，像星星一样挂在枝叶间，播撒在肥沃的周原上。不畏风霜雨雪，不卑不亢，这棵树就这样顽强地生长着，仿佛一个抹去了姓名重新归来的魂灵。

（原载《宝鸡日报》2023 年 4 月 19 日）

流淌着记忆的河流

○ 高 鸿

乡村公路硬化了，河堤加固了，小河还是以前的模样。只是河水仄浅似一条蛛线，多处河床挤满了茂盛的野草，儿时那金色的沙滩不见了。我太熟悉这条河了，这条河早已融入了我的身体里。河水经年不息地流淌着，记忆就被一遍遍地淘洗、冲刷，留下一些残缺不全的印记。

出入皆须翻山，村落两头翘翘的，状如庄户人家哄婴儿睡觉的摇篮。小河是村子里唯一的一条河。沿途沟沟岔岔的小溪是小河的毛细血管，溪水四季叮当轻吟，河水清澈透明。河水流经陡峭的文沟河出县境，鬼斧神工成三口大小不一的瓮状深潭，当地人美其名曰"三道瓮"，瓮沟因此得名，最后经洛河入黄河。

童年，小河是我们的乐园。冬季的冰雪掩不住春色满河滩的喜悦，扑面而来的夏染绿河水，昔日的沙滩、鹅卵石随意铺陈，河堤上的列石变得热闹而拥挤不堪。饭前，小河是女孩子洗菜、刮土豆的菜盆子。饭后，浣衣的妇女搓得小河心花怒放。正午时分，深潭里的男生横七竖八，水面扑闪成玉树琼枝的模样。暮色降临，劳累一天的庄稼人把热烘烘的脚泡在水里不睡不归，汗臭味、呛鼻的烟味搅拌着荤荤素素的家长里短，月色斜依，小河微醉。当东方露出鱼肚白时，习惯早起的男人正一担一担把清水从河里担回来，盛满水缸，清凉而鲜活的一天就开始了。

多少记忆，散落在深深浅浅的时光褶皱里。小时候，村小就坐落在河对岸的村大礼堂处，几间低矮的小屋，不足三个篮球场大的土操场，锈迹斑斑的铁大门，苍老而古朴的手打铃，由白墙蓝瓦的院墙灰灰地圈着，冬去春来，留下的都是温馨的记忆。

那时雨水足，夏天下暴雨就像陕西人吼秦腔，电闪雷鸣，来得快走得也快，往往是一场暴雨一满河水。河上没桥，河水一涨，河里的列石全都淹没了。遇上河水太满，经常是大人们背着小孩蹚水过河上学。秋季，阴雨天稠密而缠绵，河水此落彼涨，动辄几天都上不了学，在河边看滚滚的洪水，顿时心胸澎湃。而我又不愿逃学，有几次都是偷偷地涉水上学。老师表扬我，村民背地里夸我。自从村里有一个九岁小男孩早起上学失足落水丢了性命之后，村干部才着手在河道略窄处修了两座简易的木桥。多少年后，又修了几座平板水泥桥，方便两岸的村民出行。

那条河见证了我青春年少时的激情和浪漫、梦想和挣扎，点燃了我的活力，同时我的迷茫和苦闷都在那里找到了出口，河流流淌着我小学时代的记忆。

早些日子，村民都不大注重环保，垃圾随便往河道里扔，弄得小河一身臭气，满目疮痍。河里的水也蔫了，村民不敢直接饮用了。不过几年光景，小河沿河两岸家家户户都打有水井，虽然也是河里的水，但经过长距离沉淀净化，一口水井就是一个小小的农夫山泉蓄水池，守护着一方百姓的安居乐业。

我家门前就有一敞口水井，井深不足五米，水深超过三米，我们姊妹几个到河里捞了不少黄鱼养在井里，有几条长得老大。最不喜欢下连阴雨，河水暴涨，地里的水四溢，井水满溜溜，鱼儿跟着跑了，混浊的井水需要大半天的时间沉淀才得以清亮。后遇上农田机井改造，村里给水井盖了井房，配了门窗，父亲和左邻右舍一起把井口缩小，又特制了块井盖。虽说是河水井，却多了几分泉水的味道，冬暖夏凉。家里没有冰箱，遇上三伏天，父母常将好吃的东西置在井里吊着保鲜。大冬天，外面干冷干冷，揭开井盖，井圈四缘湿淋淋的，井里水汽弥漫，井水温热，洗菜洗衣服都不用戴手套。特别是到了旱季，村子里好多人家的井水都见底了，我家的井水依然旺旺的。时下，自来水进到厨房，便不太取用井水了。

退耕还林，天更蓝，山更绿，河水更清。硬化的河堤坚固，出门不再两脚泥。一座座楼房拔地而起，许多村民踏着陕南移民的节拍搬迁到县城，小山村更见美丽，小河更是一路高歌。人在故乡走，如在画中游。

今夏，入伏当日落雨，为漏伏。漏伏是说伏天多雨，天不很热，比较凉爽。果然，这几日多暴雨，一下能持续一个多小时，河水猛涨，欢腾的洪水梳洗着河床，富集水里的藻类植物没有了，河道又恢复了往昔的清纯靓丽，形状各异、五颜六色的石头晾晒了一河滩。

在最靠近童年的村庄，小河涨水，涛声如歌。白天，鸣蝉把夏天婉转成一首首清丽的唐诗。夜里，蛙声沸池塘，静穆成一阕阕豪放的宋词。

也许人生就是一条河流，沿着光阴的河堤一路走来，会拥有河水欢快吟唱的日子，也会有低沉失落的日子，更会有愤怒的水花奔腾四溅的日子，当然还有很多时候，生活需要河流一样的沉静执着。人生终究是一场删繁就简的旅程。这条流淌在我生命中的小河，在我面对干燥坚硬的生活时，总会让潮湿和柔软从我心底泛出。往后的每天每月每年，它还会在我清浅时光的信笺上，写下独属于我的思念。生命里一路同行的人，有的成为伴我们一生的河堤，护我们周全，知我们冷暖；有的落入河底成为泥沙，随着岁月的流逝，一层一层地被掩盖，成为永远的印记；有的开成了河岸的花，让流水的眼睛和心情不至于寂寞；有的长成了河岸的树，将影子投入河水，为河流增添了颜色。

一条流淌着我青春年少记忆的小河，每每想起，皆心生暖意。而前行的路，还是要它自己缓缓流淌，承载着光阴的故事，一路冲刷着过往的记忆与悲欢，流动着智慧和力量，闪耀着光彩和价值。经过生活的磨炼和成长，每一个有故事有梦想的人，谁不愿意骨子里有一条这样的河流？

（原载《中国文化报》2023 年 1 月 4 日）

立冬过后，天气渐渐冷了起来，漫山遍野的黄枝红叶随风摇曳，演绎着冬的序曲。车过漆树垭，俯瞰下去，盘旋在山腰上的乡村公路掩映在树林野花丛中，转弯处、清泉边、翠竹旁，一缕炊烟从瓦屋顶袅袅升起，婉若游龙由浓及浅弥散开去，铁锅蒸米饭的香味直蹿鼻腔，耳畔顿时回响起那首好听的歌曲："又见炊烟升起，暮色罩大地，想问阵阵炊烟，你要去哪里？夕阳有诗情，黄昏有画意，诗情画意虽然美丽，我心中只有你。"

炊烟升起的地方便是此心安处。我的老家在汉滨区牛蹄镇朝天河村一个叫"姜家沟"的地方，当年，老祖先为躲避匪患战乱迁徙至此，虽说山高沟深、茅封草长，却也落得个一时安宁。这里溪水常流、坡地开阔，只要人勤快，那自种自吃、与世无争的日子虽说苦些，也是僻静的安身之地。阳坡、猪獾梁、向家堡、三官庙呈扇形突兀耸峙，形成"四梁挟三沟，肥地坌沟口"的地势环境。听老辈人讲，始由曾、罗二户先入为主，赖、向诸姓相继迁入，以后人口逐年增加。记得小时候，山沟里人声喧杂，灯火明灭，鸡犬相闻，而飘散在家家户户的如絮炊烟更是挥不去的悠悠乡愁、抹不掉的家的味道。

"暖暖远人村，依依墟里烟。"清晨的炊烟是上学的铃声，清淡而短促。天刚放亮，大人要赶早上工，烧壶开水泡缸酽茶，美美喝上几杯，过足瘾，只顾去侍弄满坡的庄稼，婆和妈妈便抱起我们穿好衣服，然后揭开锅盖，端出浆巴馍或是蒸红苕，我们龇着牙胡乱咬几口，再揣上两个，背起书包连蹦带跳就去学堂了。隔上一周，婆就会给我们烙一个白（麦）面馍或煮一个鸡蛋，我老早就张大眼睛，围着灶台直勾勾盯着锅里。晌午的炊烟是歇气的信号，浓烈而醇厚。那时我们家劳力少，每到农忙时节，都要请左邻右舍帮忙抢种抢收，婆便想尽法子，拿出家里仅有的细粮和最好的菜肴，大火炒，小火炖，凑合一桌子，款待出力出汗的帮工。大家伙儿围坐在一起，天南海北，说说笑笑，酒足饭饱，互道烦忧，祈福风调雨顺，五谷丰登。晚上的炊烟是暮归的呼唤，温暖而悠长。太阳徐徐落山，婆摘好菜蔬，妈妈也搭手帮忙，金黄的苞谷、细白的米面、混搭的杂粮，煮米饭、蒸馍馍、擀面条、搓麻食子，一灶红红火火，一桌饭菜清香，等待着放学的学生、劳累的爸爸、晚归的牧童、倦归的游子。而我们打陀螺、抓石子、摔纸版、摸鱼虾，玩得正起兴，哪还顾得肚子饿了，直到夜色渐浓才在一声声"回来吧——回来哟"的唤归声中快快而归。大人们嚷嚷叨叨，我们则狼吞虎咽，吃得津津有味。

妈妈烧灶火的时候，时常会在烧红的柴灰下面埋几个红苕，抑或花生、板栗，在灶塘边上烤几穗黄澄澄的苞谷，一边添火，一边用火钳不停地转翻。一灶柴火，活色生香，我们早就挤在灶门口眨巴着眼睛，喉咙里都伸出了爪子，妈妈把这些吃食趁热拿到手上，我们迫不及待地双手接过，鼓起小嘴吹气散热，从左手倒到右手，从右手倒到左手，待火气刚过，就大口大口吃起来，那火辣辣、脆蹦蹦、香喷喷的味道，令人牵肠挂肚。

最是难忘过年时，房前屋后堆满柴火，打豆腐、熏腊肉、烤酒、卤菜，没有消停，一年的辛苦劳作盼的是团团圆圆，只图个红红火火。三天年一过，我们就跟随大人看外公、拜叔爷、走亲戚，沟沟峁峁人来人往，家家户户亲朋满座，人们在抱拳祝福中辞旧迎新，在相互走动中叙说亲情。升腾而起的烟火弥漫山村，昼夜不息，大人自然是主角，按辈分长幼坐定，敬酒划拳，不醉不归，我们也是"客人"，在席上毫不客气，大快朵颐。一桌子欢声笑语，满是人气，都是生机。

如今，我的邻居们早已搬出了山沟沟，和城里人一样，用上了煤气、天然气。那曾经缭绕在心头的缕缕炊烟成了模糊而悠远的记忆，而我时常还在梦中见到家乡的青山、绿水、牛羊，还有儿时的玩伴和魂牵梦绕的炊烟。

（原载《陕西工人报》2023 年 11 月 27 日）

早上 7 点 20 我还在床上滚着，母亲突然推门而入说她要去江边锻炼，我一个激灵猛地起身，说："我也去！"母亲带我到江边的一个停车场，我正好奇为什么要在这个地方锻炼，母亲说："这个位置早上 10 点前是晒不到太阳的，一会儿就热闹得很。前一阵有人在河边裸游，河管志愿者是个女的不好意思过去，最后是你爸去给那人提了个醒儿。"我瞠目结舌，不敢相信小小的江边居然还有这样精彩的故事。

果不其然，我们一遍八段锦还没打完，周围就被人占满了。只见他们各自占据一个车位，有的做着自创的锻炼动作，有的对着手机照猫画虎。每个人脸上的神情都在表明"我的地盘我做主"，甚至不同车位之间都是一场功夫与技术的较量。从东到西最先出场的是身着七彩运动服的大妈，她兀自站在摩托车旁边，双手左右来回抡捶，持续颠足，边锻炼边和坐在摩托上的老伴有一搭没一搭地聊着。

第二位是支起手机直播的大爷，拿着话筒自我陶醉地唱着各种山歌，唱到动情之时双手打开，高高仰起的头颅左右晃动，微微抖肩，表情也甚是到位，就像一位美声歌唱家正在享受舞台。他是有观众的，路过的大爷大妈会在他旁边聆听或跟唱两句。

往西去一位光膀子大爷出镜了，他双腿分开，时而折叠身体让双掌抵着地面，时而笔挺地舒展身体，时而左右来回倾倒，时而使劲抽打着背，时而按捏着肩膀，全场数他动作最多，他很松弛，颇有酒醉后身体不受控制的感觉。他身后是一位演奏萨克斯的大爷，音箱的分贝已盖过全场的喧嚣，大爷眉飞色舞、满脸自信，时不时还要偷瞄一下那个同样带着大音箱独自舞蹈的大妈，两人眼神间充斥着浓浓战火。大妈听到大爷声音放大了，就调高自己音乐的分贝，而大爷也会使劲扭动音量键，让整个运动场都跟着遭受灌耳魔音，路过的人不得不捂着耳朵加速前进。

而夹在这两人间正打太极的老爷爷主打一个以静制动，他没有音乐，独自沉浸在太极的世界中，云手、单鞭，左右开弓，气定神闲，形成自己的场域，周遭动静再大都和他无关，他反而收获了最多的观众。很多坐着电动轮椅路过的爷爷奶奶都会看上两眼讨论一番，再按下启动键缓缓离开。他的一侧有个跟着跳舞的阿姨，她翘着兰花指，抬脚转身，后退扭臀，举手摆动，绝对是个广场舞老手，无论谁放音乐她都能跟着舞上一曲，还能配上相应表情，或含蓄或洒脱或低眼娇羞或仰头大笑。

还有一位老婆婆，年龄稍大，她的运动很简单，就是轻轻捶捶腿，扭扭腰，但是爆发力十足，时不时地站在江边号上两嗓子，中气十足，和她柔弱的身子一点都不匹配。每当她喊起来时旁边人都会看她一眼，不敢相信这是从她胸腔发出的声音。再往西有一个"杀鸡乐队"，表演的每一曲都像在杀鸡，可几个主唱不管，只顾在歌声里杀一只鸡再杀一只。除开一对打羽毛球的母女外，最左侧就是我们啦，母亲例行打着她的八段锦二十四式、五禽戏，而我忙着记录这一切，连早点都顾不上吃，还是母亲抽空剥好了鸡蛋塞到我嘴里。我拉着母亲假装不停地换地方，偷偷掏出手机拍摄，生怕将谁漏记了。

　　我一边欢欣于这晨练的民生百态，一边思忖着汉江地位的举足轻重。一代又一代的安康人像种子一样洒在汉江的角角落落，水里游的、石头上坐的、捡奇石的、吹江风的……晨练要去江边，晚上要去江边，广场舞要在江边跳，小孩子学自行车学滑板要去江边，遛娃要去，同学聚会散心要去，下班放松要去，谈恋爱要去，喝了酒要去江边吹风，下雨了要去江边看雨，涨水了要去江边看水，汲取力量要去，心情好与不好都要去，安康人要是没有这一江水就没有魂喽……

　　突然太阳照射过来，一看表已经快 10 点了，难怪连这块宝地都开始晒了起来，一抬头发现母亲正在跟随着隔壁的音乐扭动，那样自在畅快、逍遥随意，看来她已经慢慢融入晨练大军，我也跟着扭了扭屁股。回头一看运动场上的人都在收摊，各自骑着自己的摩托车、电动车、三轮车，匆匆忙忙离开了太阳的怀抱，只剩下那个打太极的大爷，掏出一把崭新的太极剑，独自舞了起来。

（原载《安康日报》2023 年 9 月 6 日）

也许在一个地方生活久了，关于这个地方的民俗记忆就会刻在脑子里，任沧海桑田、时光流转、时代变迁，仍深植于心，无法被湮没。

又到了麦子黄熟的季节，记忆深处走来一群衣衫褴褛、挥汗如雨、风雨兼程在赶场路上的侠客，他们的镰刀上绑着"蛇皮袋子"（扶风农村对于编织袋的一种叫法），肩膀搭着一条浸湿的毛巾，手上提着一个茶迹斑斑的塑料太空杯，聚在一起寻找活计，他们就是被称为"麦客"的一群人。每到麦黄季节，他们便背井离乡，背上简单的行囊，带上镰刀油石等家什，沿着河南、潼关、渭南一直到宝鸡沿线，靠给别人割麦换取一些报酬。

端午节前后，关中平原的小麦就陆续熟了，黄灿灿的，如一片金色的海洋，干涩的热风送过，麦浪滚滚。"麦黄六月，秀女出阁"，乡民们举家出动忙活起来了，那时候还少有联合收割机，老少齐上阵，人手还是紧张。于是，麦客就沿着西宝南线、北线、扶法公路一批批地来了。

在所有的作物中，麦子的成熟期最短，麦黄时节，也就是半月前后，不赶快收割，麦粒就会炸裂在地里，若遇上雨天，未能及时收割回来的麦子就会长芽，扶风人称它"芽麦子"。这种麦子做出来的食物口感会差很多，有甜味，且做不成像样的饭食，比如说擀的面条就不够筋道，煎饼就烙不成整张，所以麦收一定要抢时间，这便为麦客提供了市场。

麦客，是关中人的叫法，即在夏收时节帮着乡民割麦的另一群乡民。甘肃，商洛以及安康地区的人们便是麦客的主力军。关中平原光照时间长，所以麦子就成熟得早，而高山地带光照时间短，麦子就成熟得晚，他们算着麦黄的时差，从一个地方赶往另一个地方。

他们通常坐火车风尘仆仆而来，关中麦黄季节，在陇海铁路一线车厢硬座里面，到处都是背着弯镰、面孔黝黑、脖子缠着毛巾的麦客。他们通常是结伴而走，这样彼此也有个照应，每到一地，就聚集在火车站或者一些城乡接合带的集市等雇主们来叫。每来一个人，都有很多人围拢上去打问："多少钱一亩？""远不远，管饭不？""有住的没有，没事，给个睡觉的地儿就行。"常常是先围上搭话的人先得了活儿，于是欢天喜地地和同伴打个招呼就跟随主家走了。没有找到活儿的麦客们则露出遗憾的神情，目送得了活儿的人消失在视野中。上百个麦客聚集在一起，没有活计，就没有收入，每每吃完饭的时候，就在简陋的餐馆给自己的大瓶子灌满热水，小餐馆的老板们通常也会再多给他们一些量，毕竟是下苦人。

他们是过客，到了异乡就三五成群地聚拢在街镇某个阴凉的地方，等着被人雇用。他们衣着简陋，头发蓬乱，操着生硬的外地口音，袒着黝黑的胸脯，脸却是憨厚诚恳、棱角分明的，定格了，就是一幅黑白的版画。一把镰刀，一顶草帽，一个化肥袋改装的扁平行囊，往往就是全部的家当。他们或坐或卧地说笑着，紧盯着来往的人。有人过来了，他们便簇拥过去，几个幸运者很快讲好价钱跟着来人去干活了。剩下的人散了开去，悻悻地回去坐着卧着，继续等待。

麦客干活是很卖力的，在六月已很毒辣的骄阳底下弓着腰，镰刀飞快地挥舞着，麦秆被割断时发出噼噼啪啪的响声，单调而悦耳。他们边割边捆，立成厚厚的一簇。扭过头，是黑乎乎齐整整的麦茬；转回身，依然是金色的麦浪——麦客成了海岸线的推进者。

收麦时节很少有风，烈日炙烤着大地。田间偶尔能听到蚂蚱的鸣叫，不似夏蝉声嘶力竭，却也响亮，仿佛在感慨生命的不易和匆匆。麦客来去匆匆地奔走于异乡，关中小麦由东至西熟过去，他们也就从东往西奔走，只希望能多割些天多割几亩。毕竟，暑假一过，孩子们又要缴学费了。

挥洒汗水、辛勤忙碌，如同面对每天的面条和稀饭一样，麦客已完全习惯了。活儿干完了，他们索性蹲坐在地头的树荫里，喝茶闲侃，就地一躺，时常就能响亮地打起鼾来。

六月的关中平原，四点多钟天就亮了，麦客们在微弱的光影中开始了一天的劳动，他们在黎明的天空下快速地挥舞着镰刀，麦子在镰刀的嚓嚓声中纷纷倒地，当太阳出来的时候，他们已经割下了一大片麦子。他们从来不知道什么叫作累，只是在汗水漫过脸颊的时候，取下脖子上的毛巾擦把脸，然后又搭在脖子上，继续俯身割麦，他们在挥洒着汗水收割麦子的同时也收获了希望。

为了赶时间，饭食多会由主人家送到田间，他们就蹲在田间地头，三下两下将饭扒拉完，搁下碗，顾不上歇息，又拾起了镰刀，看着那一片片在他们手中倒下的麦子，他们的脸上就会浮现出满意的笑容。作为麦客，他们的全部希望都在麦田里，能割麦子就能多赚钱，每一个出门的麦客都希望自己回去时口袋能多装一点钱，不让自己失望，也不让家人的希望落空。

中午的太阳像火一样炙烤着大地，空旷的扶风大地就这样无遮无拦地暴露在火辣辣的太阳之下。太阳也烘烤着麦客的身体，高温熏蒸出来的汗液令他们的衣服和身体黏在一起，像被雨淋过一样难受，更糟糕的是，还有蚊虫寻着他们的汗味相继而来，一两只他们是懒得理会的，多了，咬得他们难受，他们不得不取下头顶上的旧草帽使劲地扇两下将蚊虫赶走。这些讨厌的小蚊虫刚被赶走，一会儿就又飞来了，无可奈何的麦客只好顶着被它们叮咬的困扰继续割自己的麦，一天下来，麦客身上裸露的地方就会有一个一个的小红点，奇痒无比。但这些他们都得忍受，因为他们是麦客。

一天高强度的劳作让人腰酸背痛，疲惫不已，麦客匆匆地用过晚饭，倒头便能呼呼大睡。主人家一般是不给麦客提供住宿的地方的，他们会在主人家的屋檐下，或者是废旧的棚屋里，将自己所带的铺盖卷摊开，席地而眠，一会儿便发出了呼呼的鼾声。

这样艰苦的生活，这样高的劳动强度，一般人是难以承受的，只有麦客，为了讨生活，苦挣苦熬，他们在艰苦的劳动中展示着令人震撼无比的生命力。他们就像一群离家的候鸟，在异乡的土地上辗转，从一个地方到另一个地方，不为别的，只为收麦，那金黄的麦子就是他们眼里全部的希望。

当关中平原上的麦子被一茬一茬地割完，山里的麦子也快成熟了，于是又匆匆地赶回家里，收割自己地里的麦子，当所有的麦子全被割完，麦客的使命才算完成。麦客们出门在外虽然艰苦，但是心里也是高兴的，毕竟一个麦收季节就能挣不少钱。于是麦客的妻子们每到麦收季节，就把自己的男人往外推。自己虽然独守空房，但是男人出去挣回来的钱毕竟可以补贴家用，让家里的日子过得舒坦一些。

回家的日子临近了，麦客们都很兴奋，摸着日渐鼓起的钱包，说话也大声起来，整理好行囊，卷上一根纸烟，深深地吸一口，眯起眼睛，收音机里放着家乡的小曲，任辛辣在喉中翻滚。也许老娘正倚在村口远眺，也许老婆正眼巴巴地望着这个方向发呆，也许孩子正在梦里梦见父亲回来。出来久了，该回去了。麦子收割临近末期的时候，也是"候鸟"归巢的时候了。如今，现代化的收割机代替了麦客的原始劳动，麦客已经在这片土地上消失。路过金灿灿的麦田，仍会不自觉地想起麦客们弯腰挥镰割麦的场景，而那已经成了逝去的记忆，与眼前的收割机相比显然是截然不同的画面。曾经的麦客已然远去，如今的他们，或许正以另一种方式在更好地生活着！我忘不了麦客们"赶场"的韧性，他们不停歇地走、走、走。一般情形下，麦客们不愿在一个村子按同一价格受雇"第二场"，天再晚，也要赶向集镇；告别雇主的热情挽留，为了第二天能重开新价多挣几块钱，十几里几十里地疾行，不顾疲劳，不惜身体，竭尽生命的能量，赶、赶、赶！有人赶了一场又一场，悠悠；有人一场又一场地赶，惶惶；有人赶个往复又来，有人复往一场又去；有人于场中开赶，有人于赶中终场，把身家性命搁在他乡！赶场，太朴素，太直白，太简单，太深重，也太严酷！什么时候，麦客们才能赶尽他们命运的金黄，让人生绿它一场？如今久居城市，麦子起身了、拔节了、扬花了、结穗了、升浆了，麦粒硬了，快要搭镰收割了……这些昔日耳熟能详的东西也逐渐生疏了。哪天退休了，我要回到家乡去，种上一分麦子，再去体会一下那种收获的感觉，再去体验一下麦客们的生活！

（原载《乡镇论坛》2023年第2期）